팬데믹
플레이

팬데믹 플레이

창작집단 독 희곡집

제철소

Contents

첫 희곡집 『당신이 잃어버린 것』을 발표한 지 일곱 해가 지났다. '돈 안 되는 건 아는데, 외롭지나 말자'며 모인 아홉 명이 만든 책이었다. 이상한 말이지만 책은 우리 생각보다 더 많은 독자를 만났다. 지난 일곱 해 동안 첫 책에 담긴 스물여섯 편의 짧은 희곡은 대략 마흔 번 이상 여러 극단과 아마추어 동호회, 연극 전공 학생들에 의해 공연되었다. 생각지도 못한 곳에서 공연 관련 연락을 받으면 조금 신기했고, 잠시나마 외롭다는 생각을 잊곤 했다.

반면 첫 희곡집을 발표한 뒤 우리는, 우리 아홉 명은 드문드문 만났다. 특별한 이유가 있었던 건 아니다. 그게 시간이 잘하는 일이었고, 각자 서로의 얼굴 대신 '노릇'과 '시늉'이라는 말과 만나야 했기 때문이다. 자식 노릇, 부모 노릇, 배우자 노릇, 그리고 평균적이고 멀쩡한 사람 시늉. 일상은 반복적으로 주어지는 것이 아니라 힘겹게 매달려 얻어지는 것이었다. 애초에 대단한 연극적 야망이나 지향을 지닌 이들이 아니었기에 우리는 쉽게 깎여 내려갔고, 튕겨졌으며, 때론 무언가를 단념했다. 그리고 그렇게 '드문드문'이 되었다.

때론 극장이 두렵고 미웠다. 가끔은 두려움을 들킬까 지겨운 표정을 짓기도 했다. 마치 개들이 무서운 대상에게서 시선을 돌려 하품으로 자신의 얼굴을 지워내듯 우리는 애써 권태로운 표정으로 시간의 발끝을 바라보곤 했다. 외로움을 잊는 것보다 돈 되는 일이 더 필요해지기도 했으며, 서로의 사정을 너무 잘 알아 상대의 시간을 무리하게 요구하지 않았다.

그렇게 일곱 해가 흘렀다. 우리는 여전히 가끔 만난다. 따로 또 같이. 한 달에 한 번, 때론 한 계절에 한 번. 상대방의 얼굴을 들여다보는 것으로 나의 안부를 묻는다. 분명 여러 번 했을 농담을 다시 하고, 몇 번은 들었을 농담을 처음 접하는 것처럼 듣는다. 그리고 같이 웃는다. 참 이상한 일이지. 우리는 구호도 없이, 지향도 없이 만난다. 단상 위 큰 말을 버리고 길모퉁이 작은 말들을 줍는다. 구호 없이 서로의 호흡을 믿으며, 지향 없이 서로 의지한다. 그 한 번으로 또 다른 계절의 노릇과 시늉을 담담히 받아들인다. 그리고 집으로 가는 길, 모두가 아직 주머니 속 연필 한 자루는 꼭 지닌 채 살고 있음에 안도한다.

'모든 강물은 바다로 향한다'고 했던가? 그렇지만 결국 어떤 강물은 강물이 아니라 강물 속을 부유하는 작은 모래 알갱이 혹은 나무 껍질이었음을 안다. 바다를 목전에 두고 알게 된다. 바다로 가는 것이 아니라 강물과 바다가 만나는 곳에 멈춰 퇴적되리라는 것을. 바다가 잘 보이는 곳에 쌓여, 바다가 아닌 그 무엇이 되리라는 것을.

그러니까 이 책은 주머니 속 연필로 쓴 우리들의 사구沙丘일지도 모른다.

2022년 9월 고재귀

1부

팬데믹
플레이

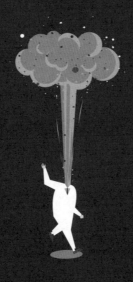

새벽, 호모마스쿠스

조인숙

등장인물

권영우   남, 29세, 취업 준비생
이지안   여, 33세, 직장인
김영술   남, 80세
두리   늙은 개

시간

코로나19 바이러스가 기승을 부리는 어느 날, 새벽 2시경

공간

아파트 단지와 구도심 주택가 사이 공원
그리고 벽을 사이에 둔 권영우와 김영술의 집

작가 노트

권영우를 가운데 두고 무대 상수에 이지안과의 공원 내 쉼터, 하수에 조명이 들어오면 벽을 사이에 두고 김영술의 집과 권영우의 집이 되는 형태를 생각했다. 공간의 이동, 교차, 맞물림은 조명으로 변화를 준다. 김영술은 바닥에 엎드린 채 쓰러진 형태를 떠올렸으며, 만약 배우가 무대에 직접 등장하지 않는다면 그의 집 앞에 쌓인 신문으로 김영술의 공간을 그렸다. 그리고 강아지 두리는 직접 등장하지 않는다. 인형, 배역 그 어떠한 것으로도 등장하지 않는다고 상상했다.

1

이지안, 벤치에 앉는다. 주머니에서 따뜻한 캔 음료를 꺼내어 손을 녹인다. 마스크를 턱에 걸치고 음료를 마신다.

권영우와 두리가 들어온다.

두리는 여기저기 냄새를 맡는다.

권영우는 한 손으로 반려견 목줄을 잡고, 다른 한 손으로는 휴대폰을 보면서 두리가 이끄는 속도와 방향대로 움직인다.

두리가 냄새를 맡으며 점점 이동하다가 이지안을 발견하곤 달려간다.

권영우는 갑자기 끌려가듯 이지안에게 다가가게 된다.

두리가 이지안에게 다가가 심하게 애교를 부린다.

이지안, 급하게 마스크를 쓴다.

권영우　죄송합니다. 두리야, 가자. 정말 죄송합니다.

이지안　아, 네…….

권영우　두리야, 가자.

두리, 전혀 갈 생각이 없는 듯하다.

이지안, 두리에게 손을 내민다.

권영우　죄송합니다. 일부러 사람들 없을 시간에 나왔는데, 오
　　　　늘 산책이 처음이라…….

이지안　이름이 뭐예요?

권영우　두리예요.

이지안　두리, 착하지? 두리, 손!

두리가 앞발을 준다.

이지안   두리, 잘하네. 두리, 앉아!

두리, 앉는다.

권영우   오! (두리에게) 너 이런 것도 할 줄 알아?

이지안, 주머니에서 개 사료 몇 알을 꺼내어 권영우에게 보여준다.

이지안   줘도 되죠? 강아지 사료예요.
권영우   네. 그러세요.

이지안, 두리에게 사료를 조금 준다.

권영우   얌마, 그렇게 배를 까뒤집고 드러누워버리면 어떡하
         냐.
이지안   괜찮으시면 이거 드실래요? 편의점에서 원 플러스 원
         으로 산 거예요.
권영우   아, 감사합니다. 잘 마실게요.

권영우와 이지안, 강아지 두리를 사이에 두고 너무 가깝지도 않고 너
무 멀지도 않은, 서로의 대화는 들릴 정도의 거리를 두고 공원 내 쉼터
에 앉아 있는 형태가 된다.
권영우, 다시 고맙다는 고갯짓과 함께 마스크를 내리고 음료를 마신다.

권영우   이제 새벽엔 좀 춥네요.

이지안   그렇죠.

권영우   (이지안에게 음료수를 살짝 들어 보이며) 딱 좋네요.

이지안   네.

두 사람, 눈이 마주치면 다시 서로 어색하게 웃는다.

권영우   코로나 이후로 처음 뵙는 분 앞에서 마스크를 내려야
         만 하는 순간이 되면, 이상하게 발가벗겨진 기분이 들
         때가 있어요. 미묘한 긴장감이 든다고 해야 하나.

이지안   그럴 때 있죠.

권영우   그렇죠? 저만 그런 거 아니죠? 예전처럼 이놈의 마스
         크 없이 살고 싶은데, 막상 마스크를 내려야 하는 순간
         엔 마스크 속에 또 마스크를 하고 싶은, 그러니까 그게,
         이미 집에 있는데도 집에 가고 싶은 그런 기분이라고
         해야 하나.

이지안   뭔지 알 것 같아요. 재택근무할 때 그런 기분 자주 들
         죠.

권영우   재택근무하게 해주는 회사면 좋은 회사 다니시네요.
         부럽네요. 전 시험 준비 하고 있거든요.

이지안   그렇게 좋은 회사 아니에요.

권영우   네…….

사이

권영우   그런데 왜 새벽에 나와 계세요?

이지안	사람 없는 시간에 마스크 안 하고 잠깐 걸을 수 있을까 싶어서요.
권영우	간간이 있더라고요. 마스크 안 하고 조깅하는 분도 있는 것 같고.
이지안	다들 답답하니까요.
권영우	그렇죠.
이지안	강아지가 어려 보이지 않는데 산책이 왜 처음이세요?
권영우	제가 키우게 된 지 얼마 안 됐어요. 동물이란 거 자체를 처음 키워봐요. 저는 단 한 번도 뭔가 키워보고 싶다는 생각을 해본 적이 없어요. 어릴 때 반에서 소라게 키우는 게 유행이었거든요. 진짜 다 키웠는데, 저만 끝까지 안 키웠어요.

14
이지안, 고개를 끄덕이며

이지안	어려운 결정 하셨네요.
권영우	저도 어려운 일이라고만 생각했는데요. 그걸 그렇게 쉽게 정했어요. 그냥 얘랑 눈이 마주치는 순간, 그냥, 그렇게 돼버렸어요. 아……, 제가 말이 많았죠. 사람이 하루에 해야 하는 일정량의 말이 있나 봐요.

사이

이지안	매일 한 번씩 산책시켜주면 좋죠.
권영우	그렇다고 들었어요.
이지안	강아지 건강에도 좋고, 서로 유대감도 생기고 좋아요.

권영우 강아지 키우세요?

이지안 아니요. 지금은 아니에요.

권영우 강아지 사료는 왜 갖고 다니세요?

이지안 아…….

이지안, 잠시 골똘히 생각하더니 무언가 결심한 듯

이지안 키우던 강아지가 죽었어요. 집에 사료며 간식이며 잔
         뜩인데. 아! 아무 강아지한테나 먹을 거 주진 않아요.
         강아지 주인분들이 싫어할 수도 있고……. 혹시 다른
         분이 먹을 거 주려고 하면 덥석 받지 마시고요.

권영우 네. 그럴게요.

이지안 그냥 나올 때 한 주먹 주머니에 넣어서 나와요. 나무
         근처에 몇 알씩 던지면서 걸어요. 까치도, 청솔모도 배
         고프면 먹으라고요. 진짜 조금씩 뿌리면서. 남은 사료
         포대만큼 공원을 걷고 나면 괜찮아져야지, 하고 매일
         다짐하면서 나와요.

권영우 아, 네……. 헨젤과 그레텔 같네요.

권영우, 곧바로 자신의 대답이 적절하지 않았다고 생각되어 괴로워하
며, 이지안에게 어떤 위로의 말을 건네야 할지 몰라 난감해한다.

이지안 매일 함께 산책하던 길을 한동안 못 지나겠더라고요.
         낮에는 강아지랑 산책 나온 사람들이 많잖아요. 그 모
         습도 못 보겠고……. 그러다 이렇게는 안 되겠다 싶어
         서 보리 목걸이를 주머니에 넣고 만지작거리면서 걷기

시작했어요.

이지안, 주머니에서 반려동물 목걸이를 꺼내어 보여준다.

이지안   우리 보리 목걸이예요. 제가 스무 살에 서울 올라와서
        자취할 때부터 키우기 시작했으니까, 그냥 제 서울살
        이 전부를 안다고 해야 하나……. 제가 회사 업무로 몸
        이 안 좋다고 느끼기도 전에, 저보다 먼저 제 몸 상태
        를 알더라고요. 그런데 저는 우리 보리가 아픈 걸 몰랐
        어요.

사이

16

권영우   동물들한텐 그런 감각이 있나 봐요.
이지안   그런 거 같아요.
권영우   두리, 애랑 같이 지낸 지 길진 않지만 짖는 걸 본 적이
        없어요. 애 원래 주인이 옆집 할아버지셨는데요. 제가
        시험 준비를 하다 보니까 계속 집에서 공부를 하거든
        요. 그런데 그날은 진짜 계속 짖는 거예요. 벽도 두들겨
        보고, 해도 해도 안 돼서 마지막엔 같이 개처럼 짖었다
        니까요.

2

조명 변하면서 권영우와 김영술이 보인다.

권영우, 머리를 감싸 안으며 방 안을 서성인다.

두리, 한 번 크게 짖는다.

권영우, 주먹으로 벽을 친다.

권영우　조용히 해라!

두리, 두 번 크게 짖는다.

권영우　아이 씨.

권영우, 다시 주먹으로 벽을 마구 친다. 하지만 손만 아플 뿐이다.

두리, 또다시 한 번 크게 짖는다.

권영우, 바닥에 드러누워 떼쓰는 아이처럼 발을 구르며

권영우　아! 돌아버리겠네, 진짜!

두리, 끙끙거린다.

권영우　아오!

두리, 이제 제대로 크게 짖기 시작한다.

권영우, 같이 짖는다. 두리보다 더 크게 짖는다. 여러 감정이 담긴 개의
울부짖음을 흉내 내어 짖는다. 마지막엔 늑대처럼 길게 울부짖는다.

3

조명 변하면서, 늑대 같은 울부짖음의 여운과 함께 방 안의 권영우에서 공원의 권영우로 돌아온다.

권영우 제가 이겼어요. 조용해졌거든요. 그날따라 공부가 잘 되더라고요. 잠도 깊게 아주 잘 잤어요. 다음 날 고요한 아침 햇살 속에 눈을 떴죠. 컨디션도 유난히 산뜻했어요. 주인아주머니가 오시기 전까지는요.

권영우와 이지안, 잠시 말없이 서로를 본다.

권영우 나중에서야 들었어요. 옆집 어르신이 쓰러진 상태일 때 두리가 계속 짖었나 봐요. 그러다 그분 숨이 끊어지자 짖는 걸 멈춘 것 같아요. 아직도 신문을 구독하는 분이었는데, 신문 배달하는 분이 눈여겨보신 거죠. 무슨 사연이 있는진 모르지만, 젊을 땐 권투도 하셨던 분인데 기저질환이 있어서 코로나만 아니었으면 더 오래 사셨을 거라고 그러더라고요. 모든 게 굉장히 조용하고 빠르게 정리됐어요. 두리는 보호소로 갈 거라고 하고.

권영우, 캔 음료를 끝까지 쭉 마시고 한 손으로 캔을 찌그러트린다.

권영우 내가 동물의 말을 알아들을 수 있다면 어땠을까, 그런 생각이 들더라고요.

이지안　어릴 때 그런 생각 해본 적 있어요. 곤충이나 새가 하
　　　　는 말을 알아들으면 좋겠다.

권영우　코로나 때문인지, 코로나 때문에 집에만 있어서 이상
　　　　해진 건지, 제가 안 하던 생각이란 걸 해요. 다 잡생각
　　　　이지만.

이지안　두리 때문인지, 그 생각 때문인진 모르지만, 서로가 서
　　　　로에게 분명 도움이 될 거예요.

권영우　그럴까요? 잘 모르겠어요. 제가 이상해졌다는 건 분명
　　　　해요. 윗집에 초등학생 남자애하고, 여자애 남매가 있
　　　　거든요. 어젠 진짜 엄청 뛰더라고요.

이지안　어떻게 하셨어요?

권영우　아무것도 안 했어요. 그냥 방 안에 누워서 혼자 중얼거
　　　　렸어요. "아이야, 뛰어라. 너는 살아 있구나. 더 펄펄 뛰
　　　　어라. 더 펄펄 살아라. 쿵쿵거리는 발 망치도 내게 위로
　　　　가 되는구나. 괜찮다. 다 괜찮다. 살아 있음에 감사하는
　　　　밤이다."

이지안, 가볍게 웃으며 음료수를 끝까지 마시고 캔을 찌그러트린다.
권영우, 이지안이 캔을 찌그러트리는 동작이 끝남과 동시에 입을 연다.

권영우　다음 새벽 산책에 다시 만날 수 있을까요?

이지안　네?

권영우　그냥…… 동네 친구…… 뭐 그런…….

이지안, 어떻게 대답해야 할지 난감하다.

권영우   아…… 두리도 분명 다시 만나고 싶어 할 거예요.

이지안   두리가 그래요? 동물의 말을 알아듣게 되신 거예요?

권영우   아니요. 전혀요. 그런 게 아니라…….

권영우, 그제야 이지안을 제대로 본다.

이지안, 쑥스러워하는 권영우를 보며 웃는다.

권영우와 이지안, 서로를 바라보며 웃는다.

막

우리는 만나지 않았다

고재귀

1

은솔과 정우의 집.
은솔, 암전 상태에서 식탁 앞에 앉아 휴대폰 문자메시지를 바라본다.
무대 뒤편으로 천천히 진우가 걸어 나온다.

진우   (은솔의 뒷모습을 바라보며) 고민하고 또 고민하다 문자 보내. 오늘 새벽 진솔이가 하늘나라로 갔어. 골육종 말기여서 병원에선 일주일 전부터 안락사를 권유했는데 그럴 수는 없었어. 안락사 직전에, 우리가 입양한 애를 내 손으로 보낼 수는 없더라. 너도 분명 그러지는 못했을 거야. 다행히 더 아파하지 않고 편하게 갔어. 울지도 않고 아무 소리도 없이. 진솔이를 품에 안고 있다가 잠이 들었는데, 이상한 기운에 눈을 떠보니 녀석이 나를 쳐다보고 있더라. 왜 어떤 눈동자는 소리도 없이 지난 모든 시간을 표현하는 말을 찾아내는 것일까? 나는 녀석이 나에게 인사하려 한다는 걸 알 수 있었어. 머리를 쓰다듬어주자 내 손을 핥으려 내민 혀는 모래처럼 말라 있었지만, 눈동자는 그 어느 때보다도 검고 깊은 바다 같았어. 그리고 그렇게 천천히 지구 끝에서 밀려온 파도처럼 모든 말을 전했다는 듯 눈을 감았지. (사이) 짧게 전하려고 했는데 길어졌어. 너에겐 말해줘야 할 것 같았어. 우리가 같이 입양한 아이니까. 내일 김포에 있는 반려동물 납골당 예약해놨어. 다시는 우연히라도 나와 마주치고 싶지 않다고 했으니 오기 힘들 테지만……, 부탁이 하나 있어. 납골당 유리관 안에 너의 사진을 한 장 넣어주고 싶은데…… 그래도 괜찮을까? 마음은 편치 않겠지만 7년이라는 시간을 진솔이와 같이 했으니 허락해주길 바라는 마음으로 문자 보내. 온종일 마스크를 쓰고 있어 좋은 점은 눈물을 곧바로 감출 수 있는 것일지도 모르겠다. 네가 잘 지냈으면 좋겠어. 내 모든 진심으로. 아프지 말고.

은솔, 휴대폰을 끈다.
무대, 어둠에 잠긴다.
진우 퇴장.

잠시 뒤, 방에서 정우가 기지개를 켜며 나온다. 식탁 앞에 앉아 있는 은솔을 발견하고 놀라 발걸음을 멈추는 정우.

정우   어, 뭐야. 언제 왔어?
은솔   10분 전에.
정우   오늘 친구네 집에 가 있겠다고 했잖아.
은솔   ……그렇게 됐어.

정우, 주머니에서 마스크를 꺼내 쓴다.

정우   불이라도 켜지. 사람 놀라게.

정우, 거실 등을 켠다.

정우   뭐, 가지러 온 거야? 나 방에 들어가 있을까?

은솔   (정우를 보며) 상관없어.

정우   그래도 나는 확진자고 너는 아직 모르는데.

은솔   방 하나 거실 하나 있는 집에서 1년 동안 하루에 절반
       을 붙어 있었는데…… 네가 걸렸으면 나도 걸렸겠지.

정우   그래도 모르는 일이잖아. 피할 수 있으면 피하는 게 좋
       아.

은솔   …….

정우   아무튼 본의 아니게 미안하게 됐다. (사이) 어떻게……
       방은 구했니?

은솔, 고개를 흔든다.

정우   맘에 드는 집이 없었나 보네.

은솔   걱정 마. 내일은 구할 테니. 마당 없는 집은 많아.

정우   마당? 웬 마당?

은솔   아니야. 신경 쓰지 마. 이제 필요 없으니까.

정우   너랑 같이 사는 동안 단 한 번도 집 때문에 후회한 적
       없는데 어제오늘 좀 후회가 되네. 방 두 개인 곳으로
       계약해야 했는데.

은솔   방이 하나여도 전용 주차장 있고 남산이 보이는 이 집
       이 좋다고 한 건 나니까 미안해할 필요 없어.

정우   그래, 네가 그랬지. 주차 문제로 싸우는 것도 지겹고 창
       문 열지 못하는 것도 지긋지긋하다고.

은솔   …….

정우   혹시 모르니까 마스크라도 쓰고 있지 그래?

은솔, 말없이 손에 쥐고 있던 휴대폰을 바라본다. 잠시 뒤, 탁자 위에 놓인 포스트잇을 집어 읽기 시작하는 은솔.

은솔 선배님. 얼른 쾌차하세요. 유유. 선배님 안 계시니 공방이 너무 허전해요. 유유. 12인용 테이블 주문 들어왔는데 대표님이랑 둘이서 만들려니 엄두가 안 나요. 유유. 건강하게 빨리 돌아오시길 기도할게요. 유유. 민수진. 하트. (포스트잇을 내려놓고 정우를 보며) 현관문 앞에 초밥 도시락이랑 비타오백 한 상자 놓여 있더라. 냉장고에 넣어놨어.
정우 ⋯⋯그랬니? (혼잣말처럼) 내가 그렇게 필요 없다고 했는데도 그러네. (사이) 저녁 안 먹었으면 네가 먹어도 돼. 난 별생각 없다.
은솔 내일이라도 방 구하면 곧 나가줄게.

정우, 은솔의 말에 묘한 표정을 짓는다.

정우 포스트잇 읽고 나서 그렇게 말하니 마치 내가 쟤하고 바람이라도 핀 것 같잖아. 어째 기분이 좀 그렇다.
은솔 그러라고 한 말 아니니까 그렇게 느낄 필요 없어.
정우 정말 아무 사이 아니거든. 하트는 그냥 쟤 습관이야.
은솔 상관없어.
정우 상관없다는 말도 기분 나쁘다고. (사이, 목소리를 낮추며 혼잣말처럼) 왜 내 목소리가 커지는 걸까? 변명하는 사람처럼. 내 목소리가 커지는 것도 상당히 기분 나쁘네.

은솔, 정우를 바라본다.

은솔 내가 상관해도 기분이 나쁘고, 내가 상관하지 않아도
      기분이 나쁜 거구나. 너는.
정우 (두 손을 들어 올리며) 그만하자. 되돌이표 가득한 돌림
      노래 부르는 것도 아니고. 우리 이미 많이 불렀잖아. 이
      지겨운 노래.
은솔 그래, 그리고 끝냈지. (사이) 내가 방만 구하면 곧…….
정우 미안하지만, 네가 그렇게 말할 때마다 내가 널 쫓아내
      는 기분이 드니까 그런 말도 그만하면 안 될까?
은솔 그래, 미안하다.

은솔, 손에 쥔 휴대폰을 내려다본다.

정우 (감정을 누그러뜨리며) 방은……, 충분히 시간을 두고 알
      아봐. 서두를 필요 없어. 진짜야. 그게 우리가 내린 결
      론이니까. 다만 나는…….

은솔, 고개 들어 정우를 바라본다.

정우 코로나 때문에 그런 거야. 난 네가 걱정돼서 그러는 거
      라고. 그래서 며칠이라도 친구 집에 있기를 바란 거고.
은솔 그래, 고마워.
정우 검사는 받아봤니?
은솔 ……키트 사 왔어.
정우 그럼 검사해봐.

은솔   싫어.

정우   싫다니, 왜?

은솔   그냥 싫어. 오늘은.

정우   월요일에 출근 안 할 거야? 진단키트에 양성이라고 나
       오면 내일 아침에 피시알 검사 받아봐야 할 거 아냐?

은솔   결과가 나온다고 달라지는 건 없어.

정우   뭐라는 거야?

은솔   코로나 걸렸다고 하고 출근 안 할 거야. 당분간.

정우   원장이 피시알 진단서 가져오라고 하면?

은솔   그만두면 돼. 널리고 널린 게 치과인데 설마 갈 곳 없
       겠어.

정우   자신만만하네. 그래, 그게 너의 매력이었지. (사이) 그래
       도 검사해보는 게 좋지 않을까? 같이 사는 사람 생각
       해서라도. 난 오미크론이지만, 넌 다른 걸 수도 있잖아.
       또 다른 변이 같은 것.

은솔, 말없이 정우를 바라본다.

헛기침을 하는 정우.

정우   네 눈동자에 이젠 경멸이 담겨 있구나. ……너 이런 막
       던지는 농담 좋아했는데.

은솔   그래, 그게 너의 매력이었지.

정우   검사해봐. 아는 게 모르는 것보다 훨씬 나아.

은솔   모르는 게 아니라 알고 싶지 않은 거야.

정우   어린애도 아니고 이해를 못 하겠네. 까투리도 아니고
       모래 속에 자기 머리만 파묻고 있으면, 있던 코로나가

없는 게 돼?

은솔   단정 짓지 마.

정우   그러니까 해보라고.

은솔   …….

정우   모르는 사람은 불안만 키우지만, 아는 사람은 그 시간에 대비해. 이리저리 눈알을 굴리는 것보다 주먹을 쥐는 게 백번 나아.

침묵.

은솔   알면……, 알게 되면……, 책임질 수 있겠어?

정우   책임이라니? 무슨 책임? (마스크를 벗으며) 설마, 내가 너 걸리게 한 거라고 말하는 거니, 지금?

은솔   …….

정우   (손으로 자신의 이마를 짚으며) 아, 나 열 오르면 안 되는데. 정말 안 되는데. 야, 안 되겠다. 미안하지만 정말 오늘은 어디 다른 곳에서 자고 와라. 내가 코로나가 아니라 너 때문에 몸살 나겠다.

은솔   그래, 나도 그러고 싶어.

정우   그럼 그러면 되잖아. 내가 네 짐을 어디 팔아먹을 것도 아니고.

침묵.

정우   그래, 말 나온 김에 좀 더 솔직하게 말해서, 사랑하는 사람과 동거하는 거지, 동거한다고 사랑이 생기는 건 아니잖아. (잠시 고개를 갸웃거리며) 잠깐만. 아닌가? 아, 아니다. 처음 본 사이라면 동거 후 사랑이 생길 수도 있겠다. 아무튼 그건 드라마 같은 거니까 예외로 하고. 보통의 경우 사랑이 끝났으면 같이 있으면 안 되는 게 맞잖아. 그게 우리다운 거고.

은솔 (천천히) 보통의 경우, ……우리다운 것.

정우 그래, 1년 전 우리가 동거하기로 결정했을 때 한 이야기들. 그때 우리 몇 가지 약속했잖아. 서로 같이. 요구 사항 같은 약속.

은솔, 정우로부터 시선을 돌려 휴대폰을 내려다본다.

은솔 약속. 그래, 그랬지. ……그런데 왜 안 만들어줬어?

정우 뭐를? 만들다니, 뭘?

은솔 강아지 집. 내가 강아지 집 하나 만들어달라고 부탁했잖아. 정말 좋은 나무로. 네가 할 수 있는 한 최대한 예쁘게.

정우 뭐라는 거야? 여기서 개집이 왜 나와.

은솔 내가 부탁했고, 네가 약속했잖아. 이곳으로 이사 오던 날 밤에. 서로 와인 잔을 부딪치면서.

정우 말이 되는 소리를 좀 해. 너 강아지도 없잖아. 개부터 사야 집을 만들어주지.

은솔 반려견은 사는 것 아니라고 했지.

정우 그래. 미안하다, 미안해. 강아지부터 입양해야지. 됐냐?

은솔 …….

정우 강아지 데리고 와. 그럼 내가 집 만들어줄게. 제일 좋은

우리는 만나지 않았다

멀바우로. 내가 그 정도 이별 선물은 해줄 수 있어.

은솔   ……늦었어.

정우   늦었다니?

은솔   이미 많이 늦어버렸어.

정우   (영문을 모르겠다는 듯 답답한 표정으로) 너 코로나 맞는 것 같다. 너 지금 굉장히 이상해. 완전, 이상해.

은솔   (기운 없이 헛웃음 지으며) 그래, 지금 내 기분이 이상하긴 해.

정우   완전!

은솔, 정우를 바라본다.

은솔   그래, 알겠어. 그렇다면 세상 공평하게 너도 나만큼 이상하게 만들어줄게.

은솔, 옆 의자 위에 놓인 가방에서 코로나 진단키트 상자와 임신 진단키트 상자를 꺼내 식탁 위에 올려놓는다.

정우   뭘 두 개나 샀어? 난 이미 확진인데.

은솔   가까이 와서 봐. 이게 뭔지.

정우   뭔데? 그 표정은?

은솔   와서 보라고.

정우, 식탁으로 걸어가 상자를 하나씩 손에 들고 확인한다.

정우   너 생리 안 해? 언제부터?

은솔   자, 모르는 것보다 아는 게 훨씬 낫다고 했지, 너.

정우, 두 개의 상자를 식탁 위에 내려놓는다.

은솔   눈알을 굴리는 것보다 주먹을 쥐는 게 백번 낫다고 했
         지, 너.

주머니에서 마스크를 꺼내 쓰는 정우.

은솔   그런데 왜 내 귀에는 네 눈알 굴러가는 소리가 들리는
         걸까?

암전.

2

2년 전, 은솔과 진우의 집.
진우, 식탁 앞에 홀로 앉아 있다. 어둠 속에서 휴대폰을 켜 지난 사진을
본다.
잠시 뒤, 방에서 캐리어를 끌고 나오는 은솔. 식탁 앞에 앉아 있는 진우
를 발견한 뒤 발걸음을 멈춘다.
진우, 은솔을 바라본다.

진우   가니?
은솔   안 자고 있었네.

진우 인사는 해야 할 것 같아서.

은솔 인사 안 하려고 5시에 일어난 건데.

진우 미안하다.

은솔 (조용히 한숨을 내쉬며) 지난 두 달 동안 너에게 미안하다는 말을 오천 번은 들은 것 같다.

진우 그래, 미안해.

은솔 오천한 번.

진우 그래, 그렇지만 미안해.

은솔 미치겠네.

진우, 고개 숙여 휴대폰을 바라본다.

진우 지난밤, 찾아보니 우리가 지난 7년 동안 찍은 사진이 9천 800장이나 되더라. 그 사진을 10초씩만 쳐다봐도 27시간 26분 40초나 걸려. 아무것 안 해도 사진만 보면서 하루를 충분히 보낼 수 있는 거지. 내가 찍은 것만 계산한 거니 네가 찍은 걸 더하면 이틀도 문제없을 거야.

은솔, 손으로 이마를 짚는다.

은솔 야, 나 너 무서워. 그러지 마.

진우 내가 너에게 무서운 사람이 되었구나. 미안해.

은솔 (소리 높여) 제발 그만하라고. 좀!

침묵.

진우   미⋯⋯. 아니, 그러려던 게 아니라, 난 그냥 잘 가라고, 잘 지내라고 말하고 싶어서. 그래서 앉아 있던 거야. ⋯⋯정말로 너를 화나게 하려던 게 아니야.

은솔   알았으니까 좀 자. 넌 좀 자야 돼.

진우   잠을 잘 수가 없어.

은솔   그래도 자라고. 안 되면 약이라도 처방받아 먹든가.

진우   나를 위한 일이라면 그 어떤 일도 하지 않을 거야. 나는 정말로 나를 벌하고 싶어.

은솔   그 정성스러운 헛소리는 그만 좀 하고, 제발. 너 시 쓰고 싶어 했던 것 내가 알고 있거든. 왜 시인이 못 됐는지도 이제는 충분히 알 것 같고. 그러니까 입에서 나오는 모든 말에 제발 기름 좀 묻히지 마. 네가 하는 말을 듣고 있자면 귀가 미끌거려 못 참겠어. 속이 다 느글거린다고.

진우   스물넷. 우리가 처음 만났을 때 넌 내 말을 참 좋아해 주었는데. 언제나 귀 기울여주고. 세상이 듣지 않는다면 내가 다 들어줄 테니 나에게 이야기하라고 했었는데. 그런 아이였는데. 이제 내 말이 너에게 닿지 못하고 모두 미끄러져 내리는구나. 세상이라는 비정한 바다으로.

은솔   그만!

33

캐리어 손잡이를 붙잡는 은솔.

은솔   됐고. 나 갈 테니까 잠을 자든지 혼자 떠들든지 네 맘대로 해.

진우   부탁이 하나 있는데…….

은솔   하지 마!

진우   가끔 연락해도 될까?

은솔   안 돼. 연락하지 마. 절대 안 돼. 너 분명히 나한테 약속했어.

진우   알아. 약속은 반드시 지킬 거야. 그래서 다시 한 번 부탁하는 거고.

은솔   그 부탁 절대 들어줄 생각 없어. 꿈도 꾸지 마.

진우   한 달, 아니 한 계절, 아니 1년에 한 번이라도 좋아. 안부만 묻고 바로 끊어도 좋으니 그래도 안 될까?

은솔   너, 완전 미쳤어. 이상하다고. 완전 이상해!

진우   그래, 나도 이 모든 상황이 이상해, 정말. 널 이 집에서 볼 수 없다는 사실이 믿기지 않아.

34

은솔   나 그냥 죽었다고 생각해. 그래, 그게 좋겠다. 난 널 떠나는 게 아니라 죽은 거야. 이제부터 2020년 3월 1일은 삼일절이자 내 기일이야. 만세, 만세, 만세. 그러니까 너도 내가 생각나면 만세 삼창을 외쳐. 그러면 돼.

진우   피아졸라의 〈Balada Para Un Loco〉 같네. 사랑이라는 절망 속에 빠진 미치광이. 비바. 비바. 비바. 로코. 로코. 로코.

은솔   멋대로 꾸미지 마. 이건 절대 사랑이 아니라고. 사랑이 아니니 절망도 아닌 거고.

진우   지은솔이라는 국가에 사랑이라는 여권을 들고 망명했는데, 너는 나를 다시 이 가혹한 세상으로 추방하는구나.

은솔   (절규하듯) 초딩이야? 중2병이냐고. 이게 대체 뭐 하는 거냐고. 새벽 5시야, 새벽 5시. 우리는 끝났다고. 완전하게 헤어진 거라고. 영원히.

은솔, 두 손으로 머리를 감싼다.

은솔   차라리 그냥 저질스러운 욕설을 해. 기름종이 같은 말 말고, 싸구려 농담같이 막 던지는 말.

잠시 침묵이 흐른다.

진우   오천세 번. 마지막으로 말할게. ……미안해, 은솔아. 너에게 상처를 준 내 자신을 절대 용서 못 할 테지만 그래도 어찌 됐든……. 살아볼게. 너를 생각하지 않으려 노력하면서 잠도 청해볼게. ……그러니 잘 가! 나와 같이 이 집에서 7년이라는 시간을 보내줘서 고마워. 너와 보낸 그 모든 시간이 행복했어.

긴 침묵.
진우, 식탁 위에 있던 마스크를 가지고 자리에서 일어난다.

진우   (은솔에게 마스크를 건네며) 서울에서도 코로나 확진자 나왔다고 하더라. 이거 쓰고 가.

은솔, 어정쩡하게 진우가 내민 마스크를 받아 든다.
진우 방에서 진솔이가 짖는 소리 들린다.

진우 　진솔이가 너 가는 줄 아는 모양이다. 어서 가. 얼굴 보면 더 힘들어져.

침묵.
서로를 바라보는 두 사람.

은솔 　난 너에게 몇 번이나 기회를 줬어. 잠시 한눈을 팔았던 거라고, 그냥 정신 못 차린 철없는 바람이었다고 말한다면 너를 용서해주겠다고 울면서 다짐한 적도 있어.

진우 　알아. 네가 많이 울었다는 것. 그래서 지금도 그 생각만 하면 가슴이 너무 아파.

은솔 　……아직도 그 애가 운명이라고 생각해?

진우 　아니, 운명은 아니었어. 이젠 알아. 듣기 싫겠지만 내 운명은 너야.

은솔 　그런데도 너는 내 물음에 그 애도 사랑이었다고 말했어. 지금은 만나지 않기로 했지만 그 애도 사랑해서 만났던 거라고. 도대체 왜, 왜 그랬어?

진우 　너를 한 번 배신했으면 그걸로도 충분해. 너에게 두 번 거짓말할 수는 없었어. ……미친 소리라는 것 알지만 그 애를 만났을 땐 사랑이라는 마음으로 만났어. 너를 만났을 때와 비교할 수는 없지만 그래도 잠시나마 진심으로 만났어. 내 마음이 했던 일을 다른 누구도 아닌 너에게 속일 수는 없었어.

은솔 　개새끼. 너는 그냥 개새끼야. (진우의 가슴을 친다.) 자기 편하자고 할 말 못 할 말 구분도 안 하는 이기적인 개새끼. 너는 진솔이 똥구녕이나 빨다가 평생 혼자 늙어

	죽어야 돼. 꼭 그렇게 죽어. 죽으라고.
진우	그래, 꼭 그렇게.
은솔	안 돼. 진솔이는 내가 곧 데려갈 거야. 너 분명 약속했어.
진우	그래, 마당이 있는 집만 구해. 그럼 그날로 너에게 보낼 테니. 진솔이도 너와 있는 걸 더 행복해할 거야.
은솔	내가 키우게 되면 그냥 솔이라고 부를 거야. 진우라는 네 이름은 반드시 떼어낼 거야.
진우	그래, 그렇게 해. 내 이름은 없어도 되니 얼마든지 버려도 돼.

은솔, 천천히 진우에게 다가가 그의 가슴에 이마를 박는다.

은솔	두 번 다시, 우연히라도 너를 다시 보지 않을 거야.
진우	우연히라도 너를 보게 해달라고 신에게 기도하지 않을게.
은솔	제발 그런 말 좀 하지 말라고.
진우	그래, 안 할게.
은솔	……나 너 따귀 한 대만 때려도 돼?
진우	얼마든지. 눈물을 흘리는 것보다 주먹을 쥐는 게 더 낫다고 했어.

은솔, 진우에게서 이마를 떼어낸 후 진우의 얼굴을 바라본다. 손바닥으로 힘껏 진우의 뺨을 때리는 은솔.

은솔	이게 우리에게 필요한 보통의 결말이야.

은솔, 캐리어 가방을 가지고 밖으로 나간다.

현관 문소리를 듣고 진우의 방에서 진솔이가 긴 울음을 운다.

멍하니 망부석처럼 서 있는 진우.

진우 꿈은 끝났다. 그런데 왜 삶은 남아야 하는 것이냐.

멀리 무대 뒤에서 은솔의 성난 목소리가 들려온다.

은솔 (목소리만) 으악! 쫌!
진우 (눈을 감으며) 안녕, 내 사랑.

암전.

3

은솔과 정우의 집.

정우가 초조한 듯 다리를 떨며 식탁 의자에 앉아 있다.

양변기 물 내려가는 소리.

잠시 뒤 화장실에서 나오는 은솔. 양손에 진단키트가 들려 있다.

정우 뭐야? 두 개를 한꺼번에 했어?
은솔 그렇게 검사해보라고 종용하더니 한꺼번에 한 건 또
    뭐라고 하네.
정우 급한 것부터 해보는 게 맞잖아.
은솔 뭐가 급한 것인데?

정우   그야…….

은솔   그야, 뭐?

정우   야, 됐으니까 검사 결과부터 말해. 어떻게 나왔어?

은솔   궁금하지? 궁금하면 맞춰봐. 두 개 합쳐서 몇 줄이 나
        왔을지. 둘 다 양성이면 총 네 줄이고, 하나만 양성이면
        세 줄, 둘 다 음성이면 두 줄이야.

정우   헛소리 그만해. 지금 그럴 때야?

은솔   응, 그럴 때야.

정우   (한숨을 내쉬며) 됐고, 그거 이리 줘봐.

정우, 식탁 의자에 앉은 채로 손을 뻗는다.

은솔, 뒤로 한 걸음 물러서며 진단키트를 주머니에 넣는다.

은솔   나는 검사 결과보다 네 표정이 더 궁금해. 자, 말해봐.
        어떤 결과를 원해?

정우   야, 장난할 걸 가지고 장난을 쳐.

은솔   내가 지금 내 몸 가지고 장난하는 것처럼 보여?

정우   (자리에서 일어서며) 그만하고 이리 달라고.

은솔   (매섭게) 내 몸에 손만 대봐.

정우, 은솔을 바라보다 자리에 앉는다.

정우   알았어. 알았으니 결과나 말해.

은솔   너부터 대답해.

정우   둘 다 음성. 두 줄.

은솔   삑. 아쉽지만 오답입니다. 두 개 합쳐 빨간 줄이 총 세

줄 나왔습니다.

정우, 굳은 표정으로 은솔을 바라본다.

은솔   뭐야. 왜 이렇게 긴장해. 아직 뭐가 두 줄인지는 모르잖
       아.
정우   ······설마, 아니지?
은솔   설마, 기면?

서로를 바라보는 두 사람.

정우   우리 그만 각자 살자고 내가 먼저 말하기는 했지
       만······, 나 너에게 최소한의 예의는 지켰다고 생각하
       거든.
은솔   그래. 같이 살자고 말한 것도 너고, 각자 살자고 말한
       것도 너지.
정우   나는 각자 살자고만 했어. 그런데 헤어지자고 한 건 너
       야.
은솔   (헛웃음을 지으며) 그 둘이 다른 거니? 아니, 그게 어떻
       게 가능해?
정우   얼마든지 가능할 수도 있지. 왜 사람이 그렇게 비관적
       이야.
은솔   뻔뻔한 새끼. 그건 긍정적인 게 아니라 비겁한 거야. 개
       자식아.

서로를 쳐다보는 두 사람.

정우   그래, 알았다. 네 생각은 네 것이니까 얼마든지 마음대로 생각해라. 그렇지만 우리 마지막 예의는 지키자. 다른 놈이랑 7년이나 동거했던 주제는 좀 파악하자고.

은솔   …….

정우   왜 이렇게 놀라. 내가 모를 줄 알았냐?

은솔   …….

정우   됐고. 결과나 말해.

은솔   …….

정우   싫어? 말하기 싫으면 그만두든가.

정우, 자리에서 일어난다.

정우   너 알아서 해. 세 줄이든, 열 줄이든, 백 줄이든. 너 다 가져. 나는 관심 없으니.

정우, 은솔을 지나쳐 방으로 들어가려 한다.

은솔   개만도 못한 놈.

정우   응, 그래. 고마워. 오래 살게.

은솔   주제 파악도 못 한 헤어진 동거녀에게 코로나를 선물로 다 주다니. 눈물 나게 고맙다.

정우, 잠시 발걸음을 멈춘다.

정우   너 혹시 나에게 미련 있니? 그래서 판 짜보려고 했던 거야?

은솔　그냥 오늘 밤 죽는 게 어때?

정우　아무튼 방을 구하지 못한 건 네 사정이니까 내일 아침까지 짐 빼줬으면 좋겠다. 오늘은 늦었으니 거실 소파에서 자도 돼. 이건 나의 마지막 예의.

은솔　진지하게 부탁 하나 하자. 들어줄래.

정우　싫어.

은솔　나에게 뺨 한 대만 맞지 않을래?

정우　되겠니, 그게?

은솔　만 원 줄게.

정우　그 돈으로 아침에 해장이나 해라. 열쇠는 식탁 위에 두고 가. 우연히라도 두 번 다시 보지 말자. 잘 살아라.

은솔　꼭 오래 살아. 고통스럽게.

42

정우, 방으로 들어간다.
거실에 홀로 남은 은솔, 천천히 식탁 의자에 앉는다.
서서히 어두워지는 무대.
은솔, 휴대폰을 집어 들고 문자메시지를 적기 시작한다.

은솔　진솔이의 마지막을 지켜줘 고마워. 그렇지만 나는 못 갈 것 같아. 미워서 못 가고, 미안해서 못 가. 대신 내 사진을 진솔이 추모함에 넣어줘. 웃고 있는 사진은 싫으니 네가 가지고 있는 사진 중에 가장 무표정한 걸로 부탁할게. ……잘 지내, 너도.

은솔, 검지를 들어 전송 버튼을 누르려다 망설인다. 그대로 휴대폰을 꺼버리는 은솔. 잠시 뒤 주머니에서 진단키트를 꺼내 든다. 은솔, 오래

도록 진단키트의 붉은 선을 내려다본다. 불이 꺼지기 직전 주머니에서
마스크를 꺼내 쓰는 은솔.
멀리서 진솔이의 울음소리 들려온다.

막

사랑할 수 없는 사랑에 대한 극적 소고 小考

유희경

등장인물

남자　삼십대 초반의 흡연자
여자　이십대 중반의 흡연자

시간

2022년

공간

지방 소도시 5층 건물의 옥상

무대

바닥은 초록색 우레탄 방수 코팅. 그것은 '너무' 오래되어 보인다. 무대 하수에 불쑥 튀어나와 있는 출입구. 출입구에는 철문. 무대 가운데에는 재떨이로 쓰이고 있는 화분. 담배꽁초가 수북하다. 옥상답게, 그 외엔 별게 없다.

작가 노트

- 이 극에서 배우는 주로 담배를 피운다. 하지만 무대 위에서 흡연은 재현되지 않기를 바란다. 흡연은 건강을 해칠 뿐만 아니라, 이상하리만치 전염 효과가 있어 객석에 앉아 있는 흡연자들을 자극하기 때문이다.
- 자칫, 안티백서의 극으로 오해될 수 있다는 점에서 다소 우려하고 있다는 것을 알아주기 바란다. '작용에 의한 부작용'이라는 초유의 감각에 대한 수고로운 (어쩌면 인위적인) 은유로, 이 극은 성립되어야 한다. 대개의 희곡이 그러하듯, 이 극은 아이러니를 따라간다.
- 작가 노트를 공연 시작 전에 큰 소리로 낭독해주어도 좋겠다. 낭독은 남자보다는 여자에게 부탁한다.

해가 지고 있다. 잘 보이지 않는 구석에 한 남자가 서 있다. 그는 턱에 마스크를 걸친 채 담배를 물고 있다. 옥상 너머 어딘가로 시선을 고정한 채다.

잠시 시간이 흐른다. 계단을 따라 올라오는 소리. 철문이 들썩이다가 마침내 열리면 마스크를 쓴 여자. 휴대폰을 들여다보고 있다. 소리 나게 문을 닫는다. 지체 없이 재떨이(로 쓰이는 화분)로 다가가 마스크를 벗는다. 주머니에서 여러 가지를 꺼낸다. 하나는 일회용 나무젓가락. 다음은 파우치. 담배를 꺼내 젓가락에 꽂고 불을 붙이려 한다.

이 모습을 남자는 보고 있다. 마침내 여자의 담배에 불이 붙자, 남자가 다가간다.

남자   저기 불 좀 빌릴 수 있을까요.

여자, 남자를 흘긋 보고는 도로 휴대폰을 들여다본다. 짧은 사이를 두고 라이터를 건넨다.

남자는 라이터를 받아 멍하게 서 있다. 여자를 보는 것 같은데, 꼭 그렇지도 않은 모양이다.

여자, 내민 손으로 라이터가 돌아오지 않자 고개를 들어 남자를 본다.

남자   백신 접종하셨어요?
여자   네?
남자   백신 맞으셨는지 궁금해서요.
여자   (물끄러미 남자를 보다가) 라이터 주세요.

남자, 라이터를 돌려준다.

여자   불 안 붙이세요?

남자   (그제야 깨달은 듯, 그러나 느리게) 아. 맞다.

남자, 담배에 불을 붙이려다 말고

남자   저는 백신 맞았어요.

여자   네. (짧은 사이) 라이터요.

남자, 불을 붙이지 않은 채 라이터를 여자에게 건넨다.

라이터를 건네받은 여자는 휴대폰을 보면서 담배를 피운다.

남자   어떤 사람들은 괜찮다던데, 또 어떤 사람들은 팔이 아
프기도 하고 깨질 듯 머리가 아프기도 하대요. (짧은 사
이) 일본에 어떤 여자는 탈모가 와서 가발을 쓴다는 거
예요. 정말 무섭지 않나요. 저는 그게 제일 끔찍해요.

여자, 휴대폰에서 눈을 떼고 남자를 본다.

남자   1층 세무사에서 일하시죠? 저는 4층에서 일해요.

여자   알아요.

남자   아, 아시는구나. 저를 모르실 수도 있겠다 싶었어요. 수
상한 사람처럼 보일 수도 있잖아요.

여자   여기서 몇 번 봤죠.

남자   맞아요. 하루에 한 번은 꼭. 저녁에 담배 피우러 오신
건 처음인 것 같아요.

여자   야근이에요.

여자, 담뱃불을 밟아 끄고 꽁초를 화분에 던진다. 가려는데

남자   저기, 불 좀 빌려주세요.

여자는 남자가 물고 있는 담배를 본다. 망설이다가, 라이터를 건넨다.
남자는 라이터를 쥐지만 불을 붙일 생각을 하지 않는다.
사이

여자   저기요. 저 일 많아서 내려가봐야 하거든요.
남자   일이 많으시군요. 저도 일이 많아요. 오후에 사고가 좀
           있었는데 그걸 수습하느라 여태 남아 있는 거거든요.
           괴로워요.
여자   라이터 달라는 거예요.
남자   (소스라치듯 놀라서) 정말, 정말 미안합니다. 요즘 부쩍
           이 모양이에요. 해야 하는 일을 까먹고 멍해지거든요.
           내가 뭘 하려고 했었죠? (손에 든 라이터를 보고) 아. 그
           렇죠. 담배를.

남자, 주머니에서 담배를 꺼내어 입에 물려고 하다가 입에 문 담배를
떨어뜨린다.

남자   오오. 맙소사. 담배를 물고 있었군요! 이게 다 백신 때
           문이에요. 3차 접종을 마친 뒤부터 도무지 정신을 차
           릴 수가 없어요. 실은 오늘 오후의 사고도 저 때문에
           생긴 거예요. 밤을 새워야 할지도 몰라요. 안티백서니
           뭐니 하는 사람들 다 멍청이들이라고 생각했는데. 이

릴 줄 알았으면 차라리 병에 걸리는 게 나을 뻔했어요.

남자, 주저앉아 떨어뜨린 담배를 줍는다. 그의 입에는 새 담배가 물려 있다.
여자, 팔짱을 낀다.

남자   하긴 뭐. 이런 건 아무것도 아니지. (벌떡 일어나서) 더 큰 문제는 제가 아무도 사랑할 수 없게 되었다는 거니까요.

여자   저기, 그 라이터 가지세요. 나중에 생각나시면 주시고요. 아, 아니에요. 돌려주지 않아도 돼요.

여자, 휴대폰을 주머니에 넣고 문 쪽으로 걸어간다.

남자   잠깐만요. 이건 그쪽하고도 무관한 얘기가 아니라고요.

여자   뭐래.

여자, 문을 열려 한다. 열리지 않는다.

남자   (다급하게) 제가 그쪽을 사랑했었단 말입니다. 매일매일 이곳에서 볼 때마다 얼마나 좋았던지. 제가 끊었던 담배를 다시 피웠었지요. 아침 뭉게뭉게 피어오르는 담배 연기 속에서 휴대폰을 들여다보는 당신의 정수리는 얼마나 아름다운지. 당신이 먼저 내려가고 나면 나는 다음 만남을 기다리면서 연습했답니다. 대체 어떻

게 말을 걸어야 하는 것일까. 그 일이 이렇게 성사되었
네요. 물론 너무 늦어버렸지만요.

남자가 헛소리를 하고 있는 동안 여자는 문을 열려고 노력한다. 문이
열리지 않는다. 갖은 애를 쓰다가 겁에 질려서

여자   저기요!
남자   네?
여자   그쪽이 잠근 거예요?
남자   (여자 쪽으로 가며) 제가요? 뭘요?
여자   오지 말아요! 소리 지를 거예요! 지금 문이 열리지 않
       는다고요!
남자   (태연하다.) 아, 그거요. 그거 가끔 그래요. 문을 너무 세
       게 닫거나 하면 잠기더라고요. 누가 안에서 밀면 다시
       열려요. 신기하게도.
여자   어떡해요. 저 가야 한단 말이에요.
남자   문은 그쪽에서 닫은걸요. 아, 그러고 보니 지난번에 갇
       힌 저를 구해준 건 그쪽이었죠.
여자   이제 밤이 되어가는데 누가 올라와요? 우리 사무실에
       도 사람이 없는데.
남자   그럼 도움을 요청합시다. 저는 전화기를 놓고 왔는데.

여자, 그제야 자신의 손에 휴대폰이 있다는 사실을 깨닫는다.

여자   아, 그렇지.
남자   (여자 곁으로 가서) 119는 안 돼요.

49

여자   그럼 누굴 부르라고요.

남자   아무래도, 여기서 담배를 피웠다는 사실이 마음에 걸
        려서요. 불법인지 아닌지 모르겠거든요. 혹시 이곳이
        폐쇄되기라도 한다면, 옥상이니 그렇지 않더라도 저
        재떨이가 치워지기라도 한다면, 정말 마음이 아플 거
        예요. 저 더러운 것이 제게는 한때의 증거, 한때의 기억
        입니다. 그냥 112를 부르는 게 좋겠어요. 차분히 기다
        리면서 담배나 한 대 더 피웁시다.

여자, 전화를 건다.
사이, 서서히 조명 어두워진다.
긴 사이

50

이제 해가 졌다.
남자는 여전히 담배를 물고 있고 여자는 담배를 피우고 있다.

남자   아침 일찍 고백을 하는 건 좋지 않다고 생각했죠. 만약
        거절을 당한다면, 종일 언짢을 거 아녜요. 물론 그쪽을
        배려하기도 해야 하니까요. 사실 흡연 공간에서의 고
        백은 영 찝찝한 것도 있고요. 그래서 식후 흡연이 이뤄
        지기 전인 점심시간을 활용해보아야겠다, 계획을 세웠
        죠. 커피를 한 잔 건네면 어떨까. 그런 것도 좋고요. (쓸
        쓸하게 웃으며) 얼마 전 일인데 까마득하게 먼일처럼 느
        껴지네요.

여자   말씀이 참 많으시네요.

남자   그렇지 않아요. (사이) 남자들은 말 많다는 이야기에 늘

발끈하곤 하지만, 저는 정말이지, 함께 이야기를 나눠 보고 싶었어요. 그런 바람 가져본 적 있어요? 저는 처음이었어요.

여자   지금 일방적으로 이야기하시는 거 아시죠? 그리고 언제 봤다고 이러시는 거예요, 자꾸.

남자   감정을 느끼는 데 그리 오랜 시간이 필요한가요. 그리고 저는 신중한 성격입니다. 스토커처럼 느껴지실까 봐 참습니다만 못다 한 이야기가 많아요. (갑자기 슬퍼진다.) 그게 다 무슨 의미가 있겠어요. 심장이 돌처럼 딱딱해졌는데. 다른 것은 다 정상이에요. 팔도 아프지 않고 머리도 아프지 않고 탈모도 없어요. 다만 사랑이라는 것에만 무감각해지게 되었다고요.

여자   부작용이라면, 제게 말씀하실 게 아니라 병원에 가봐야죠.

남자   병원에 가서 이런 얘기를 하면 믿겠어요?

여자   저도 안 믿어요. 그냥 정신이 이상한 사람 같다고요.

남자   그럴 줄 알았어요.

긴 사이

여자는 바닥에 비벼 끈 담배를 화분에 던진다. 그것은 화분에 담기지 않는다.

남자와 여자, 잘못 떨어진 꽁초를 물끄러미 바라본다.

여자   죄송해요. 그렇게까지 말하려는 건 아니었는데.

남자   꼭 저 꽁초 같네요. 제가 말이죠.

여자   아아. 정말 그만하세요. 듣기 싫어요.

남자, 담배꽁초를 주워 화분에 집어넣는다.

남자   나도 미안합니다. 그럴 의도가 아니었는데.

여자   지금 울어요?

남자   남자들은 우냐는 소리도 별로 좋아하지 않죠.

남자, 훌쩍훌쩍 운다.

여자는 이 난데없는 상황에 어쩔 줄 모르고

남자   사랑이 사라져버린 세상이 어떤 건지 저는 미처 몰랐
       어요. 그쪽도 모르죠? 거의 모든 것이, 이 건물도, 이 옥
       상도, 저기 지나가는 차들도 모두 사랑 위에서 서 있고
       내달리고 있는 거라고요. 이제 아무 맛도 느끼지 못하
       고 아무 생각도 하지 못해요. 그저 멍- 머엉-하고 추워
       서 견딜 수가 없어요.

사이

남자, 울음을 그치지 못한다.

남자   우리는 정말 잘 어울리는 한 쌍이 될 수도 있었을 거예
       요. 같이 차를 마시고 영화를 보고 늦도록 통화를 하고
       몰래 함께 담배를 피우기도 하겠죠. 이젠 틀렸어요. 제
       겐 기회가 없어요. 다시는 괜찮아지지 않을 거예요. 백
       신을 맞은 다음 날 옥상에서 그쪽을 만나게 되었을 때,
       그런데 아무런 미래가 그려지지 않았을 때 그 기분을
       모를 거예요. 우리는 이제 우연히 한 공간에서 각자 담

배를 피우는 그런 사이에 불과하다고요. 정말, 거지 같
아요. 암담해.

남자, 입술에 붙어 있던 담배를 화분에 집어던진다.
긴 사이

여자   아, 그러니까. 이 모든 일이 제 의사와는 아무 상관없이
       있었던 거네요. 근데 어째서 채인 상황이 되는 거죠?
       하여튼 이렇게 되었으니까 어쩔 수 없는 거고, 어서 괜
       찮아지기를 바랄게요. (짧은 사이) 나 뭐래니.

남자, 오열한다.
때마침 옥상으로 올라오는 소란. 누가 옥상 문을 두드린다.

여자   사람들이 왔나 봐요. 이제 뚝하고 얼른 마스크 쓰세요.

여자 문 쪽으로 다가가고 천천히 암전.

막

순대만 주세요

조정일

등장인물

남자
여자

시간

2020년 8월, 코로나19 바이러스가 유행하고 처음 맞는 여름 2시

공간

신의주찹쌀순대 ○○점

식탁 양쪽에 앉아 있는 남자와 여자. 방역 지침 때문에 정면으로 마주 보지 못하고 엇갈려 앉는다. 두 사람이 차지하고 남은 빈자리에는 X 표시를 한 종이가 붙어 있다.

남자와 여자, 방금 식탁에 오른 순댓국을 먹으려고 간을 더하고 빼고 한다.

남자는 TV가 바라보이는 쪽에 앉아 가끔 그곳을 쳐다보기도 한다.

여자는 옆에 수첩을 놓고 가끔 메모한다.

여자   (뚝배기에서 내장을 골라내 남자의 뚝배기로 덜어준다.)

남자   나 다 주면 넌 뭐 먹어?

여자   오빠 먹어. 이것도. 이것도.

남자   내장 빼달라고 주문할 때 미리 말을 했어야 되는데.

여자   난 순댓국 잘 안 먹으니까 몰랐지. 오빠가 말했어야지.

남자   (뚝배기에서 순대를 골라 여자의 뚝배기로 덜어준다.) 내가 순대 줄게. 순대는 네가 다 먹어. 내장은 내가 다 먹을 게.

여자   됐어.

남자   이거 진짜 순대야. 수제 순대. 복날 아무것도 못 먹었잖 아. 여름에 땀 많이 흘릴 때 이런 거 먹어줘야 돼.

여자   됐어. 안 먹어. (건너오는 순대를 숟갈로 막고 남자를 한참 노려본다.)

남자   돼지는 코부터 꼬리까지 버릴 게 하나도 없어. 간, 허 파, 창자, 비계, 뼈. 내장, 고기 다 먹는다. 너 신의주 어 딘지 알아? 북한이다. 몰랐지? (여자의 시선을 의식하고) 응. 왜?

여자   그냥 먹자.

남자, 간을 보면서 소금을 자꾸 넣는다.

여자   짜. 소금을 왜 자꾸 넣어?

남자   싱거워서. 이거 소금 맞나. (TV 쪽을 보고) 확진 246명,
       사망자 1명. 돌아버리겠네. 왜 100명대 내려갔다가 하
       루 만에 또 200명 넘냐. 사랑제일교회에서 확진자 계
       속 나온다. 저거 봐. 거리두기 2단계로 격상. 정말 내일
       부터 2단계 가네.

여자   지금 상담실에서 얘기 듣고 왔잖아. 밥이나 먹어.

남자   우리 앞뒤로 같은 날 예약된 사람, 아까 두 팀, 세 팀 취
       소했다고 했나? 그 사람들은 이제 어떡해? 코로나 언
       제 끝날지 알 수도 없는데.

여자   뭐야, 뭐냐고. 감기 같은 거라며. 여름 되면 코로나 없
       어진다고 해놓고.

남자   19일부터 30일까지. 오늘 밤 자정부터야. 정말 재수 없
       게 걸렸다.

여자   뭐? 재수 없다고?

남자   30날, 딱 우리 결혼식 날까지 2단계 격상이잖아. 지금
       당장 해버리지, 자정까지 왜 기다려? 오늘 날짜로 2단
       계 갔으면 18에서 29, 끝. 30날 우리 결혼식 날은 다시
       1단계로 내려갈 수 있잖아. 하루 차이로. 19 말고 18,
       오늘부터 격상하면.

여자   욕 하지 마.

남자   욕 안 했어, 오늘이 8.18(팔일팔)이라고.

여자   누가 오늘 18일 모른대?

둘은 순댓국을 먹는다.

남자 이러면 어때? 벌금 내는 거 우리가 감수하고 하객들
      다 오라 그래. 우리가 벌금 300 내고 사람들 다 부르면
      되잖아. 축의금 받은 걸로 300만 원 내면 되니까.

여자 아니야. 양가 합산 50명 넘으면 그때부터 한 사람 한
      사람이 각자 300만 원씩 벌금 무는 거야. 우리도 300
      내고 하객들도 300 내고.

남자 진짜? 정말? 오, 빠져나갈 방법이 없게 해놨네. 홀에
      50명까지 입장이면 도우미는? 도우미가 기본적으로
      몇 명 있잖아.

여자 아까 실장이 얘기할 때 뭐 들었어. 도우미는 자기들 직
      원이니까 빼고 50명이라고. 사회자, 주례, 사진은 우리
      가 부른 사람이니까 포함되고. (수첩을 떠밀어 보인다.)

남자 (여자의 수첩을 건너보고) 예식 당일 팔찌 제공. 팔찌 착
      용자만 홀, 식당 입장 가능.

여자 우린 팔찌 안 찰 거야.

남자 신랑 신부도 50명에 포함되니까 차는 거 아냐? 우리가
      50명 중에 1번 2번이겠지.

여자 드레스 입고 팔찌를 왜 차는데? 오빠는 찰 거야?

남자 실장한테 전화해서 물어볼게.

여자 팔찌 차라고 하면 확 찢어버릴 거야.

남자, 수첩에 올린 하객 명단을 훑어본다.

남자 거의 50명 됐네. 몇 명 더 빼면. 아, 청첩장 뿌려놓고 어

떡하냐.

여자   어떡하긴, 빨리 연락 돌려야지.

남자   영철이, 호식이, 태환이…… . 네가 잘 정리했네. 아, 얘
는 빼. 내 지인 중에 김민수 빼도 돼.

여자   그럼 내 지인 한 명 추가한다.

남자   한 명 뺐는데 거기다 추가하면 안 줄잖아.

여자   최종적으로 짜보고 있잖아. 정말 빼도 되는 사람이야?

남자   상관없어.

여자   대신 추가할 사람 없고?

남자   대신, 음…… .

여자   고마워. 김민수 뺀다. (수첩 속 이름에 X표를 한다.) 그럼
누굴 추가할까, 누구를 추가할까…… . 아, 어렵다. 오
빠, 또 없어?

58

남자   (명단을 보면서) 얘 와야 되고, 얘 와야 되고, 얘도 와야
되고. 난 이제 뺄 사람 없는데. 네가 지인이 많잖아. 욕
심 부리지 말고 더 좁혀봐.

여자   더 좁혀? 어떻게 더 좁힐까. 방법 알려주시면 참 고맙
겠는데요.

남자   꼭 불러야 되는 사람만 불러. 아직 이 안에 빠져도 되
는 이름 있을 수 있잖아.

여자   없어. 난 없는데 오빤 또 있어?

남자   이렇게 해봐. 가령, 가끔 가다 한 번씩 봐도 정말 좋은
사람, 그런 친구 있고, 반대로 매일매일 보는데 친구까
진 아니다 싶은 그런 사람. 앞으로 과연 내가 이 사람
하고 계속 연락하고 살까 했을 때, 얘는 무슨 일이 있
어도 평생 보고 살 것 같다, 그런 친구 있고, 죽을 때까

지 안 봐도 나랑 아무 문제없을 거 같은데 싶은 그런 사람. 지금 내 시점에서 분류해보고 저울에 한번 달아보는 거야. 쭉정이 빼고 알맹이만 남을 때까지. 영혼 없이 '메리 크리스마스. 새해 복 많이 받으세요. 생일 추카추카' 그러는 사람들, 그런 건 확실히 제외하고.

여자 그런 사람들이 이 안에 낄 수 있겠어?

남자 (수첩에 적힌 이름 하나를 짚고) 한번 봐보자. 너 지인 중에, 진숙이. 이 사람은?

여자 진숙이 뭐?

남자 진숙이가 누군데? 난 몰라. 네가 알겠지. 진숙이라는 친구는 쭉정이야, 알맹이야? 이거 진숙이 동그라미 친 거야, 아니면 엑스 엑스?

여자 반반……

남자 반반?

여자 부르기 싫은데 안 부르면 안 될 거 같은 애 있어.

남자 돈만 받으면 되는 사이 아니고?

여자 고등학교 친군데. 나 얘 결혼할 때 축의금도 많이 냈어. 돈만 보내, 그러면 되게 기분 나빠할걸. 얘는 이상해. 얘는 나 너무 좋아한다. 사랑한대. 나 결혼하면 자기는 죽는다, 그래 놓고 지가 먼저 갔어. 얘는 무서워. 이번에 안 부르면 두고두고 내 욕 하고 다닐걸. 내가 자기랑 제일 친한 줄 알았는데 자기 무시당했다고. 청첩장 띡 보내고 "야, 축의금만 부쳐" 그러라고? 자기 밥도 못 먹고 돈만 뜯겼다고 난리 칠 애야, 얘.

남자 이러면 어때. 너랑 나랑 각자 초등학교 때 친구들 대표 한 명, 중학교 때 친구들 대표 한 명, 고등학교 때……

여자 유치원 때 친구는 왜 빼?

남자 유치원 때 친구도 아직 만나?

여자 수진이.

남자 아, 수진 씨?

여자 오빠, 수진이 제일 오래된 친구야. 수진이 빼라고?

남자 수진 씨 당연히 와야지. 여기 명단에 있네. 친구 3번.

여자 수진이가 내 부케 받을 거야. 나한테 결혼 선물로 로봇 청소기 해주겠대. 정말 좋은 걸로. 오빠, 아까도 거리두 기 격상된다는데 너 문제없니, 진심으로 걱정하고 제 일 먼저 전화한 친구야.

남자 수진 씨 같은 사람이 진짜 친구지.

여자 수진아, 나 간 필요해 그러면 수진이는 자기 간 빼 주 고, 수진아 콩팥 하나만 떼 줘 그러면 자기 콩팥 떼 주 고, 나 피 모자라 그러면 피까지 다 빼 줄 친구야. 나도 수진이한테 똑같이 해줄 거고. 우리 그런 사이야. 그런 친구라고. 오빠도 그런 친구 있을 거 아냐. 없어?

남자 알아, 알지, 알겠어. 먹어. 먹으면서 말해. 들깻가루 넣 었어?

여자 오빠 알아? 지금 한 말은 실수라도 나한테 모욕이고 수진이한테 모욕이야.

남자 조심할게. 나한테 건모 같은 친구가 있는 것처럼 너한 테는 수진 씨 같은…….

여자 아니야, 그만하자.

남자 내 관점에서 말하다 보니 그런 거니까 이해해줘. 나도 이번에 돌아보니까 옛날에 친했는데 지금은 왜 이렇게 됐지 싶고. 다 필요없더라고. 시절인연, 그런 말 있잖

아. 그때 우연히 거기서 만났고 같이 있으니까 친하게 지냈고 시절이 다해서 멀어졌고, 그런 일들이 살면서 계속 반복. 다 한때 우연, 한때 인연이더라고. 씁쓸해.

여자   오빠보다 어리지만 나도 뭔지 알아. 나도 사람관계 부질없다는 생각 가끔 들어.

남자   허무하다고 하잖아. 허무하다고. 지금 내 삶하고 얼마나 밀접한 사람인가 그런 게 중요한 거지. 모든 인간관계는 비즈니스야.

여자   우리도 그런 거고.

남자   아주 냉정하게 말하면 그렇지만, 우린 다르지.

여자   정말요?

남자   사람들 맘대로 못 불러서 좀 서운하게 됐지만 참자. 이럴 때 나한테 진짜 친구 같은 친구 안 그런 친구 확인하는 계기도 되고. 하객들 적으면 차분하고 좋을 거야. 결혼식 날 정말 정신없거든. 그날 나가떨어지면 며칠 동안 계속 힘들어. 신혼여행 가서도 맥 빠진다니까.

여자   난 속상해. 뷔페 중단돼서. 집에서 먼데도 뷔페 유명해서 예식장 여기로 잡은 건데. 결혼식 온 사람들 잘 먹여 보내야 결혼식 좋았다고 기억하잖아. 뷔페 중단돼서 너무 속상해.

남자   괜찮아. 갈비탕도 맛있게 하겠지. 이러면 어떨까? (키득거린다.)

여자   왜, 갈비탕 말고 더 좋은 생각 있어? 뭔데?

남자   우리 순댓국 대접할까?

여자   순댓국?

남자   식당 입장하면서 미리 얘기를 해야 돼. "저는 내장 빼

주세요." "순대만 주세요." "다대기 넣지 말고 따로 주세요." 사람들 우리 결혼식 평생 기억하겠는데. "포장도 되나요?"

여자 오빠는 정말 여유 있다.

남자 아니면 고기국수? 제주식 고기국수 어때? 국물 죽이는데. 별로야? 그러면 신혼여행 가서 둘이 먹어보자. 제주도에서 제일 유명한 집 내가 알아.

여자 여유 있을 만해. 오빤 잘 아는데 난 하나도 모르니까.

남자 뭐가?

여자 오빠 완전 전문가 같애. 우리 예식 담당 실장보다 더. 나 지금 결혼 전문가랑 앉아 있는 기분이야. 근데 왜 그런지 귀에 들어오는 말은 하나도 없다. 정말 듣기 싫어.

남자 또 왜? 네가 속상해하면 나도 속상해. 내가 선물 줄게. 그저께 큰엄마랑 우리 엄마랑 대판 싸우고 다시는 얼굴 안 보기로 했거든. 원래도 사이 안 좋은데 이번에 또 그래서 안 올 가능성이 굉장히 높아. 큰집 식구 네 명 빠지고, 네가 알아서 해.

여자 오, 잘됐네. 와, 진짜 고맙다. 감동해서 나 눈물 나.

둘은 서로의 눈치를 보며 한동안 순댓국을 먹는다.
남자는 TV 쪽을 보고, 여자는 수첩에 적힌 명단을 살핀다.

남자 난리네, 난리. 확진자 병원에서 탈출하고, 경찰이 마스크 쓰라니까 손을 물어뜯고. 저런데 자정까지 왜 기다려? 지금 당장 2단계 가야지. 2단계 가라고.

여자　(수첩 속 이름 하나를 짚으며) 오빠, 이 사람은 누구야?

남자　누구?

여자　건모 오빠 이름 밑에, 장철식.

남자　아, 철식이, 동네 친구. 건모랑 나랑 셋이 어릴 때부터 친구야. 부모님들끼리도 친하고 거의 가족처럼 진짜 친했던 친구. 중학교 때 춘천으로 이사 갔는데 지금까지 계속 연락 주고받고, 건모랑 셋이 만나면 술 진탕 먹고 그런 친구야.

여자　아, 건모 오빠랑 셋이. 이 사람도 꼭 온대?

남자　원래 출장 가기로 돼 있었대. 그런데 취소하고 온대. 철식이 꼭 올 거야.

여자　정말로 친해?

남자　그렇다고 할 수 있지.

여자　건모 오빠랑 비교하면 누구랑 더 친해?

남자　어…… 굳이 비교를 하자면…….

여자　건모 오빠만큼 친한 건 아니네. 나도 본 적 없고. 안 그래?

남자　그런데 왜? 철식아 너도 오지 마, 그러라고?

여자　예식장이 방역을 너무 깐깐하게 해서 거의 가족들만 모신다고 하면.

남자　철식이 내 친구야. 코로나 핑계 대고 오지 말라 하라고?

여자　거짓말하는 거 아니잖아. 코로나. 누가 코로나 걸려서 올지 모르잖아. 최대한 조심해야지.

남자　내 친구들은 코로나 걸리고 네 친구들은 안 걸리고?

여자　응, 내 친구들은 안 걸려.

남자	뭐? (자기 소리에 놀라 머쓱해진다. 소리를 낮춰) 나 뺄 사람 다 빼고 몇 명 안 돼. 알잖아. 사실 철식이는 내가 말하면 이해하지. 건모랑 따로 봐도 되기는 하는데.
여자	그러니까. 따로 만나는 사이니까.
남자	너 말을 왜 그렇게 해? 밥 먹고 나가서 얘기하자.
여자	미안해.
남자	내 입장도 생각해줘야지…….
여자	오빠.
남자	됐어. 괜찮아.
여자	아니, 괜찮은 게 아니라. 건모 오빠, 건모 오빠는?
남자	건모, 축가 부르니까 와야지. 너는 조카가 나는 건모가 축가 하나씩 부르기로 했잖아.
여자	건모 오빠가 꼭 축가 불러야 돼?
남자	자기가 꼭 불러주겠다고 한 거 같이 들었잖아. 건모, 노래 잘해.
여자	축가 하나만 있어도 돼. 축가 두 개나 부르면 늘어지고.
남자	기껏 5분, 3분?
여자	시간 때문이 아니라.
남자	건모 노래 들으면 다 놀래.
여자	그래, 오빠가 잘 알겠지. 오빠는 한 번 들어봤잖아.
남자	뭐?
여자	그때도 건모 오빠가 축가 불렀다며?
남자	어, 건모가 불렀지……. 그러니까 지금 얘기는 건모가 축가 부르지 말고…….
여자	축가 얘기 아니잖아.
남자	알아. 건모까지 안 오면 좋겠다?

여자   솔직히 말할게. 건모 오빠는 말이 너무 많아.

남자   말은 많이 하지.

여자   왜 그래? 만나면 맨날 그러잖아. "얘 어디가 좋아요? 나도 좀 알고 싶다." "야, 너는 두 번 장가가고 좋겠다." 나 있는데 그 오빠 그러잖아. 내 앞에서 그런 소리 함부로 하잖아. 오빠는 그거 듣고 또 허허허 웃어. 허허허. 내 쪽 사람들은 오빠 총각인 줄 아는데, 오빠 쪽 사람들, 결혼식장에서 건모 오빠 같은 사람이 이상한 소리 해봐. 알 거 아냐. 알고 나서 모른 척할 거 아냐. 모르는 척 쳐다보고 별생각 다할 거 아냐.

남자   알았어. 무슨 말인지 알겠어.

여자   아! 몰라.

남자   내가 알겠어. 알겠으니까 알아서 하겠다고.

여자   어떻게 할 건데? 뭘 어떻게 알아서 할 건데? 알아? 내 기분이 어떤지 안다고? 말해봐. 내 기분이 어떤지 잘 알면 말해. 해봐.

남자   내가 생각이 없었다. 맞네. 그게 맞아. 누굴 오라 마라, 내가 그럴 처지가 아닌데 정말 생각이 없었다. 내가 누굴 부르겠냐. 주제도 모르고 뭐? 야, 넌 오고 넌 오지 말고 사람 고르면서 이러고 앉아 있네. 뺄 놈 있으면 맨 먼저 빼야 될 놈이 난데. 한심하다. 정말 황당하다. 혼자 코미디 하고 있었어.

남자의 휴대폰으로 친구의 문자메시지가 들어온다.

남자   (메시지를 확인하고) 철식이야. "친구야, 서울 코로나 장

65

난 아닌데 결혼식 어쩔, 꼭 가야지 했건만 같이 사는 어른들 생각하면 무섭, 코로나 때문에 세상이, 미안, 결혼 추카추카……." 장철식 뺄게.

남자, 수첩을 가까이 가져가 펜으로 자신의 초대 명단 위에 쓱쓱 선을 긋는다.

남자 축가 빼. 건모 빼고. 영철이, 호식이. 두 사람 빼. 태식이. 사회자도 뺄까. 얘 말 버벅거리는데. 그냥 사회자 없는 결혼식 할까. 내 사촌들 빼. 어른들만 모시고. 아냐, 어른들이 코로나 더 위험하잖아. 고모 빼고, 이모 빼. 하나 둘 셋 넷 다섯……. 더 연구해볼게. 코로나 때문에 아무도 못 부른다고 해야지. 핑계 좋잖아.

여자 됐어. 그만해.

남자 다 필요 없고 우리만 있으면 되는 거니까.

여자 (울먹이며) 평생에, 평생에 한 번, 한 번인데, 평생, 평생 남는데…….

남자 너 부르고 싶은 사람 다 불러. 50명 넘잖아? 그럼 나도 빠질게. 허허허……. 친구 많은 건 네가 좋은 사람이라는 증거야. 꼭 부르고 싶은 사람 다 불러. 알았지? 먹고 나가자. (자기 순댓국을 퍼먹으며) 에이, 짜.

여자 (울음 섞인 말로) 그러니까 적당히 좀 넣지. 왜 자꾸 소금을 집어넣느냐고.

남자 (컵의 물을 뚝배기에 붓는다.) 물 타면 돼.

여자 (주방 쪽을 향해) 여기요. 육수 조금 더 주시면 안 돼요?

남자 순대 먹어봐. 이거 찹쌀 들어간 거야.

여자, 뚝배기에서 순대 한 점을 건져 먹을 듯 말 듯.

막

피시알이 너를 찾아올 때

박춘근

등장인물

선주   엄마, 육십대 이상
하민   딸, 삼십대 이상

시간

2021년과 2022년 사이 어느 때

공간

조그만 빌라의 방과 거실

무대

단출한 살림. 방에는 작은 탁자와 의자, 탁자 위에는 노트북. 거실에는 자그마한 2인용 소파 정도. 방과 거실 사이에 있는 문 프레임이 두 공간의 경계를 나눈다.

방에 조명. 실내복 차림의 하민, 어두운 방에서 이어폰을 끼고 노트북으로 뭔가를 열심히 하고 있다. 혼자 중얼거리며 뭔가를 노트에 적기도 한다. 그 모습이 마치 '인강' 수강생 같다.

거실에 조명. 선주가 등장한다. 마스크를 하고 있다. 선주, 하민의 방을 물끄러미 보며 길게 한숨 쉬더니

선주   하민아. (대답이 없자) 하민아, 다 됐어? 준비하고 있는
           거지? 이번에는 진짜 가야 해. 진짜로 검사해야 해. 듣
           고 있어?

하민, 듣지 못한다.
선주, 노크한다.
하민, 노크 소리를 듣고 귀에서 이어폰을 뺀다.

선주   대답 좀 해봐. 너 보건소 어딘지는 알아? (시계를 보더
           니) 지금은 보건소보다 문화센터 앞 임시검사소 줄이
           더 짧아. 하민아.

하민, 노트북으로 뭔가를 계속하면서

하민   어딘지 알아.
선주   (반갑다.) 어, 그래, 하민아. 그럼 갔다 오자. 계속 안 간
           다고, 그럴 수가 없다니까. 지금 가야 줄을 좀 덜 설 거
           야. 요즘 사람 많아서 한참 기다려야 해.
하민   엄마.

선주   그래, 하민아.

하민   왜 내가 가야 해?

선주   (한숨) 또 그 얘기 해야 해? 몇 번을 말해? 엄마가 밀접
        접촉자라니까.

하민   엄마도 나도 음성.

선주   너는 자가진단이잖아. 그거 많이들 틀려.

하민   엄마 피시알 음성. 난 검사할 필요 없어. 그만해.

선주   피시, 뭐 그거도 아직 모르는 거라잖아. 사흘 있다가 또
        하래.

하민   그럼 그때 다시. 그만하라니까. 바빠.

선주   하민아, 만약 사흘 후에 내가 양성 나오면? 그러는 경
        우도 많아. 우리 교회 권사님들 중에 걸린 사람 반이
        처음에는 음성 나왔어. 그러면 어떡할 건데?

하민   기도 열심히 하든가.

선주   내가 기도 안 했겠니? 권사들은 뭐 기도를 안 해서 양
        성 나왔어? 내가 그거 결과 나올 때까지 얼마나 기도
        를 했는지 알아?

하민   응답하셨네.

선주   아직 완전한 응답은 아니야. 양성 나오면 바로 전화 오
        고, 우리 나이는 그냥 그대로 병원 간대. (사이) 앰뷸런
        스가 너무 불편하다던데.

하민   병원에 자리 없어.

선주   바로 병원을 가든 못 가든 정말 그렇게 되면 그때는 진
        짜 어떡할 건데?

하민   그건 그때 걱정해.

선주   어떻게 그래? 그걸 어떻게 그때 가서 걱정해? 네가 이

방에서 꼼짝도 않고 10년을 안 나오고 있는데 내가 확
진자 되면 어떡할 건데?

하민   아직 아니야.

선주   아직이라니?

선주, 골똘해지더니

선주   10년이, 아직이라고?

하민   확진 아니라고.

선주   아직 아닌 거잖아. 아닌지 그런지, 미리 준비를 해야지.

하민   믿음을 가져.

선주   믿음?

하민   아닐 거라는 믿음.

선주   그게 믿고 말고의 문제니?

하민   엄마 좋아하잖아. 믿음.

선주, 마스크가 답답하다. 벗고 싶다.

선주   하민아, 우리 언제까지 이걸로 입씨름해야 해? 전화 왔
        었다니까. 너도 꼭 피시……, 그 뭐냐를 받아서 결과 보
        고하래.

하민   피시알.

선주   그렇게 방 안에서 다 아는데 이번에는 꼭 검사받아야
        하는 건, 왜 몰라?

하민   난 밀접접촉자 아니야.

선주   어떻게 아니야? 엄마하고 같이 살잖아.

하민   만난 적 없잖아.

선주   네 방이 무슨 인큐베이터니? 서로 같은 공기로 숨을
       쉬는데 네가 전염 안 된지 어떻게 알아?

하민   전염 아니고 감염.

선주   어? 뭐라고?

하민   (한숨을 쉬더니) 전염이라고 하면 사람이 원인이라는 거
       야. 사람이 아니라 바이러스의 문제.

선주   그래, 알았다. 전염, 아니 감염. 감염이든 뭐든, 왜 네가
       밀접접촉자의 밀접접촉이 아니야? 같이 살잖아!

하민   엄마.

선주   그래, 하민아.

하민   엄마하고 나, 밀접접촉한 적 없어.

선주   그게 무슨 말이야?

하민   우리, 접촉한 적 없다고.

하민, 노트북을 덮고 문 쪽을 본다.

한동안 서로 말이 없다.

하민, 뭔가 결심한 듯 일어나더니

하민   엄마, 세상 사람들 다 코로나 걸려도 제일 끝까지 안
       걸릴 사람이 나야. 그걸 엄마가 몰라?

선주   내가 그걸 왜 몰라? (긴 한숨) 네가 스스로 이렇게 자가
       격리를 하고 있는데 어떻게 걸리겠어?

하민   그렇다니까. 그러니까 그만해.

선주   이번에는 달라, 다르다고! 내가 확진될 수도 있다고. 내
       가 확진자하고 마스크 다 까 벗고 차를 마셨어. 바로

코앞에서. 아휴, 내가 박 권사하고 차를 마시는 게 아니었는데. 너 박 권사 알지?

선주, 손으로 머리를 짚는다. 기운이 빠지는지 거실 소파에 살짝 걸터앉는다.

선주   거절해야 했는데. 그때 딱 거절해야 했는데. 딱 그런 순간들이 있잖아? 뭔가 아주 감이 안 좋은 그런 느낌. 그때 그랬거든.

선주, 또 마스크를 벗을까 망설인다.

선주   이놈의 마스크. 아, 답답해. (계속 혼잣말) 아니, 자기가 뭔데 우리 조 목사님 흉을 보는 거야? 설교가 어쩌고 저쩌고. 하나님이 세우신 목자를 그러면 안 되는 거야. 왜 자기가 뭐라 그래? 이거 봐라. 그러더니 이렇게 됐잖아.

하민   엄마.

선주   그래, 하민아. 나올, 아니 갈 거지? 엄마 잠깐 방에 가 있을까?

하민   톡으로 얘기하면 안 될까?

선주   (버럭하며) 하민아! 이걸 어떻게 톡으로 얘기해!

하민   엄마가 지금 확진 가능성이 있다면 이렇게 공기를 나누며 얘기하는 것보다 톡이 안전할 텐데.

선주   나 지금 마스크 쓰고 있어! (답답하다.) 넌 무슨 말을 그렇게 해? 너도 그렇게 말하다 벌 받아.

하민	방역 조치 바뀌지 않았으면 엄마 케이슨 자가격리야.

선주, 말문이 막혀 가만히 있다가 점점 흥분하며

선주	야! 그럼 아주 꼴좋겠다. 달랑 둘이 사는 집에서 따로
	따로 자가격리? 퍽이나 아주 꼴좋겠네. 하나는 나라가
	막아서, 하나는 자기가 아주 죽으로, 자기 꼴 딴에 좋아
	서. 어! 아주 꼴좋다!

하민, 밖에서 선주가 점점 흥분하는 것과 상관없이 여전히 냉랭하다.
다시 앉으며

하민	그럼 어떤데? 세상 사람들 태반이 이래저래 자가격리
	중인데 나 하나 더 이런다고 달라지는 것도 없는데.
선주	뭐라고?
하민	엄마 괜찮다고. 나도 괜찮고.
선주	우리 안 괜찮아! 아주 안 괜찮아! 괜찮은 적이 없었어.

하민, 노트북을 연다. 노트북으로 다시 뭔가를 하다가

하민	그렇다고 나빠진 건 없잖아.
선주	넌 백신도 안 맞았어!
하민	백신이 더 위험해. 내 나이에는 백신 맞아서 중증으로
	갈 확률이 코로나 걸려서 중증으로 갈 확률보다…….
선주	(말을 끊으며) 내가 너랑 무슨 말을 하겠니.

하민, 한숨을 쉰다.

선주, 참다가 벌떡 일어나 마치 문에게 따지기라도 하듯

선주   백신이 완벽했으면 네가 맞았을 거야? 방구석에서 나
       오지를 않는데 어떻게 나가서 백신을 맞아? 네가 뭐?
       그 자가진단처럼 그 방구석에서 혼자 할 수 있는 게 아
       니야!

선주, 숨을 고른다. 제 풀에 꺾여 다시 소파에 앉으며

선주   아니다, 네가 뭐 백신패스가 필요하겠어? 식당을 가니
       극장을 가니?

선주와 하민, 한동안 말이 없다.

선주, 크게 한숨을 쉰다.

하민, 선주의 한숨을 듣는다.

하민   그러니까 그만해. 엄마 말대로 백신도 안 맞은 사람을
       어디 자꾸 가라고 해?

선주, 화를 삭이려고 애쓴다. 마치 눈을 감고 기도하는 것 같다.

하민, 노트북 화면에서 눈을 떼지 않은 채

하민   박 권사님 만난 게 지난 일요일이라며?

선주   어, 주일날.

하민   열 나?

선주   아니.

하민   목 아파?

선주   아니.

하민   어디 아픈 데 있어?

선주, 눈을 뜨고 문 쪽을 보는데

하민   아픈 데 있냐니까.

선주   몰라. 그냥, 내 나이가 되면 그냥 다 안 좋아. 아픈지 아
         닌지도 잘 몰라. 그냥 그러려니 하는 거야.

하민   박 권사님 확진은 그제였고? 엄마는 아직 아무 증세
         없고? 그렇지?

선주   그래.

하민   그러면 박 권사님은 엄마 만난 다음에 걸리셨을 거야.

선주   의사 나셨네.

하민   잠복기 짧아. 엄마는 아무 증세 없고.

선주   무증상일 수도 있잖아.

하민   엄마 나이는 무증상일 확률 낮아.

선주   너는 어떻게 그 방구석에서 모르는 게 없니?

하민   그러니까…….

선주   그러니까, 뭐?

하민   믿음을 가지라고.

선주, 다시 벌떡 일어난다. 뭔가 망설이다가 결심한 듯

선주   하민아. (왔다 갔다 하다가) 네가 이런 말 질색해서 정말

안 하려고 했는데, 정말 안 하려고 했어. 그랬거든?

하민, 기다린다. 여전히 냉랭한 태도.
선주, 마스크를 거칠게 벗으며

선주   하민아, 이건 말이야. 이건, 하나님의 계시야. 하나님이
      우리에게 말씀하시는 거야.

하민, 선주 쪽을 본다.

선주   내가 그놈의 피시알 결과를 기다리며 기도를 하는데,
      (사이) 그 하루 동안 별생각을 다 했어. 너는 내가 이런
      데도 방구석에서 나오지를 않지, 식구라고는 너와 딸
      랑 둘인데, 어떡해야 하나, 바로 그때 말이다. 그때! 하
      나님이 나를 찾아오셨어. 나를 아주 안타깝게 보시면
      서 말씀하시는 것 같았다. 아니, 말씀하셨어.

선주, 한동안 말이 없다.
하민, 노트북을 다시 본다.

선주   계시를 주신 거지. 우리에게. 너와 나에게, 아니 특히
      너에게 말씀하셨어. 그래, 피시알 검사는 구실일지도
      몰라. 주께서 너를 이 방에서 건져내시려고 아주 놀라
      운 방법으로 계시를 주신 거야. 주 하나님 아버지께서
      당신의 딸 우리 하민이를 이 어두운 방에서 건져내시
      기 위해 피시알이라는 손길을 내미시고 우리를 찾아오

셨어!

하민   (여전히 냉랭하게) 엄마.

선주, 문 쪽으로 가까이 다가가 문을 보며

선주   그래, 하민아. 피시알이 이렇게 너에게 찾아왔어. 주께
       서는 우리가 절대로 알 수 없는 신비로운 방법으로 우
       리에게 말씀하시고 우리를 구원하신단다. 정말 이렇게
       피시알이라는 방법으로 너에게 은혜를 주실 줄은 엄마
       도 진짜 몰랐다.

하민, 선주 쪽을 본다.

하민   엄마.

선주   그래, 하민아.

하민   개명할 거야.

선주   어?

하민   난 하나님의 백성이 아니야.

선주   하민아.

하민   이름은 예뻐. 발음도 매끄럽고.

선주   뜻이 제일 좋지.

하민   문제는 엄마의, 하나님의, 백성이라는 거지. 엄마가 하
       나님 백성이면, 난 백성의 백성이야.

선주   백성의 뭐? (생각하다가) 밀접접촉자의 밀접접촉자, 뭐
       그런 거니?

하민   엄마, 박 권사님이 확진되신 건 목사님 흉을 봐서가 아

니야.

선주   알아, 알지. 하지만 말이다……. 하민아, 그건.

하민, 일어나서 문 쪽으로 간다.
둘은 문 프레임을 사이에 두고 가까이 있다.
선주의 시선, 하민 쪽을 향한다.
하민, 선주 쪽을 보다가 이내 다른 곳을 본다.

선주   그건 말이야…….

하민   아무런 이유도 없어. 아무 이유도 없이…… (사이) 그냥
           이렇게 되는 거야. (사이) 굳이 이유가 있다면, 우리가
           여기 이런 세상에 있다는 거 말고는.

하민, 천천히 선주 쪽을 보는데
선주, 다른 곳을 보며 골똘해지더니

선주   개명을 하려고 해도 집 밖을 나가야 할 텐데?

하민   인터넷으로 다 된대.

선주   내 저놈의 인터넷을…… 다 끊어버릴 거야!

하민   그럼 엄마 온라인 예배도 못 봐.

선주, 답답한 마음에 안절부절못하다가

선주   그냥 네가 확 걸려서 그 방에서 나오면 좋겠어!

하민, 놀란다.

선주도 자신의 말에 놀라며 문 쪽을 본다.

둘은 마치 문 프레임을 사이에 두고 서로를 보는 것 같다.

하민, 말을 찾다가 깊은 한숨.

선주, 기도하듯 손을 모으며 눈을 감고 하늘을 향해

선주   오, 주여……. 아니야, (다시 문 쪽을 보며) 하민아. 내가
           뭐래는 거니?

선주, 다시 눈을 감으며 낮은 목소리로 빠르게 성경 구절을 읊는다.

선주   내가 사망의 음침한 골짜기를 다닐지라도 해를 두려워
           하지 않을 것은 주께서 나와 함께[•] 주께서 나와 함께, 주
           께서 나와 함께, 아이고, 주여.
하민   엄마.
선주   그래, 하민아, 아니, 아니다. 지금 이게 다 무슨 소린지
           모르겠다. 내가 무슨 말을 하는 거니? 아무래도 이게
           다, 코로나 때문이야. 나 코로나인가 봐.

하민, 어이가 없어 웃기 시작한다.

선주, 하민의 웃음소리를 듣고 놀란 듯 반색하며 문 쪽을 본다.

선주   나 코로나면 어떡해?
하민   그 하나님도 엄마와 함께하려면 참 피곤하시겠어. (다
           시 웃는다.)

● 시편 23편 4절

80

선주   어? 어…….

선주, 하민의 웃음소리가 반갑다. 문에 귀를 가져다 대더니 자신도 모르게

선주   아, 감사합니다.
하민   (선주의 말을 못 듣고 계속 웃으며) 그런 게 계시야? 동정
        녀 임신하듯 아무 접촉 없이 확진이나 되라고? 바이러
        스가 무슨 성령이야?

선주, 하민을 따라 웃는다. 감정이 차오르는데

선주   넌 엄마가 걸릴까 봐 걱정은 안 되니?

하민, 선주 쪽을 한참 본다.

하민   걱정은 그 주님이 대신해주시잖아. 난 다른 거 했어.
선주   뭐?
하민   (귀찮은 듯) 웬만한 질본 사람보다 내가 코로나 잘 알
        걸?
선주   질본 아니라 질병관리청. 본부에서 청으로 승격된 게
        언젠데.
하민   어? (잠시 생각하더니) 여전하네.
선주   뭐?
하민   아니야.

선주, 또 골똘해지더니

선주   아무리 생각해도 이건 하나님의 계시 맞아. 1년 치 대
              화를 오늘 다 하게 하시지 않니? 이건 은혜야, 은혜.
하민   그럼 이제 1년은 나 좀 가만히 놔둬.
선주   뭐라고?
하민   괜찮다고. 괜찮을 거라고. (사이) 괜찮지 않은 건 없어.

선주, 깊은 한숨을 쉰다. 천천히 하민 쪽을 본다.
서로 마주 보는 것 같다.

선주   거기서 잠은 잘 자니?
하민   말했잖아. 난 달라진 거 없어. 세상이 달라진 거지.

하민과 선주, 말없이 서로를 본다.

선주   잘 있는 거지? 우리 언제 또 이렇게 얘기할까…….

하민, 선주 쪽을 향해 희미하게 웃는다. 잠시 뒤

하민   믿음을 가져봐.

선주, 하민 쪽을 향해 희미하게 웃는다.

막

파인 다이닝

김태형

등장인물

형구   42세, 소설가, 경기도 소재 한 대학의 문예창작과 강사
선아   42세, 형구의 아내, 형구와 같은 해에 등단했지만 소설을 쓰지
                않은 지 오래다.
세미   21세, 형구가 강의를 나가는 대학의 문예창작과 2학년

시간

코로나19 바이러스가 기승을 부리는 어느 겨울 저녁

공간

입주를 막 시작한 수도권 한 신축 단지 20평대 아파트

무대

거실과 주방의 경계가 없는 다이닝 공간. 무대 중앙에 11자형 아일랜드 조
리대와 6인용 식탁이 놓여 있다. 하얀색 테이블보가 깔린 식탁에는 테이블
웨어가 세팅되어 있다. 조도 낮은 조명 덕에 고급 레스토랑의 분위기를 풍
긴다. (무대에서 직접 보이지 않지만) 무대를 기준으로 오른쪽에는 현관이, 왼
쪽에는 안방과 서재, 화장실이 위치한다.

선아가 조리대와 식탁 사이를 분주히 오가며 저녁을 차리고 있다. 이따금 낮은 콧노래.

형구   (방 쪽에서 목소리) 나 강의 때 쓰는 책들은 따로 챙겼지?

선아   책상 밑.

형구   (목소리) 찾았다!

선아   (벽시계를 쳐다보고) 아직이야?

잠시 뒤 형구가 책 한 꾸러미를 들고 거실로 나온다.

선아   좀 늦으시네.

형구   톨게이트 나오자마자 전화하시라고 문자 보냈어.

선아   다 와서 헤매실 수도 있어. 단지 주변이 워낙 어수선하잖아. 출입문 하나는 막혀 있고. 전화해봐.

형구   (선아의 표정을 살피며) 기분 좋아 보인다.

선아   이게 뭐라고…… 좀 설레네. 코로나 터지고 처음이잖아, 니가 집에 누구 부르는 거. 너야 학교에서 선생님 자주 만나겠지만, 나는 뵌 지 너무 오래되기도 했고.

형구   너 건강 생각하면 아직 이르다 싶은데…… 상황이 언제 나아질지 모르니까. 개인 방역 엄청 신경 쓰는 분들이니까 괜찮을 거야.

선아   그러지 말랬지. 그럼 내가 정말 아픈 사람 같아. 나 진짜 괜찮아, 형구야. (책 꾸러미를 보며) 더 있어?

형구   (내려놓으며) 징글징글하다, 진짜. 이사 전에 처분한다고 했는데도 계속 나와.

선아   다용도실에 둬.

형구   이건 버릴 거. 알라딘도 이제 약아져서 색깔만 살짝 바
       래도 안 받더라고. 아까 폐지 수거 업체에 전화해놨어.
       현관 앞에 두면 내일 가져간대.

선아, 형구가 내려놓은 책 꾸러미에서 게오르그 루카치의 『소설의 이
론』을 빼 든다.

선아   이것도 버리게?

형구   죄다 곰팡이야. 닦아도 안 져. 그냥 두면 다른 책에도
       다 번져. 버려, 버리자고. (사이, 선아의 눈치를 힐끗 보며)
       볼 거야?

선아   버려. (책을 다시 올려놓으며) 곰팡이 슬도록 꺼내보지도
       않은 건데 뭐.

형구, 책을 집어 들어 괜히 펼쳐본다.

형구   (다소 과장되게) "별이 빛나는 창공을 보고, 갈 수가 있
       고 또 가야만 하는 길의 지도를 읽을 수 있던 시대는
       얼마나 행복했던가. 그리고 별빛이 그 길을 훤히 밝혀
       주던 시대는 얼마나 행복했던가." 이 책은 첫 두 문장
       이 다했어, 그치? 한동안 수업 시간에 루카치 형님 많
       이 팔아먹었는데.

형구, 책장을 차르르 넘기다가 책갈피에서 엽서 한 장을 발견한다.

형구	어? 이 책 내가 너한테 선물로 준 거네.
선아	그러게, 기억 못 하는 거 같더라.
형구	선아야, 이거 좀 봐봐. (엽서를 읽다가 키득대며) 미치겠다.
선아	(주방을 정리하며) 소리 내서 읽어봐. 같이 웃자.
형구	(약간 쑥스러운 듯, 그러나 장난기 섞어) "사랑하는 선아에게. 별이 사라진 시대라서 다행이다. 칠흑같이 어두운 이 세상, 유일하게 반짝이는 널 발견했으니까. 우리 오랫동안 서로의 길잡이가 되어주는 별이 되어……." 야, 됐다, 됐어. 나 등단 어떻게 했어? 아니, 그것보다 이런 오글거리는 멘트에 홀라당 넘어온 넌 뭐냐. 고선아, 실망이다.
선아	그래, 실망이야.
형구	(웃지 않는 선아를 보고 아차 싶어) 어쨌든 니 책인데……. 둘까?
선아	(음식 간을 보다가) 됐어. (형구 말투를 따라) 버려, 버리자고.

형구, 선아의 눈치를 살피다가 책 꾸러미를 현관 밖에 내놓는다.

선아	얼추 다 됐다. 이제 케이크만 오면…….
형구	아직 안 왔어? (시간을 확인하며) 30분이나 지났는데 뭐 하는 거야, 대체.

그때 형구의 휴대폰 벨이 울린다.

형구	(선아에게) 민 교수님. (전화를 받는다.) 네, 선생님. 어디 쯤이세요? 그럼 거의 다 오셨네요. (선아에게 눈짓을 보내며 웃옷을 걸쳐 입는다.) 제가 지금 단지 입구로 나갈 게요. 입주 시작한 지 얼마 안 돼 주변이 엉망이라서요. 네? (사이) 아, 네……. (사이) 사모님께서 많이 놀라셨겠어요. 아뇨, 괜찮습니다. (사이) 근데 선생님, 저흰 진짜 괜찮은데, 두 분만 상관없으시면……. 네…… 아무래도 그렇죠. 맘 써주셔서 고맙습니다. 아뇨, 선생님. 신경 쓰지 마세요. 모처럼 덕분에 둘이서 분위기 내죠 뭐. 네, 그럼 조심해서 들어가세요. 검사 결과 나오면 알려주시고요. 네.

통화를 마친 형구가 다시 웃옷을 벗는다. 표정이 어둡다.

선아	왜.
형구	오전에 교회 갔다 왔는데 방금 신자 중에 확진자 나왔다는 연락을 받았대.
선아	그래서 못 오셔?
형구	같이 점심도 먹었나 봐. 요 앞에서 차 돌린대.
선아	괜찮지 않을까. 두 분 다 3차 접종까지 하셨다며.
형구	(피식 웃으며) 너 걱정돼서 아무래도 안 되겠대. (혼잣말) 노인네, 웃기네.
선아	(사이) 오시는 데만도 시간 꽤 걸렸을 텐데, 죄송하네.
형구	우리가 왜 미안해. (사이) 집이야.
선아	어?
형구	이 사람들, 애초에 출발하지도 않았어.

선아   설마.

형구   아무리 생각해도 께름칙한 거지.

선아   뭐가.

형구   정교수 채용 앞둔 시점에 나 만났다가 괜히 이상한 소
       문이라도 날까 봐 그런 거야.

선아   작년에 퇴임하셨잖아.

형구   그 노인네 아직 교수들한테 말 얹을 정도의 입김은 있
       어. 하긴, 그 정도로 몸을 사리니 이 바닥에서 정년 다
       채우고 박수 받으며 퇴임했겠지.

선아   그래서 짐 정리도 다 못 했는데 급하게 집들이 자리부
       터 만든 거야?

형구   무슨 말을 그렇게 해.

사이

선아, 두 명분의 접시를 치운다.

선아   덕분에 둘이 분위기 내자며. 얼른 먹자. 나 배고파. 그
       러고 보니 이사 오고 나서 제대로 된 저녁 한 끼 못 해
       먹었네.

그때 선아의 휴대폰이 울린다.

선아   (휴대폰 액정을 보며) 케이크다. (전화기에 대고) 여보세
       요.

형구   잘됐다. 당장 취소해. 아니, 전화 이리 줘.

선아   (형구를 피해 방으로 들어가며) 네네.

형구   (일부러 큰 소리로) 한두 푼짜리 케이크도 아니고 그딴
            식으로 장사하면 안 되지. 당장 환불해달라고 해!

잠시 뒤 선아가 나온다.

선아   요 앞에서 교통사고가 났대. 모퉁이에서 갑자기 배
            달 오토바이가 튀어나왔나 봐. 많이 안 다쳤다곤 하는
            데…… 우선 올라오라고 했어. (사이) 목소리가 어려.
형구   그냥 돌아가라고 해.
선아   뭐?
형구   그거 먹을 거야?
선아   우리가 시켰잖아. 거긴 케이크 망가질까 봐 배달은 대
            중교통만 이용해. 망원동에서 여기까지 오려면 못해도
            두 시간은 걸렸을 거야.
형구   30분이나 늦었어. 그것만으로도 환불 사유는 충분하
            다고. 니 말처럼 지하철 타고 왔다면 길 막혔단 핑계도
            못 대겠네.
선아   너 왜 이렇게 화가 났어.
형구   또, 케이크는 멀쩡하겠어?
선아   사람이 다쳤다고.
형구   괜찮다고 했다며. 다쳤으면 바로 119 불렀겠지.

초인종 소리.

형구   돌려보내, 선아야.

선아, 현관으로 나간다.

세미   (목소리) 진짜 죄송합니다.

선아   (목소리) 정말 괜찮아요?

세미   (목소리) 네. 다 와서 좀 헤맸어요. 단지가 너무 커서.

선아   (목소리) 나도 자주 헤매요.

세미   (목소리) 원래 케이크 배달할 땐 절대 안 뛰거든요. 근데 늦어서 급한 맘에. 죄송합니다.

선아   (목소리) 오토바이 연락처는 받았어요?

세미   (목소리) 다행히 케이크가 많이 망가지진 않았어요. 아니, 그건 제 입장이죠. 사실 설탕공예 장식이 좀 부서졌어요. 그게 이 가게 시그니처인데…… 망한 거죠. 환불해드릴게요. 근데 케이크 상태는 진짜 양호해요. 축하용으로 쓰시기엔 좀 그렇지만. 이미 늦어버렸지만 이거라도 드리고 가려고. 아깝잖아요. 아, 물론 환불은 해드려요.

선아   (목소리) 우선 좀 들어와요.

세미   (목소리) 아뇨, 괜찮습니다.

선아   (목소리) 나 이상한 사람 아니에요.

세미   (목소리) 그게 아니라. 근데 혹시…… 아닙니다.

선아가 케이크를 받아 들고 안으로 들어온다.

형구   (목소리를 낮추고) 뭐 하는 거야, 지금.

마스크를 쓴 세미가 살짝 절뚝거리며 따라 들어온다.

형구는 방으로 휙 들어간다.

세미   정말 괜찮은데.

선아   베이커리 사장님이에요?

세미   저요? 에이, 설마요.

선아   그럼 딸?

세미   (웃으며) 아뇨. 지하철 퀵 알바해요. 그 집 배달은 거의 제가 맡아서 하지만요.

선아   근데 왜 자꾸 환불해준대요? 이 케이크 비싼데.

세미   제 잘못이니까.

선아   (케이크를 상자에서 꺼내며) 진짜 말짱하네.

세미   운동신경이 좀 좋거든요. (조금 으쓱해져서) 넘어지는 순간에 팔을 쭉 뻗었어요. 본능적으로. 몸의 충격을 최대한 상자에 전달하지 않으려고. (한쪽 팔을 뻗으며) 이렇게.

세미, 뻗은 팔에 통증이 오는지 다른 팔로 어깨를 잡으며 인상을 찡그린다.

선아   정말 괜찮은 거 맞아요?

세미   근육이 좀 놀랐나 봐요.

선아   온몸으로 지켜낸 케이크를 공짜로 먹을 순 없지. (방을 향해) 우리 이거 그냥 먹자, 응? 여기 케이크 먹으려면 예약하고 열흘은 기다려야 해. (세미에게) 맞죠?

세미   예, 인스타에서 완전 힙해요.

선아   그만큼 맛도 있나?

세미   사실 저도 먹어보진 못해서.
선아   그럼 같이 먹어요.
세미   네?

형구, 방에서 나온다.

형구   (큰 소리로) 고선아!

세미, 선아와 형구의 얼굴을 번갈아가며 바라본다.

세미   어…… 교수님.

세미, 마스크를 벗으며 고개를 꾸벅한다.
그제야 세미를 알아차린 형구의 표정이 굳어진다.

선아   둘이 아는 사이야?
형구   문창과 학생…….
세미   지난 학기 서형구 교수님 소설실습 들었어요.
선아   진짜? (형구에게) 근데 분위기가 왜 이래?
형구   좀 어색하네. 학교 아닌 데서 보니까. 잘…… 지내죠?

사이

선아   (형구에게) 케이크 멀쩡해. 같이 먹자고 했어. 괜찮지?
형구   너무 갑작스럽지 않나. 세미 씨가 불편할 수도 있고.
선아   이름이 세미 씨구나. 세미 씨, 사실 오늘이 우리 집들이 날인데, 초대한 손님들이 사정이 생겨 못 왔어요. 음식도 4인분이나 준비했는데. 그냥 저녁까지 먹고 가요.

형구   선아야. 막무가내로 그러지 마.

선아   불편하면 거절해도 돼요.

사이, 세미가 선아를 빤히 바라본다.

세미   그럼 케이크 한 조각만 먹고 갈게요.

선아   (의자를 빼주며) 환영합니다.

세미, 조리대로 케이크 상자를 가져간다.

형구와 세미, 마주 앉는다. 둘 다 말이 없다.

선아   (케이크를 잘라 접시에 담으며) 소설 써요? 시?

형구   저기, 세미 씨.

세미   예?

형구   손부터 씻을까요?

세미   아. 예. 화장실이…….

형구, 한 손으로 화장실을 가리킨다.

세미, 화장실로 들어간다.

형구   소설 전공이야.

선아   (세미의 뒷모습을 보며) 이런 일도 있구나. 진짜 신기하다. 그치? (접시를 식탁에 내려놓으며) 근데 우리도 저 나이 때 저렇게 예뻤나? 그냥 가만히 있는데도 반짝반짝

빛이 나네.

형구   너 대체 왜 그래.

선아   뭐가?

형구   왜 이렇게 멋대로야. 왜 이렇게 무례해.

선아   내가?

사이

선아   나 잘못한 거야? 당신 수업 들은 학생이잖아……. 우리 후배이기도 하고.

형구   후배는 무슨. 그리고 쟤네가 강사를 선생 취급이나 하는 줄 알아? (생각할수록 기가 막히다.) 너도 참! 종일 전철 타고 버스 타고 밖으로만 돌았을 텐데 무슨 생각으로…….

화장실 물 내리는 소리.

잠시 뒤 세미가 거실로 나온다.

세미   (자기 몫의 케이크를 보다가 휴대폰을 꺼내) 사진 찍어도 돼요?

선아   그럼요.

세미, 조각 케이크를 여러 각도에서 찍으며 무심하게

세미   고선아 작가님이죠.

선아   날 알아요?

세미   되게 낯이 익은데 어디서 봤는지 기억이 안 나는 거예
        요. 근데 아까 교수님이 작가님 이름 불렀잖아요. 그때
        알았어요. 화장실에서 두 분 이름 나란히 검색해보니
        까 블로그 하나가 걸리더라고요. 결혼식 하객이었나
        봐요.

선아   날 어떻게 알아요?

세미   저 완전 찐팬이에요. 작가님이 쓴 소설 다 읽었어요. 이
        학교도 작가님 때문에 지원했어요.

선아   대박.

세미   진짜 완전 대박.

선아와 세미, 웃는다.

세미   결혼하신 줄 몰랐는데. 게다가 두 분이.

선아   안 어울리는구나.

세미   예, 좀.

선아는 웃고 형구는 어이없다.

형구   커피 없어?

선아   내 정신 좀 봐. (일어나며) 금방 내릴게.

형구   됐어. 내가 할게.

형구, 조리대 쪽으로 간다.

세미   근데 왜 요즘은 소설 안 쓰세요? (사이) 아, 이런 거 물

어보는 거 실롄가.

선아　재미없으니까?

세미　아녜요. 작가님 소설 진짜 좋은데.

선아　쓰는 게, 재미없어요.

세미　(고개를 끄덕이며) 뭔지 알 거 같아요.

선아　이해한다고? 세미 씬 아직 그러면 안 되는데. 재미있죠? 쓰는 거.

세미　재미없어요. (짧은 사이) 근데 재미있어요.

선아　(고개를 끄덕이며) 뭔지 알 거 같아요.

세미　전요, 작가님. 잘- 쓰고 싶어요. 잘쓰고 싶어요, 아니고, 잘- 쓰고 싶어요.

선아　이건 좀 어렵다.

세미　'편집실기'라는 수업이 있는데요. 맞춤법이랑 띄어쓰기 같은 걸 배우는데 다들 졸아요. 그때 안 건데요. '잘 살다'가 사전에 있는 한 단어래요. 근데 그건 '부유하게 살다'라는 의미일 때만 붙여 쓴대요. 진짜 잘 사는 건 띄어 쓰고. 잘살다, 잘- 살다. 그러니까 잘쓰다, 잘- 쓰다. 잘- 쓰고 싶다.

선아　아, 세미 씬 잘- 쓰고 싶구나.

세미　(부끄럽다.) 예.

형구, 커피를 내리는 일에 집중하는 듯 보이지만 아까부터 두 사람의 대화를 듣고 있다.

잠시 뒤 케이크를 먹던 세미가 짧게 신음한다.

선아　아파요?

세미   조금요.

선아   어디 봐요.

선아, 무릎을 꿇고 세미의 다리를 살핀다.

선아   피 난다. 세상에, 자기 다리에 피가 나는 것도 몰랐어
　　　요?

세미   아까까지만 해도 괜찮았는데.

선아   우선 지혈부터 해야겠다. 잠깐만요. (형구에게) 우리 약
　　　함 어디 있지?

형구   글쎄. 짐 풀 때 못 본 거 같은데.

선아, 급히 방으로 들어간다.

형구   많이 아파요?

세미   …….

형구   내일이라도 병원 꼭 가봐요. 교통사고는 잘 지켜봐야
　　　돼요.

사이

세미   교수님, 저 때문에 불편하세요?

형구   ……그러면 좋겠어요?

세미   아뇨.

형구   근데 왜 물어.

세미   안 그러면 좋겠어서요.

형구	방학 땐 알바만 해요?
세미	예.
형구	개강하고 나서도 할 거예요?
세미	일부러 질문 안 만드셔도 돼요. (사이) 아, 저 휴학하려고요.

사이

세미	그 일 때문은 아니고요.
형구	그럼…….
세미	돈을 좀 모아야 해서요.
형구	대자보 붙인 건 봤어요. 이재호한테 사과는 받았어요?
세미	교수님.
형구	일부러 만들어 묻는 거 아녜요.
세미	저한테 미안해하실 거 없어요. 물론 그때 제 입장에서 말씀을 해주셨다면 힘이 됐겠지만, 그렇다고 교수님 때문에 힘들었던 것도 없어요. 그러니까, 혹시 저한테 조금이라도 미안함 같은 걸 느끼신다면, 안 그러셔도 돼요.
형구	내가 그때도 얘기했던 것 같은데……. 선생, 아니 나 같은 강사 입장에선 그런 일이 생겼을 때 충분히 고민해야 하는 지점이 있습니다. 자칫 내 말 한마디로…….
세미	곧 전임되실 거라고 들었어요. 축하드려요.
형구	누가 그래요?
세미	그때도 지금도 교수님을 이해하긴 힘들지만, (웃음) 솔직히 이해하고 싶지도 않지만, 근데 조금은 알 것도 같

아요. 가진 게 많은 사람이니까. 그럴 수 있었겠단 생각은 들어요. 근사해요. 이 집도, 고선아 작가님도.

형구   저기, 세미 씨.

세미   저 그만 가겠습니다.

사이

형구   (무슨 말을 하려다가) 그래요.

사이

형구   사실 저 사람 기저질환자예요. 3년 전에 유방암 수술을 받았는데, 완치된 건 아니고. 아직 항암 치료 중이라 코로나 뒤로 외부 접촉은 최대한 피하고 있어요. 다른 사람들한텐 가벼운 증상도 저 사람한텐 큰일이 될 수 있어서. 그러니 많이 답답했겠죠. 사람을 워낙 좋아하기도 하고, 또 내 수업을 들은 학생이라고 하니까……. 내 입장에서는 예민할 수밖에 없어요. 세미 씨가 이해를…….

세미   (주머니에서 다급히 마스크를 꺼내 쓰며) 전혀 몰랐어요. 죄송합니다.

형구   그냥 내 맘이 그렇다는 거지. 오해 안 했으면 좋겠는데.

세미   (자리에서 벌떡 일어나) 아, 어쩌지……. 저 오늘 진짜 많이 돌아다녔거든요. 사람 많은 카페에서 친구랑 마스크 안 쓰고 한참 수다도 떨었고, 여기 오는 지하철에서 옆자리에 앉은 할아버지가 마스크 안 쓰고 계속 기침

했는데 그냥 앉아 있었어요. 너무 피곤해서. 알았다면
절대 집 안에 안 들어왔을 거예요.

그때 선아가 약함을 들고 나온다.

세미   작가님, 저 그만 가볼게요.

선아   갑자기?

세미   그러니까…… 약속 있는 걸 깜빡했어요.

선아   너무 늦었는데. 무슨 약속인진 몰라도 지금이라도 취
소하면 안 돼요?

세미   예. 중요한 약속이라.

선아   아쉽네. 그럼 전철역까지 태워줄게요.

형구   선아야.

세미   아뇨. 정말 괜찮아요.

세미, 형구에게 꾸벅 인사하고 현관 쪽으로 나간다. 아까보다 심하게
절뚝거린다.

선아, 형구를 한 번 쳐다보고는 세미를 따라 나간다.

선아   (목소리) 근데 그 다리로 정말 괜찮겠어요?

세미   (목소리) 작가님, 오늘 진짜 반가웠습니다. 다른 식으로
만났다면 더 좋았겠지만.

선아   (목소리) 나도 진짜 반가웠고 좋았어요.

세미   (목소리) 갈게요, 작가님. 나오지 마세요.

현관문 닫히는 소리.

선아, 들어와서 식탁 의자에 앉는다.

선아   무슨 일 있었어?

형구   약속 있다잖아.

선아   (일어나며) 아무래도 이건 아닌 거 같아. 차 키 좀.

형구   작작 좀 해!

선아   …….

형구   스물한 살짜리 여자애랑 둘이서 나 앞에 두고 병신 만
        드니까 좋아?

사이

형구   혹시 우리 둘에 대해서 뭔가 오해를 하고 있다면…….

선아   무슨 오해?

형구   아니다.

선아   너는 사는 것도 꼭 니가 쓰는 소설 같구나.

형구   너 오늘 정말 이상해.

선아   나 있지…….

그때 형구의 휴대폰에서 연이어 울리는 카톡 알림음.

형구, 휴대폰을 확인하다가 비명을 내지른다. 자기도 모르게 터져 나온
욕설이어도 괜찮다.

선아, 그런 형구를 말없이 바라본다.

형구   정규 알지? 왜, 증권사 다니는 내 고등학교 동창.

선아   정규 씨한테 무슨 일 생겼어?

형구	한 달쯤 됐나. 걔가 확실한 정보라면서 종목 하나를 찍
	어줬거든. 원래 그런 얘기 잘 안 하는 놈인데 확신에
	차서 말하는 걸 보니 이건 진짜다 싶더라고. 내가 주식
	에 대해 뭐 아나. 이것저것 조금씩 사놓은 거 싹 정리
	하고 거기에 몰빵했지. 근데 생각만큼 안 가더라고. 아
	파트 잔금 치르고 나서 통장에 잔고도 없고 해서 그저
	께 장 끝나기 바로 전에 다 팔았어. 2퍼센트 정도 손해
	봤지만, 어쩐지 그러고 싶더라고.

선아	…….

형구	(휴대폰을 선아에게 내밀며) 근데 방금 정규한테 이게 온
	거야.

선아, 카톡에 링크된 주소를 클릭한다.
뉴스 속보 동영상이 흘러나온다.

앵커	(소리) J시 아파트 공사장 붕괴로 현재까지 다섯 명이
	다쳤는데요. 그런데 여섯 명이 연락 두절돼 소방 당국
	이 위치 추적에 나섰습니다. 또 추가 붕괴 위험도 있어
	주변의 500세대에게 대피령을 내렸다고 합니다. 지금
	상황은 어떤지 현장 연결해보겠습니다. 강용연 기자!

기자	(소리) 네, 날이 어두워져 잘 보이지 않으실 텐데요. 제
	뒤로 오늘 사고가 난 아파트 현장이 있습니다. 오늘 사
	고로 인한 피해는 현재까지는 구조된 경상자 다섯 명
	입니다. 문제는 붕괴 사고 후 연락이 끊긴 사람이 여섯
	명 있다는 겁니다. 경찰과 소방당국은 현재 여섯 명의
	위치를 확인하고 있습니다. 혹시 이들이 무너진 건물

안에 매몰돼 있다고 확인되면 구조 작업에 나설 예정입니다.

홍분한 기색이 역력한 형구와 달리 휴대폰을 내려다보는 선아의 얼굴이 조금씩 일그러진다.

형구　이거였네. 이러려고 아까부터 일이 그렇게 꼬였어. 이 건설사 주식을 계속 들고 있었으면 어쩔 뻔했냐. 와 씨…… 나 식은땀 나.

선아, 형구를 멍하니 쳐다본다.

형구　(아차 싶어서 농담하듯) 나 지금 너무 천박했지.
선아　오늘 본 모습 중에 가장 인간적이야.
형구　(선아의 손을 감싸 쥐며) 미안해. 민 교수님 일로 내가 좀 예민했어.

사이, 어색한 침묵을 깨는 인터폰 벨 소리.
선아는 여전히 얼어붙은 채 꿈쩍도 않는다.
형구, 그런 선아의 눈치를 살피다가 일어나서 인터폰을 확인한다.

세미　(소리) 교수님, 저 박세민데요. (사이, 대답이 없자) 교수님. 교수님? 거기 계세요?

세미의 목소리를 들은 선아가 형구를 밀치고 인터폰 앞에 선다.

선아	나예요, 세미 씨.
세미	(울먹이며) 작가님…… 도와주세요.
선아	무슨 일이에요.
세미	길을…… 잃어버린 것 같아요. 계속 앞으로만 걷는데 자꾸 102동이 나와요. 이상해요. 같은 자리를 빙빙 돌고 있는 것만 같아요. 작가님, 여긴 너무 넓고 어두워요. 지나다니는 사람 하나 없고.
선아	어서 올라와요. 문 열어줄게요.
세미	아뇨, 작가님, 죄송하지만 저…… 버스 타는 데까지만 데려다주실 수 있을까요? 아니다, 서형구 교수님한테 부탁 좀 해주시면 안 될까요? (울음기 가득한 목소리로) 저 실은 다리가 너무 아파요. 못 걷겠어요.
선아	세미 씨, 거기 가만히 있어요. 지금 내려가요.

선아, 급히 방으로 들어가 옷을 챙겨 입고 나온다.
형구는 그런 선아를 넋이 빠진 얼굴로 바라보고만 있다.

선아	차 키 어딨어? (반응이 없자 큰 소리로) 키 어딨냐고!
형구	(바지 주머니에서 차 키를 꺼내며) 어쩌려고 그래.
선아	응급실 데려가야지.
형구	있어, 내가 갈게.
선아	내가 가.
형구	제발 좀 선아야! (선아의 팔을 잡으며) 큰일 나려고 그래? 아까부터 왜 자꾸 이래.
선아	이거 놔. (사이) 제발…… 놔줘.

형구, 선아의 팔을 놓는다.

선아　　난 있지, 잘 살고 싶은 거 같아. (사이) 음식 다 식었겠
　　　　다. 레인지에 데워서 먹어. 와인은 뚜껑 따서 베란다에
　　　　내놨으니까 같이 마시고.
형구　　배 안 고파. 기다릴게.

선아, 현관 쪽으로 나가려다가

선아　　기다리지 마.

선아, 마스크를 쓰고 나간다.
현관문 닫히는 소리.
형구는 선아가 나간 현관을 오래 바라보다가 식탁 앞으로 돌아온다.
조명을 바꾸고 아까 준비해둔 음악을 재생시킨다.
은은한 조명 아래 재즈 선율이 흐르는 다이닝 룸.
자리에 앉은 형구가 텅 빈 얼굴을 하고 맨손으로 케이크를 퍼먹는다.
무대 천천히 어두워진다.

막

안전지대

김현우

1

깔끔하게 정리된 집. 도어록 소리. 연진이 문을 열고 들어온다. 아직 잠이 덜 깬 듯한 모습. 익숙하게 불을 켠 다음 가방과 재킷을 소파에 던져 놓고 냉장고를 열어 물을 마신다. 커피머신을 예열하고 캡슐을 세 개 꺼낸다. 커피머신이 예열되는 동안, 식탁 의자를 가져다가 거실 창가에 놓고 창문을 연다. 담배를 꺼내 문다. 담배에 불을 붙이고 멍하니 창밖을 본다.

커피머신의 예열이 끝남을 알리는 소리. 연진은 담배를 문 채 부엌으로 간다. 아슬아슬한 담뱃재. 연진이 컵을 꺼내 머신에 올려놓는데 담뱃재가 컵으로 떨어진다. 아무렇지 않다는 듯 다른 컵을 꺼내고 캡슐을 넣고 커피를 뽑는다. 큰 머그컵에 에스프레소 캡슐 세 개를 연속으로 뽑는다. 담배를 입에 물고 재를 떤 컵과 커피가 담긴 컵을 들고 거실로 간다. 담배를 컵에 끄고 가방에서 노트북을 꺼내 켠다. 컴퓨터가 부팅되는 동안 급하게 커피를 마신다. 부팅이 끝나자 한글 프로그램을 연다. 수정사항이 빼곡히 적힌 대본 파일. 연진은 대본 파일을 노려보다가 그대로 소파에 누워버린다. 휴대폰 알람을 맞추고 잠이 든다.

2

연진이 소파에서 자고 있다. 휴대폰이 울린다. 잠결에 알람이라고 생각하고 끈다. 전화가 다시 울린다. 연진, 휴대폰을 확인하고 받는다.

연진　　거기 아니야. 앞으로 돌아와. 응.

연진은 일어나 기지개를 켠다. 조금 추운지 벗어두었던 재킷을 입고 담배를 꺼내 입에 물려다가 입가를 한 번 닦는다. 담배를 물고 컵을 들다가 커피가 없는 걸 확인하고 냉장고에서 물을 꺼내 컵에 따른다. 물을 들고 베란다로 간다. 창문을 연다. 창문 밖에는 한 남자가 서 있다. 현기다.

연진   왔어?

현기   왜 이렇게 만나야 되냐?

연진   여기 내 집 아니야. 집주인에 대한 최소한의 예의라고.

현기   네 집 아니야? 그때 술 마시고 이 근처에 내려줬던 거 같은데.

연진   뭘 자꾸 캐물어, 귀찮게.

현기   미안하다.

연진   아니, 근데, 감독님. 전화로 말하면 되지, 꼭 이렇게 찾아와야 돼? 일 핑계로 자꾸 만나자고 그러는 거 나 신경 쓰여.

현기   핑계 아니야. 얼굴 보고 해야 할 얘기가 있는 거잖아. 집에 못 들이겠으면 카페에서 만나면 되지, 왜 이렇게 만나야 되냐? 저기 경비 아저씨가 쳐다본다.

연진   (경비원 확인하고) 아저씨, 괜찮아요. 방문객. (현기에게) 나 카페 못 가는 거 몰라? 그리고 거기 안 불안하니? 다들 마스크 벗고 먹고 마시고 떠들고. 어, 감독님. 마스크 써.

현기   야외잖아.

연진   난 실내잖아.

현기   그럼 작가님이나 쓰든가.

연진 나, 담배 피워야 돼.

현기 나도 하나 줘.

연진 단지 내에서는 금연이야.

현기 왜 이렇게 채 작가랑은 맞는 게 하나도 없냐?

연진 작가랑 감독이 작품만 맞으면 되지.

연진이 담배에 불을 붙인다.

현기가 째려본다.

연진 근데 굳이 이렇게라도, 꼭, 반드시 만나서 해야 하는 얘
      기가 뭐야?

현기 우진 씨 있잖아.

연진 어.

현기 힘들 거 같아.

연진 뭐? 왜? 계약 다 해놓고 발 빼겠다고? 누가 그래? 소속
      사에서 그래? 지가 직접 그래? 인제 와서 대본 마음에
      안 든대? 걔, 미쳤네. 지 맞춰서 수정 다 해줬더니.

현기 저기, 우진 씨 코로나 확진인 건 알고 있니?

연진 어. 그래서 촬영 연기했잖아. 치료 끝날 때 됐잖아.

현기 갑자기 중증이 돼버렸어. 며칠 전에. 치료제 쓰는데 차
      도가 없대.

연진 뭐? 그래서?

현기 오늘내일 넘기기 힘들 거 같대.

연진 뭐? 아니, 요즘 누가 코로나로 죽어?

현기 많아. 코로나로 죽는 사람.

연진은 할 말을 찾지 못해 담배만 피운다.

연진   담배 줄까?

현기   됐어. 커피나 한잔 줘.

연진   어, 잠깐만.

연진이 커피머신에 캡슐을 넣는다. 손이 떨린다.

연진   그래서!

현기   뭐?

연진   그래서 어떻게 되는 거야, 이제.

연진이 커피를 들고 가서 창밖에 있는 현기에게 건넨다.

현기   비상이지, 뭐.

연진   비상이래서 뭘 어떻게 하고 있냐고.

현기   우진 씨 소속사는 지금 장례 준비하고 있고, 장례도 비
       대면으로 해야 하니까 오히려 준비해야 할 것들이 더
       많아지나 봐. 보도자료 준비하고 있고. 아무래도 연예
       인이 코로나로 사망하는 건 처음 있는 일이니까.

연진   아니. 캐스팅.

현기   아, 캐스팅?

연진   아, 캐스팅? 감독이 할 말이니, 그게?

현기   회사에서 찾고 있는데, 쉽지 않지. 아무래도 스케줄
       이……. 투자 쪽에서도 우진 씨 보고 민 게 많아서 발
       빼려는 데도 좀 있고.

연진	그래서 엎자고?
현기	내가 엎자고 해서 엎을 수 있냐? 채 작가도 처음부터 우진 씨 놓고 쓴 거잖아.
연진	말 애매하게 할래? 그래서 엎고 싶다는 거야, 아니야?
현기	난감하네. 스케줄 되는 배우들은 나랑 안 맞고 탐나는 사람들은 스케줄이 안 맞고. 먹을 거 좀 있나? 커피가 너무 진하다.
연진	없어. 지금 욕심낼 때 아닌 거 같은데. 스케줄 되는 사람 중에 잡아야지.
현기	메일 보내놨어. 스케줄 되는 배우들. 봐봐.
연진	그런데 우진이 상태가…… 확실한 거야? 아니, 아직 투병 중인데 보도자료에 장례 준비에 뭐 하는 짓들이야.
현기	나도 들은 얘기긴 한데. 소속사에서 일단 그렇게 준비하고 있다니까, 뭐. 암튼, 작가님 대본 작업 일단 스톱. 새로 캐스팅되면 맞춰줘야 할 게 있을 테니까.
연진	우도환 제대했다던데.
현기	스케줄 다 찼다. 여기 근처에 설렁탕집 없나?
연진	저기 아파트 상가에 하나 있어. 거기 깍두기만 먹어. 김치는 재활용 오지게 하더라.
현기	간다.
연진	고마워.
현기	그런데 너, 괜찮겠니?
연진	작업도 홀딩이라면서 뭐가?
현기	우진 씨 한번 봐야 하지 않겠어?
연진	볼 수도 없는데, 뭐. 그런데…… 뭣도 모르면서 사람 떠보고 그러는 거, 별로야.

현기 간다. 메일 확인하고 전화 줘. 그리고 작가님, 백신 안
      맞으면 리딩할 때 못 들어오세요.

연진 아, 줌으로 해, 줌으로.

현기 너 이번에 못 맞으면 또 언제 맞을 수 있을지 몰라. 시
      간 날 때 맞아.

현기가 간다.
연진은 베란다에 그대로 서서 휴대폰으로 메일을 확인한다. 캐스팅 중
인 배우 리스트를 확인한다. 한 명씩 사진과 프로필을 넘겨본다.

연진 누가 널 대신하니, 우진아.

휴대폰을 소파 위로 던져버리는 연진. 잠시 휴대폰을 내려보다가 소파
로 몸을 던진 뒤 배우 우진의 사진을 휴대폰 화면에 띄워놓고 바라본다.

연진 알겠어. 백신 맞을게. 맞아야지. 근데 너도 맞지 않았
      나?

연진, 누워서 잔여 백신을 검색하기 시작한다. 그때 들리는 도어록 소
리. 긴장하는 연진.

3

문이 열리고 재훈이 들어온다.
어색하게 서서 재훈을 맞이하는 연진.

연진 　　 왜 벌써 와?

재훈, 집 안을 휙 둘러보더니 한숨을 쉰다. 그러고는 연진의 말에 대꾸하지 않고 방으로 들어가 옷을 갈아입는다.

연진 　　 나 아직 두 시간 더 있을 수 있어. 알지?

재훈, 여전히 대꾸 없다. 옷을 갈아입고 방에서 나와 커피를 마시려고 캡슐을 머신에 넣으려다가 그 전에 연진이 넣어둔 캡슐을 신경질적으로 뺀다.
연진은 다시 소파로 가서 잔여 백신을 검색한다.

연진 　　 박이비인후과 알아? 의사 어때?

재훈이 컵을 찾아 두리번거리다가 베란다에 놓인 세 개의 머그컵을 본다. 하나는 연진이 마신 컵, 다른 하나는 현기가 마신 컵, 마지막 하나는 담뱃재를 떨어놓은 컵이다.

재훈 　　 누구 왔어?
연진 　　 어? 아…… 집에 들어온 건 아니고 저기 베란다에서
　　　　　 잠깐 있다 갔어. 급하게 말할 거 있다고 해서.
재훈 　　 말이 되냐?
연진 　　 진짜야. 경비 아저씨한테 물어봐. 증인.
재훈 　　 너 그리고 누가 컵에다가 담뱃재를 떨어? 아니, 왜 집
　　　　　 에서 담배를 피워!
연진 　　 원래 약속대로라면 담배 냄새 싹 빼놓고 갈 시간이 있

었다고. 네가 일찍 온 거잖아.

재훈   너랑 무슨 말을 하냐, 내가.

재훈, 컵을 들고 부엌으로 가 설거지를 한다.

연진   김찬경내과는? 가봤어?

재훈, 대답 없이 설거지한 컵을 머신에 놓고 커피를 뽑는다.

재훈   너, 이 컵이 어떤 컵인지 알기나 해? 여기에다 담뱃재
       를 떨고 싶냐?
연진   이사 기념으로 내가 사준 거잖아. 내가 사준 건데, 뭐
       어때.
재훈   뭐, 어때?
연진   왜 네가 일찍 와놓고는 짜증이야. 잘렸니? 결국 못 참
       고 팀장한테 질러버렸어? 네 성질에 오래 버틴다 했다,
       내가.
재훈   너 백신 안 맞았지?
연진   알면서 왜 물어?
재훈   가.
연진   왜 이래. 너 퇴근하기 전까지는 내가 쓰는 거잖아. 그게
       우리 계약이고.
재훈   베란다 확장공사 금액 돌려줄 테니까 그만 가. 지금 보
       낸다.
연진   보내지 마.

재훈이 휴대폰으로 금융 앱을 연다.

연진이 재훈의 휴대폰을 뺏는다.

연진   보내지 말라고. 다 끝난 얘기잖아. 왜 그래? 뭐가 또 마
      음에 안 들어서 그래? 원래 6시 딱 되면 환기하고 청소
      싹 다 해놓고 6시 반에 퇴근한다고. 그게 내 스케줄이
      고 그게 우리 계약이야.

재훈   계약 파기.

연진   이유는?

재훈   더 이상 안전하지 않으니까.

연진   진짜 너무한다. 아무리 우리가 끝났어도 사정은 봐줄
      수 있는 거잖아. 우리 윗집 인테리어 공사한다고 매일
      드릴질이고 백신 안 맞았다고 카페도 못 가고 작업할
      데가 여기밖에 없어. 매일 집에서 나오기 전에 온도 체
      크도 다 하고 온다고. 나 안전해. 안전한 사람이야.

재훈   내가 안전하지 못해. 옆 팀에 확진자 나왔어. 그래서 조
      퇴한 거야.

연진, 놀라서 한 걸음 크게 물러선다.

연진   열은?

재훈   없어.

연진   두통은?

재훈   없어.

연진   기침은? 목 붓고 그러지 않아?

재훈   안 그래, 아직은.

연진   검사받았어?

재훈   오다가. 음성 나왔어. 그런데 모르잖아.

연진   모르지. 우진이도 처음에는 음성 나왔는데.

재훈   아주 대놓고 말하네, 이제는.

연진   걔 나한테 그냥 캐릭터라고. 아냐, 걔 얘기 하지 말자.

재훈   그냥 우리 대화 자체를 좀 그만하면 안 될까? 가, 이제.

연진이 노트북을 끈다. 끄는 동안 생각하는 연진.
재훈은 창문을 열고 환기를 시킨다. 그리고 연진이 갖다 놓은 의자를
다시 식탁에 가져다 놓는다.

연진   그런데 옆 팀에서 확진자 나왔다고 너희 팀 다 귀가 조
       처한 거야?

재훈   나만.

연진   왜 너만?

재훈   밀접접촉자니까.

연진   확진자랑?

재훈   안 가냐?

연진이 가방에 노트북을 넣는다.

연진   안전한 곳이 없어. 정말.

재훈   안전하지 못한 건 너야. 백신이나 맞아.

연진   내가 맞기 싫어서 안 맞았니? 맞으려고 하면 여기에서
       수정, 저기에서 수정 떨어지는데 나더러 어쩌라고! 백
       신 맞으면 이틀은 날아가는데, 캐스팅 날아가니까, 투

자 날아가니까, 빨리 쓰라고 빨리 수정하라고 지랄들
인데 나더러 어쩌라고!

재훈이 가방에서 작은 상자 하나를 꺼낸다.

재훈   이거 가져가. 자가진단키트 몇 개 샀어.

연진이 키트를 받는다.

연진   이거 내가 내 손으로 코에 찔러야 되는 거지? 깊게. 뇌
        에 닿을 때까지.
재훈   눈까지만 찔러.

연진이 진저리를 치며 키트를 돌려준다.

연진   아우, 난 못 해.
재훈   해줘?
연진   설마 몇 분 사이에 옮았을까.
재훈   아까 누구 만났다며.
연진   아이, 씨.

연진이 가방을 내려놓고 앉는다.
재훈이 상자를 열고 키트에서 면봉을 꺼내는데

연진   감정 담지 말아라.
재훈   너한테 감정 없다.

안전지대

연진   (코로 쑥 들어오는 면봉) 서운한…… 윽!

재훈이 익숙하게 면봉을 꺼내 진단을 시작한다.

연진   얼마나 걸려?
재훈   15분.
연진   그럼 나 15분 더 있을 수 있는 거지?
재훈   아니. 문자로 결과 줄게.

연진이 못 들은 척, 소파에 눕는다.

연진   코가 너무 시려 못 나가겠다. 너 그런데 얼마나 밀접하
       게 접촉했어?
재훈   매우 밀접했지.
연진   여자지? 옆 팀 확진자.
재훈   여자지.
연진   좋겠다. 볼 수 있을 때 한 번이라도 더 봐라.
재훈   왜? 요즘 코로나 걸렸다고 누가 죽냐?
연진   그러게. 누가 죽냐, 죽긴.

연진, 눈물이 날 것 같아 벌떡 일어난다. 가방을 챙겨 나가는데.

재훈   설렁탕이나 먹고 갈래? 네가 좋아하던 데.
연진   거기 김치 재활용하는 거 본 다음부터 끊었다.
재훈   아닌데. 깍두기였는데. 김치가 아니라.
연진   그래? ……암튼, 싫어. 나, 앞으로 15분 동안 매우 불안

할 예정이니 바로 톡 줘. 네 피시알 검사도 결과 나오
면 알려주고.

연진이 나간다.
재훈은 열어두었던 베란다 창문을 닫고는 집을 원래 상태로 하나씩 되
돌린다.

막

숙주

천정완

1

휴대폰을 삼각대에 올려놓고 바라보고 있는 아내와 남편.

아래는 수면바지를, 위는 블라우스와 재킷을 입은 아내가 거울을 보며 화장을 고치고 있다.

아래는 사각팬티를, 위는 와이셔츠와 정장 재킷을 입은 남편이 따분한 표정으로 하품을 한다.

아내가 남편의 옆구리를 팍 친다.

휴대폰에서 들리는 웅성거리는 소리.

목소리1   (휴대폰에서 흘러나온다.) 아빠! 하품하지 마! 다 보여. 나 이제 신부 대기실 들어간다. 아빠, 이상한 짓 하지 마!

남편   아직 시작 안 했잖아. (머리를 긁적이며) 아니, 돈 보냈으면 됐지, 굳이 왜 줌으로 참석을 하래. 격리된 거 빤히 알면서 말이야.

아내   걔가 외로움이 많아서 그래. 친구라고는 나 하나밖에 없는데 내가 결혼식에 못 가서 밤새 울고불고 했어. 뒤늦게 결혼하는데 가보지도 못하고 정말 너무 미안하네.

남편   그래서 저렇게 화장이 뜬 거야? 울어서?

아내   무슨 말을 그렇게 해? (사이) 쟤, 원래 화장이 좀 잘 떠.

남편   아무리 그래도 화장이 너무 과하다. 뭘 저렇게 허옇게 만들었어? 가부키도 아니고.

아내   (남편을 째려보며) 말 더럽게 예쁘게 하네. (사이) 당신 은근히 얼굴 평가하는 버릇 있더라. 거울 좀 보고 그러시든가.

남편　　안 봐. 덕분에 용기 얻고 살 수 있으니까. 절대 안 볼 거야.

아내　　그 용기가 너무 가증스럽다, 정말! 진짜 왜 그렇게 막 말을 해대?

남편　　뭐 어때? 안 들리잖아.

목소리1　이모! 엄마랑 아빠 인사해요.

아내　　(삼각대에 결착된 휴대폰을 조작하며) 이제 마이크 켜니까 헛소리하기만 해?

아내와 남편, 환하게 손을 흔들며 웃는다.

목소리1　엄마, 아빠! 이모한테 한마디 해요.

아내　　(손을 흔들며) 영현아. 행복해야 해. 못 가서 너무 미안해. 하필 누구 때문에 확진을 받아서. 정말 너무 미안해. 격리 풀리면 꼭 만나서 축하해줄게.

힐끔 아내를 보는 남편.

목소리2　고마워. 니가 없어서 너무 서운하다. 내 예쁜 모습 니가 꼭 봤으면 좋았을 텐데. 니가…… 가……바아앙모……찌……해…… 하는데.

아내　　(손을 흔들며) 그래 가방 모찌 내 전문인데. 나도 못 가서 너무 서운해.

목소리1　엄마, 너무 끊긴다. 그러니까 폰…… 바……꿔……니까.

남편　　아우 어지러워. 왜 이렇게 끊겨?

아내   그러게 너무 끊기네. 유영아, 유영아.

연결이 툭, 끊어진다.

남편   아우, 무슨 결혼식을 일요일 오후 2시에 해. 일요일 결혼식 나라에서 금지한 거 아냐? 영현이 남편은 왜 안 말렸다냐. 돈도 많다면서. 토요일에 하면 좀 좋아?

아내   (한숨을 쉬며) 아, 정말 진짜.

남편, 냉큼 침대에 눕는다.

아내   (남편을 보며) 좀 일어나서 앉아. 어떻게 틈만 나면 눕냐? 저 배 좀 봐, 배. (한숨을 쉬며) 내가 바다코끼리랑 사는구나.

남편   인생이 너무나 고달프고 피곤해서 그래. 당신하고 우리 유영이 먹여 살리느라 그런지 이 세상 중력이 나한테는 열 배는 되는 것 같아. (연기 톤으로) 아! 침대가 나를 강한 중력으로 끌어들인다.

아내   놀고 있다. 당신은 연애 초기부터 눕기만 했잖아. 모텔 대실해서 가면 퇴실할 때까지 빤스만 입고 누워만 있었으면서. 할 때도 허리 아프다고 맨날 누우려고만 하고.

남편   에에? 나 그래도 초반에는 열심히 했다? 너 말 되게 서운하게 한다?

전화가 울린다.

삼각대에 결착된 휴대폰을 빼서 받는 아내.

아내   (전화를 받으며) 어! 왜 끊겼어? 식은 시작했어? (사이)
　　　　　왜? 아, 그래? 그럼 식 시작하면 다시 연결해. (사이) 야!
　　　　　너 폰 바꿔달라는 말 한 번만 더해? 내가 돈이 어디 있
　　　　　어서 아이폰을 사줘. (사이) 됐고. 밥이나 먹고 와. 엄마
　　　　　축의금 많이 냈으니까 밥값 하고 와. 쭈뼛거리다가 그
　　　　　냥 오지 말고. 알았지?

툭, 전화가 끊긴다. 다시 휴대폰을 삼각대에 결착하는 아내.

아내   쟤는 누구 닮아서 물욕이 저렇게 강하대?
남편   (누워서) 뭐래? 왜 아직 시작을 안 한 대?
아내   오기로 한 하객들이 아직 도착을 안 해서 조금 지연했
　　　　　대.
남편   그르게 왜 하필 일요일 2시야. 나라에서도 금지시킨
　　　　　걸……. 잡혀갈라고 말이야.
아내   (버럭) 아, 그 실없는 농담 좀 그만해.
남편   (벌떡 일어나 앉으며) 왜 성질을 내?
아내   왜 남의 결혼식에 그렇게 험담을 하냐고.
남편   농담이잖아.
아내   당신한테만 농담이지. 재미도 없고, 의미도 없고. 듣기
　　　　　싫어 죽겠어.
남편   (다시 누우며) 참나, 사람 무안하게 만드는 건 타고났어.
　　　　　너 영현이 돈 많은 놈한테 시집간다고 질투 하냐? 내
　　　　　가 못 벌어서 미안하다야.

아내   너는 왜 항상 모든 걸 니 중심으로 생각하냐. 돈 많은 게 부러운 게 아니고 돈도 잘 벌면서 정상인 남자랑 결혼하는 게 부럽다는 생각은 못 하는 거지?

남편   혼인신고서에 잉크 마르면 남자들은 다 바다코끼리 됩니다요.

아내, 남편을 째려본다.

남편, 돌아눕는다.

아내   양말 좀 벗어. 빤스만 입고 있으면서 왜 양말은 신고 있어?

남편   (돌아누워서) 나도 식자층이라 나름 예의를 갖춘 겁니다요.

아내, 벌떡 일어나 남편의 양말을 벗겨버린다.

남편, 신경질적으로 일어난다.

남편   정말 왜 이러는 거야?

아내   꼴 보기 싫으니까 그렇지. 사람이 말을 하면 들어먹어야지 왜 그렇게 비아냥거리고 실없이 농담이나 하고. 기분 나쁘게.

남편   (다시 누우며) 잔소리 폭격기가 또 이륙하셨구먼.

아내   내가 그거 하지 말라고 했지?

윗집에서 발 구르는 소리가 들린다.

아내	지겨워. 지겨워. 윗집 애들 왜 저렇게 뛰는 거야.
남편	살아 있잖아요. 살아 있는 건 다 소란스럽답니다, 라고 누가 말했던 것 같은데…….
아내	격리고 뭐고 뛰쳐나가고 싶다, 증말.
남편	(누워서) 그러면 잡혀갑니다.
아내	(남편을 노려보며) 너 한 마디만 더 해라.
남편	더 하면? 어쩔 건데? 더 하면?
아내	(정색하며) 죽일 거야.
남편	(벌떡 일어나 앉으며) 뭐?
아내	죽일 거라고.
남편	죽인다고? 나를?
아내	응. 조금씩 당신이 어떻게 죽는지도 모르게 천천히 죽일 거야.
남편	무슨 농담을 그렇게 구체적으로 살벌하게 하냐.
아내	농담인지 아닌지 알고 싶으면 한 마디 더 해봐.

윗집에서 발 구르는 소리 들린다.
암전.

2

조명이 켜지면 휴대폰을 삼각대에 올려놓고 보고 있는 아내와 남편.
아내는 아래는 수면바지를, 위는 블라우스와 재킷을 입고 있다.
남편은 아래는 사각팬티를, 위는 와이셔츠와 정장 재킷을 입고 있다.
남편, 양말을 들고 아내를 곁눈질로 흘끔거린다.

남편   30분이 지연됐는데 아직도 안 하네.

사이

남편   뒤에 식이 없나?

사이

남편   그래도 그렇지 이건 너무 지연이 되는데. 그치?
아내   아까 유영이가 그랬잖아. 뒤에 예식이 없어서 추가요
          금 내고 다음 시간까지 빌렸다고. 왜 남의 말을 안 듣
          는 거야, 진짜?
남편   역시, 일요일 오후 예식은 국가…….

127

아내, 남편을 째려본다.
남편, 고개를 돌린다.
쿵쿵, 위에서 들리는 발소리.

남편   배고픈데. 그치?
아내   아니. 별로.
남편   (일어나서 서성이며) 뭐 먹을 거 없나? 라면 먹을까.
아내   일어나지 마. 화면에 속옷 나오잖아.
남편   (슬쩍 앉으며) 오늘 왜 이렇게 까칠하게 굴어?
아내   내가 오늘만 까칠했니? 당신이 오늘에야 비로소 느끼
          는 거라고 생각 안 해?
남편   종종 느끼는데 오늘은 좀. 뭐랄까 너무 날카롭고 그러

네. 심장을 막 후벼 파는 것 같이 뾰족하고 그러네.

아내   뭉툭하던 나를 당신이 뾰족하게 깎아놓은 거야. 당신
이 한 짓을 생각해봐.

남편   내가? 내가 뭘?

아내   이 상황!

남편   코로나? 격리? 너 설마……?

아내   설마 뭐?

남편   설마? 혹시? 코로나가 나 때문에 걸렸다고 생각하는
거니?

쿵쿵, 위에서 들리는 발소리.

아내   그럼?

128

남편, 벌떡 일어난다.

남편   와. 진짜. 당신 나 몰라? 진짜 몰라서 이래?

아내   아니까 이러지.

남편   나야. 여보 나야, 나. 개인 방역의 화신. (손바닥을 보여주
며) 보여? 손을 하도 씻어서 손바닥에 지문이 없어. 나
마스크도 두 겹, 이머전시에는 세 겹을 끼는 사람이야.
사람들이 코로나 시국이 만든 정신병자라고 놀려도 꿋
꿋하게 김정은이 벙커보다 더 두껍고 철통같은 방역
시스템을 가동 중이었어. 나는.

아내   그럼, 나라고?

남편   당연하지. 유영이는 확진자 아니니까 당신밖에 없지.

아내   와, 너 정말 뻔뻔하다. 아니야, 뻔뻔하다는 말로 다 담을 수도 없을 지경이야. 저걸 무슨 단어로 표현해야 되지?

남편   당신, 이 시국에도 운동 가고 그러잖아. 거기는 촘촘한 K-방역의 구멍이란 말이야. 거기에 시장도 가고. 거기는 방역패스도 없잖아.

아내   그럼 반찬이 좀 없어도 세 살 애새끼마냥 반찬 투정을 하질 말든가!

남편   시켜 먹으면 되잖아!

아내   당신이 배달 음식에는 영혼이 없다며!

남편   영혼이 없는 음식들을 배달시키니까 그렇지.

아내   야. 어떻게 하면 로제 떡볶이에 영혼을 담을 수 있는데?

남편   그냥 싼 거 말고, 정성스럽게 만든 로제 떡볶이! 베이컨도 좀 넣고 그런 거.

아내   정성스러운 건 비싼 거야. 우리 형편에 그게 가당키나 하니?

남편   너 혹시 요즘 나 강의 없다고 돌려서 말하는 거야?

아내   이게 돌려서 말하는 거니?

남편   곱씹을수록 서운한 말인데?

휴대폰에서 웅성거리는 소리가 들린다.

목소리1   엄마! 아빠! 나 그냥 할머니네로 가면 안 돼? 시작을 안 할 것 같아.

아내   (휴대폰 마이크를 켜고) 니가 중간에 가면 결혼식은 누가

	중계해. 나 그 결혼식 끝까지 못 보면 영현이 이모가 평생, 아니 죽고 나서도 괴롭힐 거야. 그냥 있어.
남편	그래. 유영아. 그건 아닌 것 같아. 그 이모 한번 열받으면 진짜 그게 지옥이야. 다 끝나고 밥도 먹고 그러고 할머니네로 가. 뷔페에 맛있는 거 있으면 좀 싸 가고.
목소리1	아빠! 왜 자꾸 실없는 소리를 해. (사이) 아, 몰라. 조금만 더 기다렸다가 시작 안 하면 나 그냥 갈 거야.

툭, 연결이 끊어진다.
남편을 째려보는 아내.
남편, 고개를 돌린다.

남편	쟤는 누굴 닮아서 저렇게 매몰차냐. 참나. 가장으로서 대접을 받을 생각도 없지만 막상 아무도 안 해주니까 또 더럽게 서운하네.
아내	꼭 누구 들으라고 하는 소리 같네. 숙주 주제에 뻔뻔하게.
남편	뭐? 숙주?
아내	그래. 숙주.
남편	당신 진짜 너무한다. 사람이 사람한테 그러면 안 돼. 입을 그렇게 함부로 놀리면 나중에 큰 벌 받아. 당신 불자佛子잖아. 당신 불교의 지옥이 열 단계나 되는 거 알지? 그렇게 터무니없는 죄를 씌우고 나중에 죽어서 어쩌려고 그래? 발설지옥 가면 그냥 아우…….
아내	거짓말하는 당신 혀 뽑히는 거 팝콘 먹으면서 구경하고 있겠지.

사이, 쿵쿵 윗집에서 들리는 발소리.

남편   자, 이쯤에서 내 방역 시스템에 아무런 오류가 없다는
            것을 밝혀야겠어. 숙주! 내가 그딴 말을 듣고서는 코로
            나가 완치돼도 영원히 확진자로 살 것 같은 기분이야.
아내   그래? 좋아. 어떻게 증명할 거야?

남편, 자신의 휴대폰을 가지고 와 자리에 앉는다.

남편   나 방역의 화신이 어떻게 방역을 해왔는지 보여줄게.

남편, 휴대폰 앱을 켜서 아내에게 내민다.

131

아내   (남편의 휴대폰을 들고 훑어본다) 이게 뭔데?
남편   내가 손 씻은 기록이야. 봐봐. 이렇게 손 씻을 때마다
            기록해뒀어.
아내   1월 15일. 11시 33분. 11시 42분. 11시 58분. 12시 12
            분. 무슨 손을 이렇게 많이 씻었어? 당신 라쿤이야?
남편   나는 개인 방역의 화신이니까.
아내   아무리 개인 방역이 완벽해도 당신처럼 빨빨거리며 돌
            아다니면 안 걸리고 배기냐? 그렇게 개인 방역 철저한
            인간이 왜 길바닥에서 마스크 벗고 담배는 피우는데?

아내의 손에 있던 휴대폰을 빼앗아 다른 앱을 켜서 아내에게 내미는
남편.

아내 (남편의 휴대폰을 들고 훑어보며) 이건 뭔데?

남편 내 카드 사용 내역서야. 거기, 내 동선이 다 나오잖아.

아내 최근 보름 동안 아무것도 없는데?

남편 맞아. 난 아무 데도 안 갔으니까.

아내 당신 그 너구리 닮은 선배 번역 도와준다고 지난주 내 내 두세 시간씩 나갔다가 왔잖아.

남편 안 갔어. 당신이 맨날 누워 있다고 구박하니까 차에 가서 좀 누워 있다가 왔지. (사이) 그러니까 나는 숙주 아니야! (손가락으로 아내를 가리키며) 그러니까 당신이 숙주야! 당신은 필라테스도 가고 수영도 하고 스포츠센터에 매일 갔으니까. 그 병균들이 우글거리는 코로나 바이러스의 대화합의 장에 매일 가는 당신이 숙주야! 숙주!

남편, 껄껄 웃는다.

아내 내가 강남 사모님도 아니고 무슨 돈이 있어서 필라테스를 하고 수영을 하니? 당신 저번 학기 강의 끊기고 벌써 그만뒀지.

남편 그럼 어디 갔다 온 거야?

아내 당신 표정 봐. 내가 그 얼굴 보기 싫어서 엄마네 집에 가서 좀 놀다 왔다. 왜! 그냥 아무것도 모르고 미련하게 뒹굴라고. 그 거지 같은 표정 진짜.

남편 내 표정이 어때서?

아내 세상 불행하고 불쌍한 얼굴. 너 왜 그렇게 얼굴이 불쌍하냐? 니가 햄릿이냐?

사이, 웃음을 터뜨리는 남편.

남편   야, 이거 오 헨리의 「크리스마스 선물」 같다. 그치? 당
        신이 델라고 내가 짐이고.

남편, 깔깔 웃는다.
아내도 피식 웃는다.
위층에서 쿵쿵거리는 소리.

아내   격리 풀리면 올라가서 한 소리 좀 해. 제발.
남편   저 집 남편이 엄청 무섭게 생겼어. (사이) 그나저나 그
        럼 누가 숙주야?
아내   몰라. 서로가 서로한테 숙준가 보지.

사이, 휴대폰에서 웅성거리는 소리가 들린다.

목소리1   엄마! 시작한다.
남편   와. 식장이 텅텅 비었네. 열 명도 안 온 것 같아.
아내   그러게. 큰일이네. 영현이 쟤 중학교 때부터 자기 결혼
        식 구상하던 앤데. 어쩌냐.
남편   중학생은 참 중학생이다. 그게 뭐가 좋다고.

아내, 남편을 째려본다.
휴대폰에서 "신부 입장!" 소리가 들린다.

아내   왜 저렇게 울어. 좋은 날에.

휴대폰에서 여자가 흐느끼는 소리가 들린다.

목소리1 엄마, 이모가 너무 울어서 판다가 됐어. 검은 눈물을 막
        흘려.

여자의 통곡하는 소리가 휴대폰에서 흘러나온다.
"이건 지옥이야!"
휴대폰에서 들리는 여자의 목소리.
암전.

3

잠옷을 입은 남편과 아내. 배달 온 로제 떡볶이를 먹고 있다.
몇 번 먹다가 젓가락을 탁 내려놓는 남편, 못마땅한 얼굴이다.

아내 또 영혼이 어쩌고 하지 마. 진짜.
남편 하면 어쩔 건데? 하면?
아내 (정색하며) 죽일 거야.
남편 뭐?
아내 어떻게 죽는지도 모르게 천천히 죽일 거야. 죽기 바로
      직전에 알겠지. 아 내가 저 와이프한테 죽임을 당하는
      지도 모르게 죽임을 당하고 있었구나, 하고. 의식이 아
      득히 멀어지면서 복수도 못 하고 죽는 중에 억울해서
      더 빨리 죽을걸?
남편 너는 떡볶이 먹으면서 어떻게 그렇게 무서운 말을 잘

하냐.

아내 (들고 있던 젓가락으로 단전을 가리키며) 여기서 나오는
말이야. 세상 진심이라는 뜻이지.

남편 혹시 국에 락스 같은 거 타? 나 천천히 죽으라고?

아내 나도 유영이도 같이 먹는데? 당신 하나 죽이자고 국을
두 번 끓인다고? 등신, 단순하기는.

남편 그럼 뭔데? 어떻게 죽임을 당하는지도 모르게 죽일 건
데?

아내 그러니까 영혼 어쩌고 실없는 소리 해봐. 그럼 죽기 직
전에 내가 귀에 대고 살짝 말해줄게.

남편 하. 궁금한데. 할까 말까. 할까? 말까? 할까? 궁금하네.

사이

아내, 들고 있던 젓가락을 탁 내려놓는다.

깜짝 놀라는 남편.

아내 여보.

남편 왜?

아내 우리 격리 끝나면…….

남편 격리 끝나면?

아내 이혼하자.

남편 뭐라고? 이렇게 갑자기?

아내 너도 나도 유영이도 너무 불쌍해. 우리 서로 책임지지
말고 미안해하지도 말자. 그 있잖아. 서로 살길 찾자는
사자성어 그거 뭐였지?

남편 각자도생?

아내   각자도생. 그래, 각자도생하자. 아무리 생각해도 서로

        한테 너무 지옥이야, 지옥. 그것도 열 개 지옥 중에 첫

        번째 지옥. 뒤에 아홉 개나 더 있을 거야.

남편   무슨 그런 무서운 소리를 해?

아내   솔직히 그렇잖아. 난 코로나 한참 전부터 팬데믹이었

        어.

남편   왜? 나 때문에?

아내   몰라. 아직 원인은 연구 중이야.

남편   연구 결과도 안 나왔는데 각자도생을 하자고?

아내   우리 팬데믹은 전 세계가 머리 모아서 백신 개발 안 해

        주잖아.

사이, 이마를 짚는 남편.

다시 젓가락을 들고 떡볶이를 먹기 시작하는 아내.

아내의 표정을 물끄러미 살피는 남편, 젓가락을 들고 떡볶이를 먹기

시작한다.

남편   (떡볶이를 씹으면서) 그래서 이혼을 하자고?

아내   하자. 각자도생, 그거.

남편   농담이지?

긴 사이

남편   (깔깔 웃으며 박수를 치다가) 이번에는 진짜 같았다. 휴

        우. 진짜 속을 뻔했네.

긴 사이

남편   (떡볶이에 있는 계란을 젓가락으로 찍어 아내에게 내밀며)
      계란 먹을래?

조명이 서서히 어두워진다.

막

빈소

임상미

등장인물

정정   이십대 초반, 여
우식   이십대 초반, 남
건오   이십대 초반, 남, 군인
노인   칠십대 후반, 남, 퇴직한 기관사

'조문객을 받지 않습니다'라는 종이가 붙어 있는 빈소.

상복을 입은 건오와 우식이 앉아 있다.

잠시 뒤 검은 옷을 입은 정정이 들어온다.

건오와 우식이 놀란 얼굴로 일어난다.

정정, 할머니의 영정 앞에 향을 피우고 묵념을 한 뒤 건오와 우식과도

인사한다.

정정이 건오를 토닥이자 건오가 어깨를 들썩거린다.

정정   눈 빨개진 거 봐.

건오   미국이라더니 어떻게 왔어?

정정   코로나 때문에 들어왔지. 한국은 안전하다고 해서 왔

        는데……. 어떻게 된 거야?

건오   일단 앉자. 앉아서 얘기해. 장우식, 넌 인사 안 해?

정정   잘 지냈어?

건오   야, 정정이가 인사하잖아.

우식   봤어. (혼잣말로) 남이사 잘 지내든 말든.

식당에 자리를 잡는 세 사람.

우식, 테이블에 놓인 콜라 한 병을 딴다.

건오   정정이 탄산 안 마시잖아. 넌 그것도 모르냐.

우식   내가 마실 건데.

건오   정정아, 커피랑 생수 있는데 어떤 걸로 할래.

정정   물 마실게.

건오   잠깐만 있어봐.

생수를 가지러 가는 건오.

우식이 따라간다.

우식　　너 알고 있었지.

건오　　뭘?

우식　　정정이 오는 거.

건오　　아니.

우식　　진짜 몰랐어? 솔직히 말해라.

건오　　몰랐다니까. 그리고 나 해병대야. 거짓말 안 한다.

우식　　그럼 어떻게 알고 왔냐고.

건오　　어디서 들었겠지. 그리고 아까 그게 뭐냐. 잘 지내든 말

　　　　든? 니가 친구냐.

우식　　쟤랑 나랑 친구는 아니잖아.

건오　　그럼 뭔데? (짧은 사이) 설마 아직도 좋아하냐?

우식　　아니거든.

건오　　그럼 티 좀 내지 마. 내가 다 쪽팔린다.

건오, 생수를 들고 정정 앞에 와 앉는다.

우식도 따라와 앉는다.

건오, 생수 뚜껑을 열어 정정에게 준다.

우식은 모르는 척 콜라 마시는 데 집중한다.

정정　　뭐 좀 먹었어?

건오　　아까 우식이랑 먹었어.

우식　　우리가?

정정　　내가 뭐 좀 시킬까?

건오   됐어. 애 괜히 이러는 거야. 정정이 넌 먹었어?

정정   난 괜찮아. (짧은 사이) 박건오, 많이 힘들지.

건오   너무 큰일이라 그런지 힘든지도 잘 모르겠다.

정정   부대는 언제 들어가?

건오   내일 장례 치르고, 모레.

정정   장례는 줌으로 하는 거야?

건오   어. 어차피 코로나라 조문객도 없고. 친척도 안 오는 빈
       소에 누가 오겠냐. 부모님도 격리 중이라 줌이 편해.

정정   부모님도 걸리셨어?

건오   확진은 아니고 밀접접촉. 할머니랑 같이 살았잖아.

정정   괜찮으신 거지?

우식   괜찮은 건가. 몸이 아픈 건 아닌데 아빠가 할머니 임종
       보고 나서 계속 울어. 할머니 가는 모습을 시시티브이
       로 봤거든. 나는 그거 화상으로 중계하고!

141

건오, 천장을 쳐다본다.

고개를 푹 숙이는 정정.

우식이 양쪽으로 휴지를 뽑아준다.

건오   너 보니까 왜 눈물이 나냐.

건오, 코를 푼다.

정정은 눈가를 훔친다.

건오   정정이 넌 언제 가?

정정   편도 끊어 왔어.

빈
소

건오   그럼 안 가고 한국에 있는 거야?

정정   당분간은. 지금 가봤자 동양인한테 분풀이하려는 애들
        이 많아서 돌아다니기도 위험하거든. 거긴 여자애들도
        크잖아.

우식   (혼잣말하듯) 미국 애들 큰 거 몰랐나.

정정   뭐라 그랬어?

우식   누가 미국 가랬냐고.

건오   장우식. 너 자꾸 그럴 거면 집에 가. 가서 한숨 자고 와.

우식   왜, 너도 나 버리게?

건오   피곤해 보이니까 자고 오라고.

우식   하나도 안 피곤해. 내 인생 통틀어서 지금이 제일 또랑
        또랑해.

정정   내가 일어날게. 할머니 계신 데서 싸우지 마.

건오   너 가만히 있냐? 너 때문에 정정이 간다잖아!

우식   쟤는 원래 잘 가. 나랑 사귈 때도 자기 입으로 절대 헤
        어지지 말자 그랬으면서 기회 생기니까 얼굴 한번 안
        비추고 유학 간 거 알잖아. 지금도 불리해지니까 간다
        는 거 봐라.

정정, 자리에서 일어난다.

우식   박정정, 여기 왜 왔어? (짧은 사이) 여기에 나 있을 거라
        는 거 알았잖아.

정정   약속했잖아.

우식   약속?

정정   우리 셋 다 외동이니까 한 명한테 무슨 일 생기면 옆에

있어주자고 약속했잖아.

우식   ……넌 약속 안 지키잖아.

건오가 울음을 터뜨린다.

건오   너희 진짜 왜 그러냐. 진상 떨어야 될 놈은 난데 왜 니
　　　　들이 진상질이야. 너희 친구 맞냐?

정정   미안해.

건오   장우식, 넌 안 미안하냐.

우식   알았어. (짧은 사이) 진상 안 떤다고.

건오   정정이 너도 빨리 앉아. 앉으라니까.

건오, 정정을 자리에 앉힌다.

건오   여기 우리 할머니 빈소니까 너희 얘긴 딴 데서 해. 알
　　　　았지?

정정, 고개를 끄덕인다.
우식도 마지못해 동의한다.
정정, 생수 뚜껑을 여는데 잘 안 열린다.
뚜껑을 열어주는 우식.
정정, 목이 타는 듯 급하게 물을 마신다.

우식   근데 건오 소식은 어떻게 알았어?

정정   엄마가 알려줬어.

건오   어머니가? 어머니는 어떻게 아시고?

정정　　너희 집에서 부고 냈던데? 아버지 성씨가 박 자, 함자가 혁 자, 거 자, 세 자 맞지?

건오　　어. 박혁거세.

정정　　엄마가 혹시 건오네 아니냐고 신문 보여주더라고. 너희 아빠 이름이 좀 인상 깊잖아.

우식　　부고? 부고가 뭐야?

건오　　대학생이 부고도 모르냐.

우식　　너도 몰랐잖아.

건오　　당연히 알았지. 신문에 난 부고가 우리 집에서 낸 부고다.

우식　　부고가 뭔데. 아, 답답해.

정정　　초상 나면 신문에 네모나게 기사 내는 거야. 나도 이번에 처음 봤어.

우식　　들었지? 미국 대학생도 몰랐다.

정정　　근데 무슨 일로 부고까지 낸 거야?

건오　　무슨 일은 아니고, 할머니 유언이래.

정정　　임종 때 못 봤다 그러지 않았어?

건오　　한참 전에 얘기한 거래. 나 죽으면 꼭 부고 내라고 아빠한테 돈도 줬대.

정정　　왜 그러셨을까.

건오　　할머니 친구들은 SNS 안 하니까 신문에 내라고 했겠지. 코로나라는 게 닥쳐서 빈소가 이렇게 텅 빌 줄 아셨겠냐.

정정　　폰으로 문자 보내면 되는데?

건오　　그러네.

정정　　뭔가 퍼즐이 안 맞아. 부고란 보니까 전부 사장님에 어디 로타리 클럽 회장, 뭐 그런 사람들이더라고. 그런데 건오네 할머니는 평범한 할머니란 말야. 굳이 부고를 낼 이유가 없잖아. 장우식, 니 생각은 어때?

우식 　글쎄. (짧은 사이) 찾을 사람이 있었나?

건오 　누구?

우식 　나야 모르지.

정정 　왜 그렇게 생각해?

우식 　내가 할머니라면, 내가 만약 할머니고 멀리 떠나야 되는 처지면 그럴 것 같아서. 돌아올 수 없는 곳으로 간다면 가기 전에 꼭 보고 싶은 사람이 있지 않겠어?

건오 　그럴듯해. 그렇지만 오답. 우리 할머니 친구 없다.

우식 　할머니도 사람인데 손자가 모르는 영역이 존재할 거라는 생각은 안 해봤냐.

건오 　없어. 우리 할머니는 좋아하는 게 딱, 정해져 있어.

우식 　뭔데?

건오 　기차.

정정 　기억나. 너 학교 끝나면 할머니 만난다고 서울역 가고 그랬잖아.

건오 　기차도 많이 탔지. 할머니 입에서 소풍 소리 나온다 그러면 무조건 기차였거든. 할머니랑 둘이 계란 까 먹으면서 여기저기 많이 다녔다.

정정 　예쁘다. 가치에 나란히 앉아서 계란 까 먹는 헐머니랑 손자.

건오 　너희 기차에서 안내방송 나오는 거 들어봤지?

우식 　여자 목소리? 알지.

건오 　옛날엔 기관사가 직접 했다. 그거 바뀌고 우리 할머니　　　빈 소가 얼마나 서운해했는데.

정정   맞다! 박건오 너, 기관사가 꿈이었잖아!

건오   언제부터? 난 해병대 유튜버가 꿈인데?

정정   잘 생각해봐. 학교에서 장래희망 발표할 때 니가 그랬어. 우리 할머니는 기차만 좋아해서 우리 집은 해외여행을 못 간다. 난 꼭 기관사가 돼서 할머니를 태우고 지구를 돌 거다.

우식   맞다! 기관사 되려면 삶은 계란이랑 사이다 많이 먹어야 된다고 맨날 간식 싸왔잖아.

건오, 천장을 바라본다.
우식이 휴지를 뽑아준다.

146

건오   휴가 나왔을 때 같이 기차라도 타러 갈걸. 술 먹고 노느라 얼굴도 제대로 못 봤네.

기관사 제복과 모자를 쓴 노인이 등장한다. 한 손엔 쇼핑백을 들고 있다. 두리번거리며 빈소의 호수를 살핀다.

정정   건오야, 누구 왔어.

노인이 빈소로 들어온다. 할머니의 영정을 보고 가만히 선다.
건오가 눈가를 훔치며 일어나 노인에게 간다.
우식과 정정도 뒤를 따른다.

건오   어떻게 오셨어요?

노인   함옥희 씨 조문 왔습니다.

건오   죄송하지만 비대면 장례를 치르기로 해서요. 가족이
       아니면 조문을 안 받습니다.

노인   전 함옥희 씨를 꼭 봬야 됩니다.

빈소로 들어가려는 노인을 만류하는 건오.
아이들은 양 떼처럼 건오를 따라 움직인다.

건오   죄송해요, 할아버지. 집안에서 결정한 거라 조문은 안
       돼요.

우식   죄송합니다.

정정   죄송해요.

노인   빈소가 열려 있지 않습니까. 인사만 하고 가겠습니다.

건오   가족들이 올 수도 있어서 절차상 열어놓은 거예요.

노인   꼭 봬야 되는데.

정정   할아버지, 내일 줌으로 장례식 하니까 거기서 조문하
       세요.

노인   줌?

정정   네, 줌요. 줌 모르세요?

노인   뭘 준다고요?

정정   주는 게 아니라 줌요. 컴퓨터요. 컴퓨터 사이트 접속하
       면 장례식에 참석하실 수 있어요.

노인   손준가?

노인, 세 사람 사이를 왔다 갔다 하며 얼굴을 살핀다.
어쩔 줄 모르고 선 세 사람.

147

빈
소

노인이 우식 앞에 멈춰 서서는 우식의 얼굴을 유심히 쳐다본다.

노인   많이 닮았어. 이쪽이 손주구먼!
정정   (웃음) 할아버지, 그쪽이 아니라 이쪽이에요.

정정이 건오를 가리킨다.
노인, 건오를 보더니 모자를 벗는다. 예를 차리는 것이다.

노인   조모님께 인사 좀 올립시다. 꼭 지켜야 될 약속이 있어
         서 그래요.
건오   잠깐만요, 할아버지. 잠깐만 기다리세요.

건오, 우식과 정정에게 손짓한다.

세 사람이 동그랗게 모인다.

건오   어떡하지?
정정   조문하게 해드리면 안 돼?
건오   그래도 원칙이라는 게 있는데.
우식   우리도 가족 아닌데 했잖아.
건오   니들은 예외지.
우식   지켜야 될 약속이 있다고 하시잖아.
정정   근데 누구셔?
건오   몰라. 할머니 아는 사람이겠지.
정정   원칙도 좋지만 연세도 있으신데 어떻게 그냥 가시라
         그래. 인사시켜 드리자.
우식   동의. 나는 할머니한테 어떤 약속을 했는지 궁금해.

세 사람, 빈소로 들어가 상주의 자리에 선다.

노인이 쇼핑백을 들고 빈소로 들어온다. 영정을 향해 절을 하고 향을
피운다. 묵념을 하던 노인이 그 자리에 앉는다. 한참 동안 영정을 바라
보며 앉아 있다.

건오 야, 어떡해야 돼?

우식 이럴 땐 그냥 기다리는 거야.

건오 부고가 뭔지도 모르는 니 말을 어떻게 믿냐.

우식 믿어. 티브이에서 봤어.

건오 와, 어색해 미치겠네.

정정 저 쇼핑백 안에 뭐가 들었을까?

건오 돈다발이면 좋겠다.

우식 넌 할머니 계신데 그런 말이 나오냐.

건오 그냥 좋겠다고. (짧은 사이) 근데 저 옷 말이야. 무슨 옷
      인지 알아?

정정 처음 보는 옷이야.

우식 나도 처음.

건오 난 왜 익숙하지? 어디서 많이 본 옷인데 기억이 가물
      가물하네.

우식 해병대에서 입는 옷 아냐?

건오 아니야. 어디선가 분명히 봤는데…….

노인, 천천히 일어나 쇼핑백을 열고 종을 꺼낸다. 종을 울린다. 맑고 깊
은 종소리가 빈소 안에 넓게 울려 퍼진다.

눈물을 흘리는 정정과 천장을 바라보는 건오.

눈가를 훔치는 우식.

종소리가 점점 작아진다.

노인, 할머니에게 선물하듯 영정 앞에 종을 내려놓고는 고개를 숙여 인사한다. 세 사람에게도 고개 숙여 인사한 후 빈소를 나가는 노인. 훌쩍거리며 노인을 따라나서는 세 사람, 노인이 가는 모습을 눈으로 배웅한다.

건오 방금 무슨 일이 일어난 거냐.

정정 몰라.

건오 넌 왜 자꾸 울어.

정정 너도 울었잖아.

건오 내가 모르는 영역이 할머니한테 있었어.

정정 어떤 사이였을까.

우식 느낌은 딱 헤어진 첫사랑인데.

정정 할머니한테 약속을 지키러 돌아온 거야.

우식 그럼 건오네 할머니가 안 기다린 거네?

정정 서로 약속을 지키는 시간이 달랐던 거야.

건오 어떻게 평생을 기다려. 너 같으면 기다리겠냐.

우식 어. 기다려. 나는 약속했으면 무조건 기다려.

건오 난 못 할 것 같다.

우식 정정이 넌?

정정 나도 기다려. 그래서 돌아왔잖아. 약속 지키려고.

정정, 건오에게 보이지 않게 우식의 손을 잡는다.

깜짝 놀라는 우식, 곧 정정의 손을 맞잡는다.

건오 근데 저 종 말이야. 우리가 쳐도 똑같은 소리가 날까?

눈을 마주치는 세 사람, 빈소로 들어가 영정 앞에 놓인 종을 집어 든다.

정정, 건오, 우식이 종을 친다. 노인의 종소리와는 다른 소리가 울려 퍼진다.

막

2부

외국인들

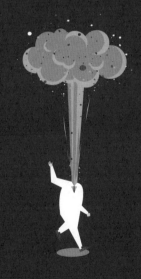

세이셸 군도, 인도양

고재귀

등장인물

윤주연 _ 삼십대 후반, 여, 사육사 팀장
하종진 _ 삼십대 초반, 남, 사육사

화물선 뱃고동 소리와 함께 무대 밝아진다.

객석, 관객의 머리 위에 죽은 코끼리(새끼를 가진 암컷)가 크레인에 매달려 있다.

일몰 직전.

케냐 몸바사에서 출발한 화물선 후미 갑판.

윤주연과 하종진, 턱에 마스크를 걸치고 있다.

하종진, 배의 난간을 붙잡고 허공을 올려다보며 크레인의 위치를 조정한다.

종진 (무전기에 대고) 왼쪽으로 조금 더. (사이) 조금만 더. (사이) 오케이. 스톱. (난간에서 손을 떼며) 됐습니다, 갑판장님. 바다 쪽으로 위치 잘 잡혔습니다. 그대로 고정해주시면 될 것 같습니다.

종진, 고개 돌려 통화 중인 주연을 쳐다본다.

주연 아 글쎄, 썩고 있다니까요. 쥐 한 마리만 썩어도 냄새가 장난이 아닌데, 3톤 넘는 짐승이 썩고 있다고요. 어젯밤에도 선장이 냄새 때문에 미칠 것 같다고 어찌나 지랄을 하던지……. 습도 때문에 부패 속도가 시간 단위로 달라진다고요. (사이) 아니, 이게 원양어선도 아니고 냉동실이 어디 있어요. (사이) 그러니까 좀 빨리 승인을 받아주시라고요. 벌써 3일이나 지났잖아요. (사이) 네, 어제 세이셸 군도 지났고 지금 공해상입니다. (사이) 수컷은 아무 이상 없으니 걱정하지 마세요. (사이) 네, 네.

그렇죠. 알고 있습니다.

주연, 자신을 쳐다보는 종진에게 손가락으로 오케이 사인을 만들어 보인다.

주연　네, 준비는 다 됐고요. 방금 크레인에 매달아놨으니까 승인만 받아주시면 돼요. 여기 곧 해가 질 것 같으니까 조금이라도 빨리……. (사이) 네, 네……. 부탁드려요. 원장님. (사이) 네.

전화를 끊는 주연.
종진, 주연에게 다가가며 장갑을 벗는다.

종진　승인 떨어졌어요?
주연　한 시간 후에 전화 준대.
종진　(크레인에 매달린 코끼리를 올려다보며) 설마, 저 상태로 한국까지 가져오라고 하진 않겠죠. 벌써 구더기들이 꼬였던데.
주연　(냉소적으로) 검역소 폐쇄시킬 일 있어?
종진　하긴. (사이) 근데, 왜 이렇게 길어지는 거죠?
주연　왜긴 왜야. 보험 때문에 그러지. 한국 보험사에서 영국에 재보험을 든 모양인데, 시차 때문에 승인이 늦어지는가 봐.
종진　혹시, 과실 문제 때문에…….
주연　(인상 쓰며) 과실은 무슨 과실. 우리가 잘못한 게 뭐가 있는데. (주의를 주듯) 종진 씨, 자꾸 과실이라고 하지

말라니까 그러네. 괜히 보험사에서 알면 트집 잡을 수
도 있단 말이야.

종진   그래도 pregnancy*된 걸 우리도 몰랐으니까.

주연   그건 케냐에서 잘못한 거지. 그쪽에서 준 종합검진표
에 non-conception**이라고 돼 있었잖아.

종진   ……네.

종진, 장갑과 무전기를 갑판 환기구 위에 올려놓고 바나나를 집어 든
다.

종진   바나나 무지 많이 남겠네. 썩기 전에 화물선 사람들 좀
나눠줄까요?

주연, 한심스러운 얼굴로 종진을 잠시 바라본 후 환기구에 걸터앉는다.

주연   수진 씨는 왜 종일 보이질 않는 거야? 점심때도 안 보
이던데.

종진, 주연 옆에 거리를 두고 앉는다.

종진   수컷 옆에 있는 모양이에요.

주연   어제부터 계속?

종진   네. 아침에 잠깐 보러 갔는데, 수컷 철장 옆에 쪼그리고

━━━━━━━
●임신
●●비임신

앉아 있더라고요. (주연의 눈치를 보며) 담요가 깔려 있
는 걸 보니 거기서 밤을 새운 모양이던데.

주연   …….

종진   아무래도 자책감이 드는가 봐요. 새끼 가진 걸 알았다
면 carfentanil*를 쓰지 않았을 거라고.

주연   (말 자르며) 나참. 그만하라니까 그러네. 왜 그래, 사람
들이. (한숨을 내쉰 후) 대공원에서도 그 이야기는 보험
사에 안 하는 게 좋을 것 같으니까……, 사인불명에 의
한 쇼크사로 가라는 거잖아.

종진   그래도 진정제를 그렇게 많이 쓰지 말았어야 했는데.

주연   (짜증스럽게) 아니, 진정제 안 쓰고 어떻게 케이지에 그
커다란 걸 넣을 건데? 그리고 새끼 가진 동물에게 진
정제 쓴다고 다 죽는 것도 아니잖아. 그것부터가 말이
안 돼.

종진   ……네. 그건 그렇죠.

158

종진, 딴청을 피우듯 바나나 껍질을 벗겨낸 후 한 입 베어 문다.

주연   (변명하듯) 나는 뭐 기분 좋아서 이러고 있는 줄 알아.
내가 이 건 성사시키려고 몇 년을 공들였는데……. (사
이) 막말로 케냐국립공원 쪽에서도 몰랐고, 사육사인
종진 씨도 몰랐고, 수의사인 수진 씨도 몰랐고, 팀장인
나도 몰랐고, 아무도 몰랐잖아. 아무도.

종진   (바나나를 먹으며) ……네.

● 카펜타닐, 강력한 마취약

주연 ……그러니까 이건 과실이 아니라 그냥 사인불명이라
고. 아무도 모르는 일은 누구의 잘못도 될 수가 없다고.
몇 번을 말해.

종진 …….

종진, 무심한 얼굴로 말없이 바나나를 먹는다.
두 사람, 말없이 허공에 매달려 있는 죽은 코끼리를 올려다본다.

종진 수컷은 괜찮겠죠?

주연 괜찮아야지. 수컷마저 죽으면 그땐 정말 모든 게 우리
책임이 될지 몰라.

종진 어젯밤에도 진정제 기운 떨어지니까 계속 케이지 걷어
차면서 울어대던데.

주연 …….

종진 커다란 짐승은 영물이라더니, 다른 화물칸으로 옮겼는
데도 본능적으로 아는 거겠죠?

주연 (사이) 아마도……. 보이지 않아도 냄새가 나니까. 자기
짝이 이 세상에서 사라져가는 냄새가.

종진 (바나나를 모두 삼킨 후) ……인간보다 낫네. 난 아버지
돌아가실 때도 노래방에서 탬버린 흔들고 있었는데.
탬버린 흔들다가 아버지 돌아가셨다는 전화 받아본 사
람이 나 말고 또 있을까 몰라.

침묵.
죽은 코끼리를 올려다보는 두 사람.

159

종진   정말 아무 문제없을까요?

주연   무슨 문제?

종진   죽은 코끼리를 바다에 던져도…….

주연   공해상에서는 그렇게 한다잖아. 되니까 하라는 거겠지.

종진   ……기분이 이상해요. 팀장님.

주연   …….

종진   하는 일이 동물 살피는 일이니까, 죽어가는 동물들을 수도 없이 만났지만 이렇게 인도양 한가운데서 죽은 아프리카코끼리를, 그것도 새끼를 밴 코끼리를 바다에 묻게 될 줄은 꿈에도 몰랐어요. (사이) 살아 있는 동안 초원을 거닐던 저 녀석은 죽은 후에 자기가 바다에 던져질 거라고 생각해본 적이 있을까요?

주연   …….

종진   (읊조리듯) 코끼리는 평생 여섯 마리 정도 새끼를 낳아요. 20개월에서 22개월 동안 임신한 상태로 한 번에 한 마리씩. 새끼 코끼리는 어미 배 속에서 나온 지 한 시간 안에 자기 발로 땅에 서야 해요. 그렇지 않으면 죽을 확률이 높아지니까. (사이) 그렇지만, 어미 배 속에 있던 저 새끼 코끼리는 단 한 번도 땅에 서보지 못하고 바닷속에 가라앉게 되었네요.

주연, 복잡한 얼굴로 코끼리를 바라보다 눈을 감는다.

종진   ……정말 아무도 몰랐던 일은 누구의 잘못도 아닌 일이 될까요?

주연, 대답하지 못한다.

침묵.

잠시 후 자리에서 일어나는 종진.

종진   아! 배고파. 승인 떨어지면 빨리 움직여야 하니까 가서
        밥부터 먹고 오죠. 팀장님.

주연, 종진을 올려다본다.

종진   밥 먹고, 점퍼도 좀 입고 와야겠다.

갑판을 빠져나가는 종진.

주연, 자리에서 일어나 종진의 뒤를 따라가듯 발걸음을 옮긴다.

잠시 무대 끝선에서 암컷 코끼리가 매달린 자리를 돌아보는 주연.

텅 빈 무대 위.

수컷 코끼리의 긴 울음소리 들려온다.

막

아그라, 인도

조인숙

등장인물

이지은   삼십대 후반, 여
김재현   삼십대 후반, 남

이지은, 의자에 앉아 있다. 양쪽 발뒤꿈치를 두어 번 부딪치기도 하고, 다리를 앞으로 쭉 뻗어보기도 하며

이지은   공항에서 뭄바이 시내로 들어오자마자 산 신발인 데…….

이지은, 옆에 두었던 녹음기에 녹음을 시작한다.

이지은   오늘 아침엔 벌써 이렇게 낡아버린 슬리퍼를 신다가 '내가 어쩌다 여기에 와 있을까' 그 생각이 들더라.

이지은의 기억 속 김재현이 여행 서적을 읽으며 들어온다. 이지은에게 만 김재현이 보이는 듯, 김재현은 이지은을 의식하지 않는다.

이지은   네 말이 맞았어. 물속에서 타지마할이 떠오른 거 같더 라. 지금 이 순간도 내 눈앞에 있는데, 엄청 비현실적이 야. (사이) 공항에서 시내까지 같이 택시를 탄 한국 일 행 중에 어떤 남자를 알게 됐어.

이지은, 거리를 둔 채 김재현 주위를 맴돌며

이지은   네가 어떤 표정 지으면서 이 얘길 들을지 상상이 돼. 그 남자랑은 뭄바이 시내를 하루 같이 다니고 찍어졌 어. 그 남자가 상상하고 기대한 내가 아니었고, 내가 기 대한 상대도 아니었지. 아차 싶더라. 네가 날 참 많이 예뻐해줬구나, 하고. 그때 알았어. 내가 널 기준으로 계

속 다른 사람들을 비교하고 있더라. (사이) 나 왜 여기
있을까. 여행 가고 싶다고 한 건 원래 너였는데…….

이지은, 김재현의 곁에 기대앉는다.
김재현은 여전히 이지은을 의식하지 못한다.

이지은   하루 3천 원 하는 호텔에선 씻을 수 있는 뜨거운 물은
         양동이에 담아서 가져다줘. 빠춘이라는 남자애가 매일
         뜨거운 물을 가져다줬어. 마주칠 때마다 수줍음이 많
         은 건지 부끄러워해. 다른 직원이 그러더라. 빠춘이 나
         를 좋아해서 뜨거운 물을 나한테만 더 많이 가져다준
         대. 또 아차 싶더라. 좋아하면 왜 부끄러울까. 난 언제
         부터 너한테 부끄러움 같은 건 잊은 걸까.

과거 어느 날의 두 사람이 되어, 김재현이 이지은에게 말을 건다.
이지은은 현재와 과거의 어느 순간들을 자유롭게 오간다.

김재현   나 여기 가보고 싶어. 빈 병에 타지마할의 공기도 담고,
         녹음기에 가만히 그날의 소리를 녹음해서 올 거야. 여
         행이 끝나고 기억이 흐릿해질 때면 그걸 꺼내 보고, 듣
         는 거지. (녹음하는 제스처를 취하며) "지금부터, 오늘 타
         지마할의 소리, 향기, 바람을 녹음한다."
이지은   (김재현에게) 우리 엄만 그런 걸 '추억이라는 쓰레기'라
         고 부르지.
김재현   야!
이지은   (다시 녹음기에) 그렇게 말은 했지만, 난 늘 너의 취향들

이 좋았어.

이지은, 김재현의 공간으로 들어가 그의 방을 청소한다.

김재현 22년에 걸쳐 아름다운 무덤을 만들었으니 그것이 바로 유명한 타지마할이다.

이지은 너랑 오티 때 엮이는 게 아니었는데. 난 이미 살아서 무덤을 지었다.

김재현 22년 되려면 4년 남았네.

이지은 지긋지긋하다.

김재현 그런 말 함부로 하는 거 아니랬지.

이지은 너도 그렇게 말 하나하나 찝는 거 아니야.

이지은, 걸레질을 하며 김재현에게 다가간다. 이지은이 김재현의 오른 발을 툭 치면 김재현이 오른발을 든다. 계속 걸레질을 하며, 이지은이 김재현의 왼발을 툭 치면 김재현이 왼발을 든다.

김재현 (여행 서적을 읽으며) 뭄타즈 마할은 샤자한의 두 번째 부인이며…….

이지은 두 번째 부인?

김재현 응. (다시 여행 서적을 읽으며) 황제에겐 5천 명의 후궁이 있었지만…….

이지은 5천 명? 짜증 나. (걸레를 던지며) 나 안 해.

김재현 그것 봐. 네가 청소한다고 할 때부터 조마조마했어. 너 지금 배고파서 짜증 내는 거 아니야? 내가 한다니까. 괜히 지가 청소해준다고 하더니.

이지은 나도 알아. 남자한테 도시락 싸 들고 가지 마라. 자취방 청소해주지 마라. 나도 다 안다고.

김재현 근데?

이지은 근데 뭐?

김재현 근데 왜 맨날 하지 말라는데 하고 화를 내냐? 그러지 말고 뭘 먹든가.

이지은 넌 애처럼 왜 이렇게 손이 많이 가냐?

김재현 너 자꾸 그러는 거 아냐. (다시 책을 읽는다.) 샤자한이 사랑해서 결혼한 사람은 뭄타즈 마할이 유일하다. 봐. 유일하대잖아. (잠시 이지은을 보다가) 지은아.

이지은 왜?

김재현 (과장되게 걸레질하는 동작을 보이며) 너 걸레질할 때 좀 섹시해.

이지은 (걸레를 던지며) 됐어. 꺼져.

김재현이 방 안을 걸레질하며 청소하고, 이지은이 여행 서적을 읽는다. 이번엔 김재현이 걸레질을 하며 이지은에게 다가간다. 김재현이 이지은의 오른발을 툭 치면 이지은이 오른발을 든다. 계속 걸레질을 하며, 김재현이 이지은의 왼발을 툭 치면 이지은이 왼발을 든다.

이지은 뭄타즈 마할은 남편과 출정한 데칸고원의 전쟁터 근처에서 아이를 낳다가 세상을 떠난다. 아내의 죽음에 샤자한은 하루아침에 백발로 변해버렸다고 한다.

김재현, 이지은에게서 책을 받아 들고 가만 들여다본다.

김재현   나 여기 가보고 싶어. 시험 합격하고, 첫 월급부터 차곡
        차곡 모아서, 첫 휴가로 갈 거야. 꼭 갈 거야.
이지은   왜 꼭 인도야?
김재현   타지마할 보러. 붉은색 문이 열리면 이 세상 것이 아닌
        것처럼 타지마할이 거기 있대. 물에 떠 있는 것처럼. 하
        얀 건물이.

김재현은 계속 책을 보고, 이지은은 그런 김재현을 본다.

이지은   시간이 지나고 나면 왜 그렇게 지질하고 분위기 없이
        굴던 장면만 생각이 날까. 그냥 다 저지르지. 그냥 다
        저질러버리지. 우린 뭐가 그렇게 무서웠을까. 뭘 그렇
        게 준비한 걸까. 재난에 대비하는 사람들처럼, 아끼고,
        참고, 인내하고. 너한테는 보이는 꿈이 왜 나한테는 그
        렇게 아득했을까. (사이) 배고프다. 네가 만들어준 김치
        볶음밥 먹고 싶다. 프라이팬 통째로 올려놓고.

김재현, 나간다. 무대에는 이지은 혼자 남는다.

이지은   그때 그 두 사람, 이젠 없어. 내일의 나는 어디쯤 있을
        까? (사이) 지금부터, 오늘의 타지마할의 소리, 향기, 바
        람을 녹음한다.

이지은, 팔을 뻗어 가만히 타지마할 내부의 소리를 녹음한다.

막

오사카, 일본

유희경

등장인물

상수   삼십대 초반, 정장 차림, 통통한 체격에 키가 작고 안경을 쓰고 있다.

미카   사십대 중반, 계절에 맞지 않는 어딘가 어색한 차림, 마르고 날카로운 인상이다.

오사카 스타벅스 안.

미카가 테이블에 앉아 있다. 앉아 있는 자리에는 노트북과 커다란 다이어리가 놓여 있다. 그 자리는 사실 상수의 자리이다.

사이, 상수가 전화를 받으며 들어온다.

상수　　네. 그건 여기서 바로 처리할 수 있습니다. 저녁까지 견적서 받기로 했으니 바로 보내도록 하겠습니다. 네. 내일 아침 비행기입니다. 도착하자마자 바로 사무실로 복귀하도록 할게요.

전화를 끊은 상수, 자신의 자리에 앉으려다가 그 자리에 앉아 있는 미카를 발견하고는 깜짝 놀란다. 잠시 두리번거리던 상수. 자신의 자리가 맞다는 것을 확인한다. 상수, 휴대폰을 두드린 다음, 더듬더듬 그것을 읽는다.

상수　　스미마셍. 고코, 와타시노 세키데스.(죄송합니다. 여기는 제 자리입니다.)

미카　　소오데스카?(그래요?)

그러나 미카는 상수를 빤히 바라볼 뿐 움직이지 않는다.

상수, 다시 휴대폰을 두드려 더듬더듬 말한다.

상수　　아노…… 오쿠사마, 세키오 하즈시테 이타다케마스카?(저…… 사모님, 자리를 비켜주시겠어요?)

미카, 창밖으로 고개를 돌린다. 상수가 어쩔 줄 몰라 하는 사이, 창밖을 가리키는 미카.

미카　저 사람들 좀 봐요. 여기에 볼 게 뭐가 있다고 저렇게 두리번거리는 걸까? 세상에. 사진은 왜 찍지? 스타벅스 앞에서? 오사카 스타벅스 앞은 뭐가 달라? 저렇게 몰려다니면 자기네들이 오히려 구경거리가 된다는 걸 모르는 걸까? 쯧.

상수　아, 한국분이십니까? 실례했습니다.

미카　반평생 눈에 띄지 않게 산 사람으로선 저런 풍경이 웃기기 전에 신기하단 말이지. 난 한국 사람이 아니야. 한국어를 잘하면 한국 사람이라고 생각하는 건가? 오모시로이데스네(재미있네). 난 일본어도 잘하는데, 그럼 일본 사람인가? 한국 사람들은 외국에서 머리 검은 동양인이 한국어를 하면 무조건 한국 사람이라고 생각하지. (영문을 몰라 하는 상수에게) 뭐 해. 앉아요. 눈에 띄는 게 좋은가 본데, 나는 그런 걸 아주 싫어해.

상수, 엉거주춤, 자신의 자리에 앉는다.

미카　반갑습니다. 김상수 씨.

상수　엇? 제 이름을 어떻게?

미카　여기 있는 사람들 중에 김상수 씨 이름을 모르는 사람이 어딨겠어. 10분에 한 번씩 "네, 김상수입니다" 하고 전화를 받는데. 물론 난 이미 알고 있었지만. 일본에 오기도 전에 말이야. 아. 너무 미심쩍어하진 말고. 수상한 사람은 아니니까. 나는,

미카, 지갑을 찾는 기색이다가 이내 무언가 깨달았다는 듯 허탈해한다.

미카   아이고, 깜빡했네. 지금 사정이 있어서 지갑이 없어. 명함을 줄 수 없으니 그냥 간단히 소개를 하자면 나는 탐정이지.

상수   탐정요?

미카   흥. 여자가 탐정이라면 다 똑같은 표정이지. 너희 남자들 말이야. "휴대폰 안 보여." "내 지갑 어디 있는지 알아?" 온종일 뭔가 찾잖아. 그걸 엄마가 숨겼어, 아내가 챙겨뒀어? 그런데 꼭 물어보지. 그리고 그걸 찾아내는 건 누구지? 쯧. 세계에서 가장 뛰어난 탐정이 누굴 것 같아? 미스 마플이야. 그 탐정을 창조해낸 건 누굴까? 저 위대한 애거사 크리스티 님! 두 인물의 공통점은? 여자라는 거지. 근데 영국 놈들은 어떻게 했어? 셜록 홈스인지 뭔지 이불 하나도 제대로 못 개어서 하숙집 아줌마에게 기대는 좀팽이가 나오는 소설을 쓴 작자에게만 작위를 줬지.

상수   그런 뜻이 아니었습니다. 저는 그저 탐정이 제게 무슨 볼일이 있나 궁금해서요.

미카   흠. 역시 연기가 뛰어나구먼. 바로 눈빛이 바뀌니까 말이야. 나답지 않게 흥분했어. 시작해봅시다. (품에서 펜과 수첩을 꺼내며) 김상수 씨.

상수   네?

미카   (수첩을 펼쳐 보며) 자네 어제 만난 그 여자 누구죠?

상수   여자요? 여자 안 만났는데요?

미카   나를 속일 생각하지 마. 증거들 잘 모아뒀으니까. 여기

와서 내가 스타벅스 사진이나 찍었겠어?

상수   전 정말 어제 여자를……. 아. 아키코 상?

미카   좋아. 이제 실토를 하네. 아키코. 그 여자랑 무슨 사이지?

상수   마쓰모토상사 직원이죠.

미카   하하. 직원이라. 그래. 그럼 그 여자에게 뭘 넘겼어.

상수   (생각한다.) 제가 뭘 넘겼을까요?

미카   내가 말해주길 기대하는 건가? 그래도 괜찮겠어? (펜을 들어 흔들며) 이게 뭔지 아나?

상수   볼…… 펜…… 아닌가요?

미카   이건 마지막 퍼즐이야. 볼펜 녹음기지. 일제야. 지난주 내내 그 여자의 가방에 들어 있었어. 그리고 어제 난 이 볼펜 회수에 성공했지. 의뢰인은 그 여자가 산업스파이라는 것을 확신하고 있지. 이젠 나도 그렇고 말이야. 그간 미행이 헛된 건 아니어서 다행이야.

상수   산업스파이라고요?

미카   목소리 한번 우렁차네. 왜, 아주 플래카드라도 붙여놓지 그래?

상수   스, 스파이라니 그게 무슨 말씀이세요. 그 사람은 그냥 통역을 맡은 마쓰모토상사 직원이라고요. 좀 미인이긴 했지만, 스파이 같진 않았는데. 아무런 낌새도 채지 못했어요. 세상에.

미카   (흥얼거리듯) 스파이를 만나서 정보를 넘겨주는 사람을 뭐라고 하더라. 아! 프락치데스네. (정색하며) 내가 김상수 씨를 왜 미행하고 있었는지 알겠지?

상수   미행이라뇨? 저를 쫓아다녔다는 거예요?

미카	서울에서부터 여기까지 쭉.
상수	뭔가 착오가 있는 모양이에요. 저는 서울에서 오지 않았어요. 본사가 서울에 있긴 하지만, 부산에서 왔거든요.
미카	내가 서울에서 왔다는 얘기야. 바로 그 본사에서.
상수	본사라고요? 본사에 어떤 분이 의뢰를 한 거죠? 전 정말 억울합니다.
미카	당신이 나라면 의뢰인이 누구라고 말해줄 텐가? 김상수 씨. 소설이든 영화든 탐정이 나불대는 거 봤어? 얼마나 입이 무거우면 범인이 맨 마지막 장에서 밝혀지겠어? 그리고 난 의뢰인이 누군지 몰라. 회사가 알고있지. 혹시라도 회사가 어디냐는 멍청한 질문은 하지말고.
상수	그렇지만. 아무리 생각해도 아키코 상이 산업스파이라니. 그냥 평범한 사람이었는데.
미카	(수첩에 적는다.) 오후⋯⋯ 2시⋯⋯ 10분⋯⋯ 김⋯⋯ 상⋯⋯수⋯⋯ 아키코를⋯⋯ 두둔함⋯⋯. 이게 녹음기인 거 잊지 마.
상수	(울상이 되어서) 두둔이라뇨. 저는 억울해요. 아무것도 모른단 말입니다. 좀 수상하긴 했어요. 통역치고는 너무 한국어를 못하더라고요. 메일을 주고받을 땐 그렇지 않았는데. 그래서 저는 그냥 읽고 쓰는 데에만 익숙한가 했거든요.
미카	그러니까, 김상수 씨도 어쩐지 수상했었다? 그렇지만 어리석게도 그럴 거라고는 짐작도 하지 못하고 있었다 이건가?

상수   수상하다기보다는 이상했다는 정도로…….

미카, 상수의 눈앞에 대고 펜을 흔든다.

상수   네! 그럼요! 몹시도 수상했어요!

미카   사실 내가 보기에도 그래. 그게 어젯밤 내가 내린 결론
이지. 그래서 말인데, 상수 씨는 참 운이 좋아. 이렇게
탐정하고 이야기를 할 기회를 얻었잖아. 평소라면 있
을 수 없는 일이겠지만, 조금 특별한 상황이 벌어졌단
말이야. 어제저녁 호텔 맞은편 스타벅스에 앉아 있었
는데 말이야,

상수   (얼굴을 펜에 가까이 대고) 정정합니다. 밤입니다. 늦게까
지 일을 하고 숙소엔 밤에 들어갔습니다. 업무일지에
써놓은 그대로입니다.

174

미카   (펜을 치우며) 그때는 상수 씨 미행이 끝난 상태였어요!
정보 수합이 끝났으니까. 아무튼 갑자기 화장실에 가
고 싶어졌어. 덥다고 아이스커피를 너무 많이 마신 모
양이야. 그래서 어쩔 수 없이 화장실에 다녀왔지. 아
주 잠깐이었어. 그사이 카메라, 노트북 등이 들어 있는
가방이 사라졌지. 아키코! 그 여자의 소행이야! 이 펜
을 찾으려는 거지! 물론 소용없는 짓이었지만. 대부분
의 증거 자료는 벌써 서울로 보내기도 했고 말이야. 문
제는 그게 너무 일찍 서울로 갔다는 거야. 순진한 상수
씨에 대한 나쁜 보고서가 서울로 보내졌다는 뜻이지.
자네, 입국과 동시에 사무실로 돌아가게 되어 있지?

상수   (다급해져서) 어머님. 그러지 말고 절 도와주세요. 제가

억울한 거 아시잖아요. 아키코 그 여자가 나쁜 거예요. 다 그 여자가 꾸민 일일 거라고요. 도대체 제게 어떤 정보를 빼려고 했는지는 모르겠지만요.

미카 어머님? 하하. 여기서도 엄마를 찾는 건가? 쯧. 나도 그러고 싶지. 한데, 그 가방에는 내 지갑도 들어 있었어. 다행히 여권과 비행기 티켓은 잘 숨겨두었지만. 이 문제를 바로잡으려면 지금 당장 출국을 해야 하는데, 내겐 공항에 갈 돈도 없단 말이야.

상수 그 돈은 제가 드리겠습니다. 7만 엔 정도 있습니다. 더 필요할까요?

미카 그 정도면 충분해. (시계를 보며) 오늘 저녁 비행기니까, 닿자마자 보고서를 새로 작성을 해서 내일 의뢰인에게 제출을 하겠어. 그나저나, 혹시 지금 말이야, 좀 먹을 수 있는 것이 없을까? 어제저녁부터 지금까지 굶고 있거든.

상수 (튕기듯 일어나) 어머님, 아니 탐정 선생님. 고맙습니다. 도와주셔서 정말 고맙습니다. 바질치킨샌드위치 어떠세요? 지금 사 가지고 오겠습니다. 음료는 어떤 것으로 할까요?

미카 고맙긴 뭘. 탐정은 말이야, 사실을 관찰하고 사실에 입각해 사실을 사실대로 이야기하는 사람이라고. 탐정의 국적은 팩트, 진실이란 말이지. 사건은 잠시 머무는 체류지이고 말이야. 흠. 이거 멋진데? 회고록에 적어야겠어. 아니 뭐 하고 있는 거야? 어서 다녀와. 시간이 없다고. 아참, 아메리카노는 아이스, 톨 사이즈로.

상수, 급히 카운터로 달려간다.

암전.

막

방콕, 태국

김태형

등장인물
여자
남자

태국 방콕 외곽의 어느 에어비앤비 주택.

주 무대는 거실이다. 무대 중앙에는 4인용 테이블이 있고, 뒤쪽으로 흰 벽이 세워져 있다. 거실 곳곳에 패브릭과 그림 등 이국적인 분위기를 자아내는 소품들. 테이블 위에는 작은 스탠드가 켜져 있고, 스탠드 아래 상자 하나가 놓여 있다. 상자 속에서는 이따금 어린 새의 가냘픈 울음소리가 흘러나온다.

여자가 어두운 표정으로 상자 안을 들여다보고 있다.

여자   착하지? 좀 움직여봐. (침실 쪽을 향해) 세호야. (대답이 없자) 이세호.

남자   (목소리만) 어?

여자   좀 나와봐.

남자   (목소리만) 어. 잠깐만.

잠시 뒤 남자가 침실에서 나온다. 어딘가 살짝 불안해 보인다.

여자   (상자 안에 시선을 고정한 채) 아까부터 침실에 틀어박혀서 뭐 해.

남자   어…… 청소 좀 하느라. 안 보이는 데 먼지가 꽤 있네. 그래도 사흘이나 잘 방인데. (여자의 표정을 살핀 뒤) 근데 이 집 진짜 괜찮다. 그치. 값도 싸고 리뷰도 얼마 없어서 좀 불안했거든. 이 정도면 집주인 센스가 장난 아니야. 침대도 시몬스야. 너도 맘에 들지?

여자   어디서 밀웜 좀 구할 수 없을까? 햇반은 통 먹질 않네.

남자   밀웜?

여자   왜, 식용 벌레 있잖아.

남자　(인상을 찌푸리며) 구더기? 그렇게까지 해야 돼?

사이

남자　조그만 게 끈질기네…….

여자　(그제야 남자를 바라보며) 뭐?

남자　아, 강하다고, 생명력이.

여자　(다시 상자 안을 바라보며) 영 맥을 못 춰. 좀 봐. 불쌍해 죽겠어.

남자　나무 둥지에서 떨어진 것 같다며. 어디 부러진 거 아니 야?

여자　한번씩 일어나서 걷긴 해. 다친 것 같진 않은데……. 아 직 눈도 못 뜬 아기라…….

남자　(슬쩍 상자 안을 들여다보며) 으…… 걸레 조각 같아. 나 이렇게 새끼는 실제로 첨 봐.

여자　배고픈가 봐. 입가에 손만 대도 쩍쩍 벌려.

남자　배고파. 우리, 공항에서부터 아무것도 못 먹었어.

여자　내 캐리어에 컵라면 있어. 우선 그거라도 먹든가.

남자　이제 곧 최고의 코스 요리를 맛볼 텐데 컵라면으로 배 를 채우라고? (여자의 어깨를 감싸며) 내 검색력 끝내주 지 않냐? 이 시골 동네에서 그런 레스토랑을 찾다니. 주인이 프랑스 사람인데 미슐랭 가이드에 나온 식당에 서 주방장으로 일했대. (사이, 어깨에서 손을 떼며) 야, 이 렇게 셀프 생색을 내는데 칭찬 좀 해주라.

여자　어, 미안. 애썼어.

남자　얼른 준비해. 그랩 부르고 하다 보면 시간 빠듯해. 내가

사준 초록색 원피스 입어. 응? (여자를 상자에서 떼어놓
으며) 자자, 내가 잘 보고 있을 테니까 얼른 옷 갈아입
고 와.

여자   저기, 세호야…….

남자   (뭔가를 눈치채고 단호하게) 싫어.

여자   한두 시간은 걸릴 텐데, 그사이에 잘못되기라도 하면
어떡해. 그냥 오늘은 한국에서 가져온 거로 대충 때우
자. 거긴 내일 가고.

남자   나 진짜 힘들게 예약했어. 일주일 전부터 대기 걸어놓
고 자리 나길 얼마나 기다렸는지 알아? 안 되는 영어
로 우리한텐 진짜 특별한 날이다, 좋은 자리로 부탁한
다…….

여자   알아. 아는데…… 지금 애 상태가 너무 안 좋잖아.

남자   (낮은 목소리로) 작작 좀 해.

여자, 남자를 쳐다본다.

남자   지금 내 상태는 좋은 거 같아? (사이) 내가 이렇게까지
하는데 넌…… 늘 이런 식이지. 번번이 사람 진심을 뭉
개버려. 이깟 새보다도 못한 취급을 받으면서 잘 해보
겠다고 애쓰는 내 노력은 안 보여?

여자   노력하지 마. 이제 서로 그런 거 안 하기로 했잖아. 그
러기로 하고…….

남자   알아, 안다고. 그래도 난……. 아니다. 우리 관계 좋 났
다는 사람 어르고 달래서 여기까지 데리고 온 내가 병
신이지.

여자 이번 여행, 넌 어떤 맘인지 잘 모르겠지만…… 적어도 난 아냐. 그래, 아냐. 그래도 따라나선 건 내 선택이고, 후회하고 싶지 않아.

남자 (깊은 한숨) 오케이. 나도 이번 여행으로 뭔가를 다시 되돌릴 생각 전혀 없어. 좋게 헤어지고 싶다며. 그러니까 제발 그 얘긴 그만하자. (짜증스럽게) 근데 왜 이렇게 더운 거야! (사이) 에어컨 껐어?

남자, 리모컨을 찾아 신경질적으로 에어컨을 켠다.

여자 체온이 중요하대서. 검색해보니까 안 먹어도 체온만 떨어지지 않으면 살 수 있대.

남자 (들고 있던 리모컨을 바닥에 던지며) 씨발, 진짜 좆같네!

사이

여자 방에 둘게. 그건 괜찮지?

여자, 상자를 들고 침실로 들어간다.

잠시 뒤 거실 흰 벽에 침실의 모습이 실시간 영상으로 비친다. 카메라가 화장대 거울 쪽 어딘가에 설치된 듯, 앵글은 살짝 아래서 위를 향하고 있다. 카메라의 초점은 정확히 침대에 맞춰져 있다. 영상 속 여자는 잠시 침대에 걸터앉아 상자의 새를 하염없이 바라본다. 그러고는 상자를 조심스럽게 화장대 위에 올려놓은 뒤 화면 밖으로 사라진다. (영상은 공연 내내 보일 수도, 사라졌다가 극 마지막에 다시 나타날 수도 있다.)

그동안 무대 위에 혼자 남은 남자는 뭔가를 생각하듯 왔다 갔다 하거나 갑자기 두 손으로 머리를 감싸 쥐기도 한다.

남자   (침실 쪽을 향해) 그거 말야. 제자리에 도로 가져다 놓으면 안 돼? 어미가 찾을지도 모르잖아.

잠시 뒤 여자가 나온다.

여자   어미 새가 발견한다고 해도 뾰족한 수가 있을까. 아까 보니까 정원에 고양이들도 돌아다니더라. 우선 우리가 여기 있을 때까지만……. 너 신경 안 쓰이도록 할게. (애써 웃으며) 가자, 밥 먹으러.
남자   괜찮겠어?
여자   가. 배 많이 고프겠다.
남자   화내서 미안해.
여자   근데 나 원피스는 안 입을래.

두 사람, 나간다.
잠시 뒤 문 밖에서 남자의 목소리가 들린다.

남자   (목소리만) 금방 가져 나올게. 그랩 불렀으니까 곧 올 거야. 타고 있어.

집 안으로 들어온 남자가 침실로 향한다.

영상에 남자의 모습이 나타난다. 침대 위에 놓인 자신의 지갑을 챙겨 들고 나가려던 남자가 화장대 위 상자를 바라본다. 화장대 쪽으로 다가온 남자, 물끄러미 상자 안을 들여다본다. 남자는 티슈 몇 장을 뽑아 오른손에 둘둘 감은 뒤 손을 상자 안에 집어넣는다. 여리지만 날카로운 새의 비명이 짧게 이어지다가 이내 멈춘다. 남자, 티슈로 손을 닦은 뒤 뭉쳐서 바지 주머니에 쑤셔 넣는다. 그러고는 화장대의 거울을 보며 머리를 정돈한다. 남자, 카메라의 각도를 조금 바꾼다. 화면이 흔들린다. 남자, 카메라를 향해 웃는 표정을 어색하게 지어 보이다가 영상 속에서 사라진다.

거실로 나온 남자, 작게 콧노래를 흥얼거리며 밖으로 나간다.
조명 점점 어두워지고, 정지된 듯한 침실 영상이 한동안 빈 무대를 채운다.

막

로키산맥, 캐나다

박춘근

등장인물

여행객   사십대 후반 남자, 한국인
주인   오십대 후반 남자, 한국인

여름, 화창한 토요일 오전 8시. 캐나다 로키산맥 부근 외딴 마을의 작고 허름한 가게. 주유소와 편의점, 식당을 겸하고 있다. 가게 한편의 입간판에는 다음과 같이 적혀 있다. Morning Special - 2 Eggs, Bacons, French toasts. Weekdays Only. $9.99

주인, 카운터에서 전표 등을 맞추고 있다. 메이플이 그려져 있는 모자를 쓰고 있다. 가게 문 열리는 종소리. 누군가 안으로 들어오는 것 같다. 주인, 종소리 쪽을 보다가

주인　　May I help you?

여행객, 주춤거리며 가게 안쪽으로 들어온다. 주인과 눈인사를 하고 가게를 둘러본다. 주인이 동양인인 걸 확인하고 내심 기대하는 눈치로

여행객　어……, 음.

주인　　What do you want?

여행객　예? 어…… 쏘리……. 아임 낫, 아임 낫 잉글리시.

주인　　Huh?

여행객　아, (당황해서 혼잣말) 아니 그게 뭐냐, 그게 아니고…….
　　　　아이 캔트…… 잉글리시.

주인　　한국분이세요?

여행객　어? 맞구나! 한국분이시군요?

주인　　뭐 찾으시는 것 있으세요?

여행객　정말 한국분이세요? 와, 근데 정말……, (말을 못 잇다가) 와, 정말 예상보다 훨씬 반갑네요.

주인　　예, 반갑습니다.

여행객　와, 정말. 와, 한국분…….

주인, 웃기만 한다.

여행객, 우물쭈물하다가

여행객　　한국 사람 많았는데……, 어딜 가도. 와, 정말. (갑자기
　　　　　말문이 터진 듯) 거기 어디였지? 밴프, 거기에는 시내 한
　　　　　복판에 한인 교회도 있더니……. 와, 근데 여기 오니까.
　　　　　(횡설수설) 로키산맥이 크긴 커요. 그쵸? 미국 로키만
　　　　　알았지 캐나다 로키는 몰랐거든요. 한국 사람들 잘 몰
　　　　　라요. 아, 여기서 장사하시니까 잘 아시겠죠? 와, 정말,
　　　　　한국 사람을 여기서…….

주인　　　밴프 쪽에서 오셨어요?

여행객　　예? 아, 예, 그렇죠, 밴프. 애들이 거긴 꼭 가야 한다고
　　　　　해서.

주인　　　멀리서 오셨네요.

여행객　　근데 여기는 정말이지……, 한국 사람, 아니 사람은커
　　　　　녕 사슴 구경을 더 많이 한 것 같네요.

주인　　　곰도 나오죠.

여행객　　그렇더라니까요. 저도 오다가 봤어요. 그게 바로 코앞
　　　　　에 있는데, 와, 사람들 내려서 사진 찍고 그러대요. 어
　　　　　떻게 그럴 수 있죠? 동물원도 아니고, 맹수잖아요. 바
　　　　　위만 한 곰이, 와, 정말 코앞에 있는데, 역시 단풍국은
　　　　　달라요. 왜 그거 있지 않습니까? 단풍나무, 메이플? 지
　　　　　금 선생님이 쓰고 계신 모자의 그 바로 그거.

주인, 머쓱하게 모자를 만진다.

여행객 그렇죠. 캐나다 국기. 시럽도 만들고, 캔디, 과자도 만들고……. (정신이 좀 들어서) 하하하, 제가 쓸데없는 말을……. 갑자기 한국말을 하게 돼서 저도 모르게…….

주인 여행 오셨어요?

여행객 죄송합니다. 며칠째 말을 못 해봤거든요.

주인 캐나다를 단풍국이라 해요? 처음 듣네요. 단풍은 혼자 숨어 사는 뜻이라던데……. 여긴 메이플 천지죠. 뭐 필요한 것 있으세요?

여행객 (입간판을 가리키며) 아침 되죠? 모닝 스페셜? 계란, 베이컨, 프렌치토스트…….

주인 아차, 제가 깜빡했네요. 저걸 치워놨어야 했는데. 죄송합니다. 주말에는 안 되거든요.

여행객 예? 왜요?

주인 냉장 코너에 샌드위치 있어요.

여행객 왜 안 되는데요?

주인 주방 친구가 주말에는 출근을 안 해요. 보셔서 알겠지만 이런 동네에서 주말에 아침 찾는 분이 거의 없어요. 멀리 떨어졌으니까요.

여행객 (의기소침해서 혼잣말) 멀리 떨어졌으니까…….

주인 아침 드실 만한 곳을 알려드릴까요?

여행객 (계속 혼잣말) 되는 게 없어…….

주인 현지인도 뜸한 여기까지 어떻게 오시게 됐을까?

여행객, 실망해서 주위를 둘러보며 한숨 쉬더니 계속 혼잣말.

여행객 다 되는 줄 알았는데……. (사이) 여기서 장사하신 지 얼마나 되셨어요?

주인　글쎄요. 한 10년쯤? 처음엔 여행으로 왔죠. (사이) 애들 교육 때문에 애엄마하고만 보내놨었는데, 어쩌다 여기까지 오게 됐네요. 어디 어디 다녀오셨어요?

여행객　주구장창 산이대요. 산은 어디를 가도 산일 뿐인데. 저기, 정말 실례가 안 된다면, 죄송하지만 말입니다, 그거 말이에요……, 모닝 스페셜 좀 해주시면 안 될까요? 저런 샌드위치만 며칠째라 좀 질리네요. (주인의 난처한 표정을 살피며) 밥값은 따블, 아니 따따블! 아, 좋다! 따따블로 드릴게요. 40불!

주인　이런, 어쩌죠. 주방 키도 제가 갖고 있지 않아서. 다른 일행분은 없으세요?

여행객　아! 제가 일행을 좀 데려오면 해주실 수 있나요? 가격은 1인당 따따블 그대로 드릴게요. 와이프와 아이들 다 데려오면 네 명은 되는데…….

주인, 난감하다.

여행객, 눈치를 보다가

여행객　죄송해요. 아닙니다. 제가 또 괜한 말을 한 것 같네요. (말을 망설이다가) 다 자고 있어요. 깨운다고 일어나지도 않을 거고…….

여행객, 담배를 꺼내 만지작거린다.

여행객　배고픈 건 아닌데, 뭘 먹어도 배가 부르지 않아요. 라이터나 하나 주세요.

주인, 골똘하다. 뭔가가 생각난 듯 고개를 한참 끄덕이더니

주인   인연이란 참 이상하지요?

여행객   예?

주인   처음 여기 여행 왔을 때 저도 손님처럼 모닝 스페셜 해
       달라고 졸랐거든요. 그렇게 먹고 싶었던 것도 아니었
       는데 안 된다니까 더 먹고 싶어졌으니까요. 그래요, 그
       랬던 거군요. 애들과 아내는 자고 있고. 맞아요. 지금
       딱 손님처럼 안 되는 일을…… 된다고 생각했거든요.

여행객   아저씨가요? 그래서? 어떻게 하셨어요?

주인   지금 이 가게 계시던 분이 더 미안해하더군요. 지금 저
       처럼. 그러더니…….

주인, 카운터에서 몸을 숙여 낡은 철제 박스 하나를 꺼낸다.

주인   대신 이걸 공짜로 주더군요. 근데 오늘 같은 날이 올
       줄 모르고 안에 들었던 건 제가 다 먹어버렸네요.

여행객, 의아하다.
주인, 모자를 벗고 머리를 넘긴 다음 모자를 카운터 위에 둔다.

주인   메이플 캔디였어요. 그 사람이 그러더군요. 제가 안 받
       으려 하니까 언젠가 나도 누군가에게 메이플 캔디를
       건네게 될 거라고.

주인, 박스를 이리저리 살피더니

주인　　이렇게 박스로 나온 건 우리 가게에서 안 팔아요. 사실
　　　　제가 처음 받았을 때도 박스는 새것 같아 보이지는 않
　　　　았어요. 여기까지 고급스러운 기념품을 사러 오지는
　　　　않을 테니까요. 아시겠지만 여기 뭐 기념할 게 있겠어
　　　　요? 저 혼자 그때의 이 박스나 기념하고 있는 거겠죠.
　　　　가끔 생각나면 열어보면서.

주인, 카운터에서 나와 가게에 진열되어 있는 막대 모양의 메이플 캔
디 몇 개를 챙긴다.

여행객　　박스 안에 뭐가 남았나요?
주인　　(여행객을 물끄러미 보다가) 그건 손님의 몫이겠죠.
여행객　　예?
주인　　박스는 어디를 가도 박스일 뿐이니까요.

주인, 메이플 캔디들을 양손에 쥐고는

주인　　제가 받았던 캔디와 가장 비슷한 모양일 거예요. 이 캔
　　　　디들로 다시 채워드릴게요.

여행객, 멀뚱히 지켜보고 있는데

주인　　(웃으며) 뭐 하세요? 박스를 여셔야죠.
여행객　　제가요?

주인   그럼 누가 열겠어요?

여행객, 얼떨결에 박스를 열려고 한다. 잘 열리지 않는다. 박스를 열려고 애쓰며

여행객   그렇게 가족과 여기 사시게 된 거예요?

박스가 열린다. 아무것도 들어 있지 않다.
여행객, 빈 박스 안을 한참 쳐다본다. 점점 차분해진다.

주인   제가 살게 됐죠.

주인, 메이플 캔디들을 박스 안에 채워 넣는다. 만족스럽게 웃으며

주인   자, 뭐가 된 건 아니어도 아무것도 안 된 건 아니죠?

주인, 박스를 여행객에게 건넨다.

주인   원하시던 식사는 아니겠지만 이거라도 받으세요. 배가 부르지는 않아도, 고프지도 않을 겁니다.

여행객, 메이플 캔디 하나를 꺼내 먹으려고 한다. 눈에 눈물이 고이는 것 같다.

여행객   저도 별로 다르지 않겠지요? 코앞에 맹수 같은, 그게, 그게 있는데 어떻게들 사는 거죠?

주인　(대답 없이 웃다가) 아, 라이터도 드릴게요.

주인, 라이터를 찾는데 진열대에 없다.

주인　이런, 다 떨어졌네요. 잠깐 계세요.

주인, 밖으로 나가며

주인　근데 정말……, 정말 예상보다 훨씬 반갑네요.

주인, 나간다.
여행객, 천천히 카운터에 놓인 주인의 모자를 쓴다. 사이, 카운터 안쪽
으로 들어간다. 메이플 캔디가 채워진 박스를 한참 동안 본다.

여행객　메이플 캔디……, 그래, 그랬던 거였군요. (사이) 저 혼
　　　자 그때의 이 박스나 기념하고 있는 거겠죠. 가끔 생각
　　　나면 열어보면서.

가게 문 열리는 종소리. 누군가 안으로 들어오는 것 같다.
여행객, 종소리가 나는 쪽을 본다. 반갑다.

여행객　May I help you?

막

로마, 이탈리아

임상미

진실의 입이 있는 보카델라베리타광장 어딘가.

태리와 승수, 피자와 콜라를 두고 진실게임 중이다.

승수　　"나는 사랑하는 사람과의 여행이 처음이다."

태리　　True!

승수　　진실의 성지에서 뻥을 치시겠다?

태리　　정말 니가 처음이야.

승수　　진짜 한 명도 없었다고? 믿어야 돼, 말아야 돼?

태리　　안 믿으면?

승수　　봐. 있었네.

태리　　믿어. 안 믿으니까 먹을 복이 나한테만 오잖아.

피자를 한입 가득 베어 무는 태리, 탄성을 크게 지른다.

승수　　깜짝이야. (주변 눈치를 보며) 조용히 먹어.

태리　　맛있는 걸 어떡해. (환호하며) 진짜 맛있어!

승수　　사람들이 보잖아.

태리　　한국도 아닌데 뭐 어때.

승수　　얼마나 맛있는데 그래?

태리　　궁금해? 한 입 줄까?

승수　　너나 많이 드세요. 마지막 한 조각은 내 입에 들어갈
　　　　거니까.

태리　　맛이 이태리~ 이태리~ 하네. 너무 예뻐! 하얗게 잘 빠
　　　　진 도우가 이태리제 신상 치즈를 입은 거지. 입안에 쫀
　　　　득하게 감기는데! 와…… 근데 아직 이르대. 더 있대.

승수　　있긴 뭐가 있어. 있어 봤자 피자겠지.

태리　토마토! 그 향이 혹 올라오는데, 아······ 이건 보통 토마토가 아니다. 기가 막혀. 토마토 틈에서 자란 허브 같기도 하고, 허브 틈에서 자란 토마토 같기도 하고. 그러면서 나한테 그런다.

승수　뭐라고?

태리　나만 마르게리타다!

승수　아, 배고파.

태리　한 입 먹어보라니까?

승수　됐다. 진실이란 원래가 무자비한 법이야.

태리　로마에 왔으면 로마법을 따라야지, 웬 진실게임. 촌스럽게.

승수　근데 아까 그 남잔 누구야?

태리　누구?

승수　호텔 로비에서.

태리　아, 우리 호텔 매니저. Amico!

승수　뭔 코?

태리　Amico! 이태리 말로 친구라는 뜻이래.

승수　그새 친구까지 되셨고? 무슨 얘기 했는데?

태리　한국에서 왔냐고 물어보던데?

승수　그게 다야?

태리　어디 가냐고. 진실의 입 간다고 했더니 그러더라.

태리, 얼굴을 바짝 대고 승수의 귓가에 속삭인다.

태리　Trova la verita.

승수　(흠칫 놀라며) 누가 봐.

태리   실컷 보라고 그래. 또 할까?

승수   됐어, 방금 그 말 무슨 뜻이야?

태리   Trova la verita. 진실을 찾으세요.

승수, 콜라에 손을 뻗는다.

태리   어허!

승수   콜라도 안 돼?

태리   (빼앗아 마시며) 진실이란 원래가 무자비한 법.

태리, 승수의 얼굴에 대고 트림을 한다.

승수   넌 군이 내 얼굴에 대고 트림을 하더라?

태리   이래야 속이 더 시원해.

승수   그 옷처럼?

태리   암튼 보는 눈 없어. 이거 이번 시즌 신상이야.

승수   너무 시원하잖아. 넌 딴 놈들이 힐끔대는 게 좋냐?

태리   난 얘네가 부러워. 눈치 안 보고 하트 날려도 되는 나
         라에 살아서 너무 부러워. 아, 한국 가기 진짜 싫다.

승수   난 그 옷이 싫다. (짧은 사이) 왜 그렇게 봐?

태리   "나는 의처증이다."

승수   누구? 내가? 나 아닌데?

태리   "나는 방금 거짓말을 했다."

승수   아니라니까!

태리   아니면 아니지, 왜 화를 내. 찔려?

승수   걱정돼서 그래. 여기 사람들 동양 애들 보면 눈빛부터

달라지는 거 몰라?

태리 의심도 심하면 병이랬다.

승수 의처증이 아니라 걱정이라니까.

태리 저 진실의 입이 말해주겠지. 저기 손 넣고 거짓말하면 어떻게 되는지 알지? 손모가지가 자동으로 촥! 조심해라.

승수 다 쇼야. 뒤에 칼잡이가 숨어 있었다잖아.

태리 그게 말이야. (주변을 살피며) 아직도 그렇대. 관광객 줄어들까 봐 쉬쉬해서 모르는 거래. 봐. 여기 되게 유명한 관광진데 현지인은 한 명도 없잖아. (목소리 낮추며) 얼마 전에도 그랬대. 누가 저기 손 넣고 거짓말을 했는데, (짧은 사이) 촥!

승수 뻥치지 마.

태리 진짜야. 난리도 아니었대.

승수 누가 그래?

태리 로베르토.

승수 그건 또 누군데?

태리 아까 말한 우리 호텔 매니저. 그 얼굴이 85랜다. 이태리 남자는 온몸이 미남 DNA로 꽉 차 있나 봐.

승수 얘기 많이 했네.

태리 별 얘기 안 했어.

승수 거짓말하지 마!

태리 깜짝이야.

승수 이름에, 나이에, 현지 정보에. 이게 별말 안 한 거야? 부둥켜안질 않나.

태리 안긴 누가 안았다 그래!

승수	진실이 어쩌고 하면서 안았잖아!
태리	유럽 처음 왔어? 보디랭귀지 몰라?
승수	이제야 털어놓으시네. 너 내가 처음 아니지?
태리	이런데도 의처증이 아니라고?
승수	또 무슨 얘기 했어? (사이) 몰래 만나자고 약속이라도 했냐?
태리	했으면.
승수	했어?
태리	너, 옛날 남친한테도 이래서 까였지.
승수	걔가 바람나서 헤어진 거야. 그게 까인 거야?
태리	모르지. 까이고 싶어서 바람 피운 건지.
승수	너 나 사랑하긴 하냐? (사이) "너는 나를 사랑한다." (사이) 왜 대답이 없어? 아니야? 근데 왜 나랑 로마까지 왔어? 사랑하지도 않는 남자랑 외국도 오고 잠도 자고 그러는 거야? 그랬어?

태리, 피자 조각을 집어 든다.

| 승수 | 놔라. (사이) 거짓말하지 말라고! |

승수, 태리가 들고 있던 피자를 빼앗아 바닥에 던진다.
태리, 자리를 떠난다.

승수	로베르토 만나러 가냐? 야!
태리	(승주를 보며) "너는 의처증이다."

태리 퇴장.

태리의 뒷모습을 바라보던 승수, 내팽개친 피자를 주워 들어 먼지를 털더니 입에 넣는다. 진실의 입으로 다가가 입안에 손을 넣는다. 움찔 하는 승수. 아무 일도 일어나지 않는다.

막

애리조나, 미국

김현우

등장인물

문수   삼십대 초반, 남, 직장인
은지   삼십대 초반, 여, 직장인

애리조나 사막.

누워 있는 은지와 문수.

문수   내가 먼저 죽으면 날 먹어도 돼.

은지   닥쳐.

문수   너 기름기 많은 거 좋아하잖아. 뱃살부터 먹어. 너무 지방밖에 없을까? 그래도 버티려면 단백질보다는 칼로리가 높은 지방이 나을 거야. 내가 이럴 때를 대비해서 운동을 안 했던 걸까? 근육 하나 없이 살만 있어서 먹을 만할 거야.

은지   시끄러워, 좀.

문수   예전에 소 발골하는 걸 봤거든. 뼈를 따라서 두두둑 칼질을 하면 등심이 뚝, 안심이 뚝. 그런데 그 안에 잘 봐야 돼. 진짜 맛있고 귀한 부위는 큰 덩어리 안에 숨어 있대.

은지   나 먹은 것도 없는데 지금 속 되게 안 좋거든. 토할 거 같거든.

문수   네가 먹은 게 왜 없어. 넌 나보다 오래 버틸 거야. 마지막 남은 스니커즈 작은 거, 그거 열량이 얼마나 높은데. 넌 나보다 작고 말랐고 마지막 스니커즈도 먹었고.

은지   먹으라며.

문수   그래도 그걸 홀랑 네가 다 먹을 줄은 몰랐어. 이래서 사람이 절체절명의 위기 상황을 같이 겪어봐야 하는 거야. 만약에 구조되면, 우리 이혼하자.

은지   혼인신고 했어?

문수   아직.

은지   그럼 그냥 꺼져.

문수   너무하는 거 아니냐? 지금 이 애리조나 사막 한복판에
       서 나더러 꺼지라고? 어딜 가라는 거야? 나는 힘이 없
       어. 손가락 까딱할 힘도 없어. 마지막 남은 스니커즈라
       도 먹었으면 꺼져줄 수 있었을 텐데.

은지   맛있더라.

문수가 은지를 본다.

은지   나 단거 안 좋아하잖아. 그런데 정말 너무 맛있더라. 입
       에 넣으니까 먼저 초콜릿 코팅이 혀에 닿는 거야. 혀에
       닿자마자 녹기 시작해. 그리고 살짝 깨물면 이제 그 안
       에서 온갖 단맛들이 터져 나와. 나는 여기서 나가면 하
       루에 세 번씩 캐러멜을 먹을 거야. 그리고 하루에 세
       번씩 누가도 먹을 거야. 누가랑 캐러멜이랑 초콜릿이
       넛츠들을 감싸고 빙빙 돌다가 막 뒤섞이는데…….

문수가 신음 소리를 내며 얼굴을 모래에 묻는다.

은지   자기야. 죽은 거야?

문수   죽을 거야.

은지   먹고 누워서 밤하늘을 바라보는데, 너무너무 추워 죽
       겠는데도 그제야 별들이 보이더라.

문수   그래, 그때만 해도 아직 괜찮았어. 네가 아직 예뻐 보였
       지.

은지   여기서 죽으면 그게 우리 마지막 섹스가 되는 건가?

문수　마지막이라서 그런가. 너무 짧고 빛나는 기억이다.

은지　마지막이라서가 아니라 그냥 짧았어.

문수　마지막 스니커즈라도 먹었…….

은지　먹었더라도 짧았을 거야. 너 원래 짧아.

문수　사막이 지 손바닥이라고 떠들어대더니 왜 가이드는 모래폭풍이 오는 것도 몰랐을까?

은지　그냥 호텔에서 추천해주는 투어로 할걸. 싸다고 그런 사람을 고르냐? 어?

문수　젊고 몸 좋다고 실실 웃던 거 다 기억난다.

은지　그래, 그렇게 온몸이 근육인데 모래폭풍에 쉽게 묻힐 리가 없어. 모래를 뚫고 나와서 지금쯤 구조대를 끌고 우리를 찾으러 오고 있을 거야.

문수　그러면 우리가 여기서 이러고 있을 때가 아닌데. 우리도 좀 움직여봐야 하지 않을까? 아, 그런데 난 움직일 힘이 없어.

은지　네가 마지막 스니커즈를 먹었더라면 펄펄 날아서 나를 안고 이 사막을 건넜을 텐데.

문수　그래, 이 사막을 건너 저 라스베이거스에 가서 황금을 캐고 있겠지.

은지　네가 이런 인간인 줄 알았으면 그 모래폭풍에서 네 손을 잡지 않는 거였는데.

문수　그랬다면 식장에서 내 손을 잡지 않았겠지. 내 비상용 가방은 어디 있을까?

은지　사막에서 조난당해도 걱정 없다고 그렇게 잔뜩 챙기더니. 그게 다 뭔 소용이야.

문수　가방을 놓치고 널 잡았다.

은지   날 놓치고 가방을 잡았으면 난 널 멋진 남자로 기억하
      면서 깔끔하게 죽었을 텐데.

문수   이제 내게 남은 건 날 싫어하는 마누라와 스니커즈 껍
      데기와 선크림뿐이구나.

은지   선크림 있어? 왜 말을 안 해? 줘봐.

문수   바지 오른쪽 주머니에 있어. 네가 꺼내. 난 힘이 없어.

은지가 선크림을 꺼내 얼굴에 바른다.

그 모습을 보던 문수가 노래를 부르기 시작한다.

문수   저 멀리 인디언의 북소리 들려오면 고개 너머 주막집
      의 아가씨가 그리워 달려라 역마야 애리조나 카우보
      이*

은지가 배를 두드리며 괴성을 질러댄다.

문수   그만해. 지나가는 사람 놀라.

은지   누가 지나가. 3년째 한 사람도 안 지나갔는데.

문수   넌 과장이 너무 심해. 한때는 그게 다 진짜인 줄 알았
      는데.

은지   해가 뜨고 달이 지는 걸 세던 때가 있었는데……. 얼마
      나 세었는지 잊었어. 더 오래됐을지도 몰라.

문수   (깊은 한숨) 그러면 혼인신고 안 했어도 사실혼 관계 아
      닌가.

● 〈애리조나 카우보이〉, 1959년 발표, 명국환 노래, 김부해 작사, 전오승 작곡

은지   카우보이가 와서 구해주면 좋겠다.

문수   채찍을 말아 쥐고 저 커다란 달을 등에 지고 달려올 거
      야.

문수와 은지가 함께 노래한다.

함께   카우보이 애리조나 카우보이
      광야를 달려가는 애리조나 카우보이
      몰아치는 채찍 아래 역마차는 달려간다
      희망의 꿈이 어린 언덕을 넘어가면
      고향 하늘 들창가의 어머님이 그리워
      달려라 역마야 애리조나 카우보이

                                                    205

막

용정, 중국

조정일

등장인물

여행자   문학회 회원들과 함께 북간도를 여행 중인 한국인
가이드   여행 안내원, 연길시 출신 조선족

중국 길림성 연변조선족자치주 용정 시내의 어느 식당 앞.

여행자가 눈을 감은 채 잔디 잎사귀를 얼굴에 부비고 있다.

식당 안에서 터진 웃음소리가 밖에까지 들린다.

가이드, 나온다.

가이드　선생님, 혼자 뭐 하십니까? 안에 선생님들이 찾으시는
　　　　데 말입니다. 꿔바로우 추가로 나왔습니다. 요리도 아
　　　　직 많이 남았고. 좀 드시면 좋을 텐데 말입니다.

여행자　(식당 안 사람들을 향해 혼잣말) 못 먹고 굶어 죽은 귀신
　　　　들이냐. 그래. 끝까지 먹어라. (가이드에게 정중하게) 괜
　　　　찮아요, 선생님. 저는 따로 허기를 채웠어요.

가이드　네? 잡수신 것도 없는데 말입니다?

여행자　안에는 산해진미 중국요리, 밖에는 허허로운 만주벌
　　　　판.
　　　　들어가면 배가 부를 건 알겠는데, 저는 다른 선택을 했
　　　　어요. 요리 같은 걸로 채울 수 없는 그 어떤 헛헛함을
　　　　채우자 싶어서.

가이드　선생님. 빈속에 산에 올라갔다간 머리 핑 돕니다. 배가
　　　　든든해야 돌아다니지 않겠습니까.

여행자　금방 저녁도 있고요. 저렇게 먹고 몇 시간 있다 또 먹
　　　　을 거잖아요. 아닌가요?

가이드　아, 일송정 올라가서 해란강 보시고 연길 돌아가면 저
　　　　녁에는 원숭이 골 요리 먹으러 가자는 말 나왔는데.

여행자　골 요리?

가이드　골, 원숭이 골을 먹는단 말입니다. 살아 있을 때 머리,
　　　　이 뚜껑을 따서 숟갈로 이렇게 골을 떠먹습니다. 여기

사람들 별미로 먹습니다. 원래는 한식당 가는 일정인데 연변에 와서 왜 한식을 먹냐고. 골 요리 먹어보자 말자 지금 의견이 반반입니다. 선생님은 드실 수 있겠습니까. 골 요리?

여행자 (혼잣말) 딱한 사람들. 머리에 뭐가 들었을까. (가이드에게) 가서 좀 물어봐주시겠어요. 우리가 문학기행 왔지, 원숭이 골 파먹으러 만주 왔냐고.

가이드 저는 선생님들 하자는 대로 합니다. 골 요리 먹으러 가자 그러면 골 요릿집, 딴 데 가자 그러면 딴 데 갑니다. 먼저 잡아놓은 한식당, 거긴 불고기 잘합니다. 연길에서 알아주는 뎁니다.

여행자 가이드 선생님은 원숭이 골 요리 좋아하시나요?

가이드 제가 잔나비, 원숭이띤데 어떻게. 그래서가 아니고, 기회는 몇 번 있었는데 아직 직접 입에는 못 대봤단 말입니다. 이건 들은 얘긴데, 골 요리 파는 식당에 가면 닭장처럼 생긴 커다란 우리 속에 원숭이가 가득 있답니다. 자기가 먹을 원숭이를 자기가 고르는데, 사람이 가지 않습니까. 그러면 말입니다. 이놈들이 갑자기 골골거리면서 전부 아픈 척을 한다 말입니다. "야, 나 병 있어. 맛은 둘째 치고 먹고 탈 나면 누가 책임지니. 너까지 병 걸리면 어쩌려고 그러니. 그렇게 먹고 싶으면 병 고치고 먹으라." 그래 봤자 결국 먼저 찍히는 한 놈이 있단 말입니다. 그러면 다른 놈들이 춤추고 생난리. 꾀병 부리고 아픈 척하던 놈들이 팔짝팔짝 뛰면서 "야, 살았다". 곧 따라갈 놈들이 박수 치고 웃고 막 소리 지르면서, "야, 좋다. 나 살았다".

여행자   인간이 그런가요?

가이드   아니, 원숭이들이 그런단 말입니다.

여행자   죽음의 공포로 파랗게 질린 원숭이 골을 먹는다. 아, 싫
         어라.

가이드   사람이 못 먹는 게 과연 있는가, 저도 모르겠습니다.
         (식당 안에서 터진 웃음소리가 새어 나온다.) 선생님, 여기
         꿔바로우 바삭바삭 씹는 재미도 있고 맛 괜찮은데. 식
         으면 딱딱해서 못 먹습니다.

여행자   아아, 선생님, 제발요, 제발, 제발……. (서서히 흥분을 가
         라앉힌다.)

가이드   선생님 고기 못 드십니까? 나물 종류 좋아하십니까?
         한국에서 오신 분들 중에 가끔 그런 분 있던데. 아니다.
         선생님 어제 양꼬치 잘 드시지 않았습니까.

여행자   (잔디 잎사귀를 내보이며) 이게 뭔지 아세요?

가이드   풀 아닙니까.

여행자   풀이요? 풀? (답변이 실망스럽지만 참고) 그래요. 풀이죠.
         잔디도 풀 맞죠.

가이드   아, 잔디. 잔디 풀. 선생님이 염소도 아니고, 이걸 왜 가
         지고 있습니까.

여행자   윤동주. 이건 윤동주예요.

가이드   윤동주?

여행자   아시죠? 윤동주?

가이드   연변에 윤동주 모르는 사람 어딨습니까. 우리 지금 윤
         동주 무덤 갔다 이리 왔지 않습니까.

여행자   거기서 가져왔어요. 이 잔디 잎사귀.

가이드   아, 기념으로 말입니까?

여행자   "죽는 날까지 하늘을 우러러 한 점 부끄럼이 없기를,
         잎새에 이는 바람에도 나는 괴로워했다." 아세요? 잎
         새, 잎새에 이는 바람에도 나는 괴로워했다.

가이드   아, 거기 나오는 잎새가 잔디?

여행자   정말 별것도 아닌데, 보세요. (잔디 잎사귀를 흔들며) 별
         거 없어요. 보세요. 진짜 별거 아니잖아요. 그런데, "잎
         새에 이는 바람에도 나는 괴로워했다". 너무 대단하지
         않아요?

가이드   윤동주 시인. 우리는 참 여리여리한 사람 아니었겠나,
         그럽니다. 보니까 선생님도 여린 사람 같습니다.

여행자   부끄러워요. 정말, 너무 부끄러워요.

가이드   뭐가 부끄럽단 말입니까?

여행자   윤동주 시인의 무덤에 갔죠. 갔는데 일정 많다고 단체
         사진 띡 찍고 간 지 10분도 안 돼서 차 돌리고 온 데가
         식당. 아, 정말 이건 아니죠.

가이드   선생님, 기름이 떨어지면 차가 멈춘단 말입니다. 차에
         기름 넣듯이 사람은 밥을 배에 넣어야 한단 말입니다.
         앞에 밥이 있으면 당장은 배가 안 고파도 일단 밥을 먹
         는 게 좋습니다. 왜냐? 돌아서면 배고플지도 모르는데,
         "아까 내 밥 다시 달라" "네 밥? 내가 먹었다". 그때는
         방법이 없습니다. 그러니까 선생님, 들어가서…….

여행자   저도 배고파요. 그런데 만주잖아요! 윤동주, 청산리, 봉
         오동, 더 올라가서 발해, 고구려. 그때 사람들은 배불리
         먹었나? 먹고살아보겠다고 두만강 건너왔잖아. 우린
         몇 시간 있다가 또 저녁 먹잖아요. 원숭이 골 먹고 싶
         으면 그때 먹고. 좀 느끼자고요. 여기가 어디냐고요. 만

주잖아요!

가이드   우리 연변 사람들한테는 지금 한국이 만주 아닙니까. 전부 한국 가 있지 않습니까.

여행자   저는 소나무 하나, 돌멩이 하나 예사로 보이지가 않아요. 아파요.

가이드   선생님은 옛날 역사, 역사 이야기 그런 거 좋아하는 분입니까.

여행자   선생님, 우리 한심하죠? 진짜 눈 뜨고 못 봐주겠죠. (두 손을 내밀며 애원하듯 가이드에게 다가간다.) 미안합니다. 죄송합니다.

가이드   아휴, 선생님, 저한테 왜 이러십니까.

여행자   선생님이 윤동주니까요.

가이드   네?

여행자   선생님이 윤동주잖아요.

가이드   윤동주는 죽지 않았습니까?

여행자   윤동주예요.

가이드   아닙니다. 제가 어째서. 집안도 다른데?

여행자   선생님 만주에 살잖아요. 윤동주의 땅. 선생님 만주 사람이잖아요, 선생님이 윤동주 다름 아니죠.

가이드   아휴, 선생님.

여행자   윤동주예요.

여행자가 붙잡으려 하면 가이드는 몸을 빼고, 그러는 통에 여행자가 넘어진다.

가이드   아이고, 선생님.

여행자   (무릎을 땅에 대고) 너무 고맙고 너무 부끄럽고 우리가
         너무 미안해요. (잔디 잎사귀를 두 손으로 감싸고 기도 올
         리듯) 아, 윤동주 시인! 오늘 우리 이 못난 사람들을 부
         디 못 본 척 눈감아주시기를. "별을 노래하는 마음으로
         모든 죽어가는 것을 사랑해야지. 모든 죽어가는 것을
         사랑해야지." (잠시 동안 눈을 감고 기원할 때, 식당 안에서
         터진 웃음소리가 들린다.)

가이드   이제 꿔바로우 딱딱해서 못 먹습니다.

여행자   어!

가이드   왜 그러십니까?

여행자   (두 손을 펴서 들여다보고) 어!

가이드   어! 풀은 어디 갔습니까?

여행자가 가졌던 잔디 잎사귀가 사라지고 없다.

암전.

막

런던, 영국

천정완

등장인물

철기   20세
윤범   42세

영국 런던 히드로공항 대합실 벤치.

캐리어를 끌고 들어오는 철기, 많이 지쳐 보인다. 캐리어를 신경질적으로 밀어놓고 털썩 앉는 철기, 주머니에서 동전 몇 개를 꺼내 보다가 도로 넣고는 한숨을 푹 쉰다.

철기   에라이…… 쌍, 쥇다 빡 런던이다.

윤범이 종이봉투를 들고 등장한다. 철기를 유심히 살피던 윤범, 근처 벤치에 자리를 잡는다. 종이봉투에서 샌드위치를 꺼내 포장지를 벗기는 윤범.

그런 윤범을 유심히 바라보는 철기.

둘, 눈이 마주친다. 어색하게 웃는 두 사람.

214

윤범   혹시 한국분이세요?

철기   아, 예. 맞아요.

윤범   나가시나 보다. 몇 시 비행기?

철기   새벽 비행기예요. 아직 많이 남았어요. (사이) 근데 어떻게 아셨어요? 여행사 직원이세요? 아니면 민박집 픽업?

윤범   아뇨, 대부분 런던에서 아웃하니까. 좀 지쳐 보이기도 하고. 여행은 얼마나 했어요?

철기   얼마 안 있었어요. 일주일 정도.

윤범   (샌드위치를 한 입 물며) 어? 벌써 가요? 짐은 꽤 많은데?

철기   그냥 뭐, 기약 없이 왔는데, 있다 보니까 한국에 다시 가고 싶어서요.

윤범   왜요? 온 김에 여기저기 다니시지, 다시 오기 힘든데.

철기   생각한 거랑 많이 달라서요. 워킹홀리데이로 왔는데,
     사장이 하도 지랄을 해서 그냥 집에 가려고요.

윤범   그렇구나. 몇 살이에요? 실례인가? 많이 어려 보여서.

철기   스무 살입니다. 형님은요? 아, 형님이라고 해도 되는
     거죠?

철기, 샌드위치를 보며 침을 꼴깍 삼킨다.

윤범   내 생각보다 훨씬 어리구나. 난 그쪽 나이 두 배도 넘
     어요. (사이) 좀 먹을래요? 이게 많아서 어차피 다 못 먹
     어요. 맛은 더럽게 없는데 크기만 커요.

철기   (샌드위치를 받으며) 아, 감사합니다. (허겁지겁 먹으며)
     정말 감사합니다.

윤범   (물을 꺼내주며) 체해요. 천천히 먹어요.

철기   감사해요. 오늘 종일 아무것도 못 먹었어요. 일 그만둔
     다고 하고 일어나니까 제 지갑을 누가 싹 털었더라고
     요. 비행기표 날짜 바꾸러 갔었는데, 거기 한국 직원이
     사연 듣더니 10파운드 줘서 겨우 여기까지 왔어요. (사
     이) 아, 말 편하게 하세요, 형님. 저보다 나이도 훨씬 많
     으신데.

윤범   그럴까? 영국, 생각하고 많이 다르지?

철기   하, 진짜. 저는요 친구들한테 제가 영국인이라고 하고
     다녔어요. 라디오헤드랑 오아시스랑 진짜 존나 좋아하
     거든요. 런던 거리도 진짜 간지 나고. 사람들 스타일 개
     쩔고. 한국은 진짜 답 없잖아요. 제가 진짜 애들 수능
     준비할 때 편의점 알바하면서 비행기푯값 벌었거든요.

헬조선 불반도 탈출이 꿈이라서요.

윤범 근데 왜 벌써 가?

철기 미국 가려고요. 역시 천조국이 짱이에요. 여긴 별로예
요. 생각하던 곳이 아니에요. 가자마자 알바해서 미국
행 표 사야겠어요.

윤범 그렇구나. 좋겠다, 그쪽은.

철기 뭐가 좋아요? 완전 거진데.

윤범 아직은 그렇다는 말이야.

철기 형님은 누구 기다리는 거예요?

윤범 아니. 그냥 여기서 시간 보내고 있어. 갈 데가 없어서.

철기 여기 사는 거 아니에요? 완전 현지인 같으신데.

윤범 아니, 여기 살지는 않아. 원래는 프랑스에 좀 있었는데,
거기 일하던 곳에서 불법체류자로 신고당해서 추방됐
어. 짐이 거기에 다 있어서 다시 가야 되는데, 입국이
안 되네. 재미있는 이야기 해줄까?

철기 예. 해주세요.

윤범 프랑스에서 입국심사를 받는데, 심사하는 사람 말이
너무 빨라서 잘 못 알아들었어. 그랬더니 한국인 직원
을 부르는 거야. 그 사람이 나한테 뭐라고 했는지 알
아?

철기 뭐라고 했는데요?

윤범 이 사람들은 문제가 있는 한국 사람이 있을 때 항상 나
를 부른다. 이것도 엄연한 인종차별이다. 당신에게 문
제가 있다면 나를 부른 건 불행이다. 왜냐하면 나는 한
국말을 할 줄 아는 프랑스인이니까. 그리고 나는 애국
자다. 당신이 한국 사람이라는 이유로 당신에게 유리

한 일은 일어나지 않는다. 왜냐하면 나는 애국자니까.

철기 그래서 어떻게 됐어요?

윤범 입국 못 했어. 짐만 좀 찾을 수 있게 부탁했는데, 거절
당했어.

윤범, 먹던 샌드위치를 다시 넣는다.

철기 (듣는 둥 마는 둥 하다가) 형, 혹시 그거 안 드시면 제가
먹어도 될까요?

윤범 (샌드위치를 주며) 그럴래? 나한테 좀 많네.

철기 (샌드위치를 먹으며) 일단 한국으로 가시면 되잖아요.

윤범 좀 복잡해서. 솔직히 말하면 못 가.

철기 왜요? 여기서 계속 있는 것보다 한국에 가면 훨씬 좋
을 텐데.

윤범 나는 이제 한국에서도 한국인이 아니야.

철기 그런 게 어디 있어요. 한국 국적인데 한국인이죠.

윤범 그러게 말이야. 그런데 그게 아니더라. 나는 이제는 아
무도 아니야. 그냥 이방인이지. 아마 한국에서도 그럴
걸. 스무 살에 한국을 떠났어. 딱 네 나이네. 그리고 보
니 22년을 떠돌아다녔네. 있잖아, 솔직히 이제는 내가
어느 나라 사람인지도 모르겠어. 그런 기분 알아? 영원
히 이방인인 기분.

철기 무슨 소리야. 뭘 이렇게 진지하게 이상한 소리를 해요.
형님 작가예요?

윤범 예전에 중국 상해의 게스트하우스에서 어떤 노인을 만
났는데, 그 사람은 여행 중에 여권을 잃어버려서 평생

자기 나라로 못 가고 있었대. 겨우 벌어서 방값 내고 겨우 먹고사는 노인이었어. 그 노인이 저녁을 사겠다고 해서 같이 밥을 먹고 숙소에서 술을 한잔하던 중에 슬쩍 말하더라. 자기가 지금 없어지고 있다고. 내가 깔깔 웃으면서 그게 도대체 무슨 말이냐고 물었더니 그 사람이 입고 있던 상의를 벗는 거야.

철기 뭐야, 갑자기.

윤범 그래, 나도 그랬지. 게이인가 했어. 그런데 말이야. 정말, 없어지고 있었어. 몸이 반투명해서 뒤가 흐릿하게 보이더라니까.

철기 에이, 거짓말.

윤범 그러고는 없어졌어. 다시는 못 봤어. 짐도 그대로고 그 노인이 자던 침대에는 그때 입고 있던 옷도 그대로 있더라고. 그 노인이 술자리 마지막에 나한테 뭐라고 한지 알아?

철기 참나. 뭐라고 했는데요?

윤범 너도 곧 없어질 거다.

철기 이 형님 재밌으신 분이네.

윤범 나도 없어지고 있어. 내 몸이 조금씩, 조금씩 투명해지고 있어. (얼굴 아래를 가리키며) 턱 아래부터. 한번 볼래?

철기 (자리에서 일어난다.) 뭐야, 이상한 사람이네. 형님, 한국에 빚 있죠? 그걸 뭘 그렇게 신박하게 헛소리를 하면서 둘러대요. 샌드위치 줘서 듣고는 있었다만 나참, 어이가 없어서 정말……. (일어나서 캐리어를 잡고) 하, 여기는 뭐 이렇게 이상한 게 많아.

철기, 캐리어를 끌고 나간다.

잠깐 암전.

두 시간이 경과했다.

어둠 속에서 철기의 목소리가 들린다.

철기   술 처먹냐? 어디긴 어디야, 공항이니까 와이파이가 터
         지지 병신아. 아, 몰라. (사이) 가서 편돌이 하면서 미국
         워킹홀리데이 신청하게. (사이) 뭘 왜는 왜야, 헬조선보
         다는 다 낫지, 병신아. 아, 영국은 일단 헬조선보다 힘
         드니까 빼고.

조명이 켜지면 윤범의 뒤로 철기가 누군가와 통화를 하며 지나간다.

객석 쪽을 빤히 바라보는 윤범, 환하게 웃는다.

윤범   혹시 한국분이세요?

암전.

막

3 부

내국인들

스무 살이 되면

조인숙

등장인물
최사장
윤주임
박길순
디마

공간
작은 인쇄소

최사장과 윤주임은 기계를 고치는 중이다.
박길순은 한글 공부를 하고 있다.

박길순　기역, 가, 강아지, 니은, 나, 나무, 디귿, 다, 다람쥐,
　　　　라……디오.

윤주임, 기계 고치는 걸 멈추고

윤주임　이거 안 될 거 같아요.
최사장　왜 자꾸 안 된다고 그래. 된다니까. (흥얼거리는 말투로)
　　　　가만있어봐. 이거를 이렇게.
윤주임　이번 기회에 바꾸죠. 종이 걸리는 게 너무 많아요. 기계
　　　　멈춰서 공치는 날 많으면 손해지 뭐.

최사장은 계속 고쳐보려고 한다.
잠시 뒤 디마가 인쇄소 입구에서 머뭇거린다.

윤주임　(디마에게) 오늘 기계 고장 나서 인쇄 안 돼요.

최사장, 돌아본다.

최사장　어! 왔어? (윤주임에게) 손님 아니야. (디마에게) 들어와.
　　　　들어와.

디마, 한쪽 다리를 끌며 들어온다.

최사장 인사해. 디마. 이름이 디마야.

디마, 어정쩡하게 인사한다.
윤주임과 박길순도 어정쩡하게 인사한다.

최사장 제대로 부르면 드미트리 박인데, 줄여서 디마. 맞지?
    윤주임이 천천히 가르쳐봐.
윤주임 (디마에게) 이런 일 해본 적 있어요?

디마, 최사장을 본다.

최사장 한국말을 잘 못해.
윤주임 어디 사람인데요? 듣는 건요?
최사장 고려인. 듣는 건 대충 알아듣는 것도 같고, (디마를 보
    며) 아닌 거 같기도 하고.
윤주임 (디마에게) 어려 보여서 그러는데, 나이가 어떻게 돼요?
최사장 열아홉. 맞지? 맞을 거야.
윤주임 (화를 누르며) 아…….
최사장 말로 해. 무섭게 왜 그래?
윤주임 박 여사님은 한글을 모르시고. (박길순에게) 죄송합니
    다. 근데 사실은 사실이잖아요. 박 여사님 손 빠른 건
    인정! 근데 이젠 한국말을 제대로 못하는 사람을 데
    리고 오면……, 성인도 아니고 아직 어린데, 아니!
    아……. 아 진짜, 아, 이건, 이건 아니죠.
최사장 사정이 있어서 그래. 예쁘게 좀 봐줘.
윤주임 아니, 여기가 인쇄손데…… 글을 모르면…… 아니,

아……, 사장님 나한테 진짜 왜 이래요?

최사장   인쇄한다고 우리가 책을 읽고 그러진 않잖아. 윤주임
         한 달에 책 몇 권 읽어?

윤주임   그런 얘기가 아니잖아요.

최사장   밑에 시다 한 명 있음 좋지 뭐. (버릇처럼 흥얼거리는 말
         투로) 윤주임아, 나 좀 예쁘게 봐줘라.

최사장, 윤주임에게 윙크를 날리며

최사장   이거 내가 싹 고쳐놓을 테니까 오늘은 쉬어. 어차피 기
         계 못 돌려.

윤주임   아, 진짜 내 속이 내 속이 아니다 진짜.

윤주임, 목에 걸치고 있던 수건으로 땀을 닦고 가슴께의 옷을 잡아당
겨 펄럭이며 앉는다.

박길순   (디마에게 속삭이는 목소리로 손짓과 함께) 여기 와서 앉아.

디마, 눈치를 보다가 박길순 옆 의자에 앉는다.

윤주임, 파지로 부채질을 한다.

박길순, 부채를 꺼내 부채질을 한다.

봄이 지나고 여름. 매미가 울어도 좋다.

박길순, 입으로 소리 내며 한글 공부를 한다.

디마는 옆에서 그 모습을 보고 있다.

박길순   나비가 날아다닙니다. 사이좋게 놀았습니다. 공놀이를
           하였습니다.

윤주임은 오늘도 기계를 고치는 중이다.
최사장, 캐비닛에서 부품을 찾는다.

최사장   아, 여기 있었네. 이거 전에 빼뒀던 거.
윤주임   단종돼서 부품 구하기만 힘들고, 이번엔 진짜 바꿔야
           된다니까요.
최사장   (부품의 먼지를 솔로 털어내며) 왜 자꾸 바꿔야 된다고 그
           러냐. 내가 해볼게. (역시나 흥얼거리는 말투로) 가만있어
           봐라. 이걸 이렇게 하면…….

226

윤주임은 고치는 걸 멈추고, 최사장은 계속 고쳐보려고 한다.

윤주임   그럼 오늘 기계 공쳤으니까 좀 쉬다가 봉투 작업이나
           할게요.
최사장   (여전히 흥얼거리는 말투로) 그것도 좋지요. 그렇게 하세
           요.

윤주임, 작업해야 할 박스를 테이블로 옮긴다.

박길순   사장님 혼자 못 고쳐. 알잖아. 이건 우리가 할게. (최사
           장을 가리키는 눈짓과 잘 되지 않는 윙크를 날리며) 쉬었다
           마저 고쳐.
윤주임   그럼 부탁 좀 드릴게요.

박길순은 상자에서 작업해야 할 물건들을 빼고

윤주임은 앉아서 쉬며

윤주임   마른장마라더니 비도 안 오고 그냥 푹푹 찌네.

박길순, 디마에게 작업 시범을 보이며

박길순   (디마에게) 이걸 이렇게 접어서 넣는 거야. 옳지. 디마
            잘하네.

디마가 겨우 한 개 완성할 동안, 박길순은 순식간에 인쇄물을 봉투에
모두 집어넣는다.
사무실 전화벨이 울린다.

윤주임   인쇄숍니다. 네. 잠시만요. (최사장에게) 사장님.
최사장   네, 전화 받았습니다. (전화 받으면서 디마를 본다.) 아!
            네. 네. 아, 네. 뭐가 많이 복잡하네요.

윤주임과 박길순, 최사장을 본다. 그러고는 그가 바라보는 디마를 본
다. 디마는 계속 봉투 작업을 하고 있고, 모두가 그런 디마를 본다.

최사장   네. 지금으로서는 어쩔 수 없는 거네요. 네. 고생 많으셨
            습니다. 네. (전화 끊는다.) 디마야, 너 더 있어도 된댄다.
박길순   아이고, 잘됐다.
윤주임   뭐래요?
최사장   엄마랑 둘이었는데, 사고로 혼자 남았나 봐. 고려인 4세

같대. 뭔 법이 바뀌어서 좋아졌다고는 하는데, 러시아 출신 고려인이랑 중앙아시아 출신 고려인 법 적용이 또 다르다고 하네. 거기다 디마 증조할아버지가 북한 출생이셨나 봐. 그니까 증명이 더 힘들고.

윤주임 러시안지 그 나라에도 아무도 없대요?

최사장 응. 지금 딸랑 재 혼자니까 일이 진행이 더 안 되는 거야. 디마 엄마가 불법체류자로 산 거 같대. 낳긴 여기서 낳았나 봐. 디마는 무국적 고려인? 그렇게 짐작되고. 당장 추방 이런 건 아니라는데, 머물 수 있는 방법을 계속 찾아봐야지.

윤주임 출생증명 자체가 없다는 건가……?

박길순 몰래 낳아서 몰래 키웠나 보네.

최사장 센터에 다른 고려인 사람들 얘기 들어보니까, 복잡하더라고. 맨 처음 거기 가서 살게 된 사람들이 독립운동하다가 못 오고, 강제이주 당해서 못 오고 그런 사람들이라나 봐. 나라 잃은 설움이 끈질기게 대를 이어서 연결이 되더라니까.

박길순 꼬일 대로 꼬였네.

최사장 암튼 당한 사람들만 억울한 거야.

윤주임 어디서 처음 만났다고 그러셨죠?

최사장 월곡시장 사거리. 접촉사고. 내 차에 치였는데, 그냥 가는 거야. 그럼 어떡해. 가만히 있다 뺑소니로 나만 뒤집어쓸 일 있어? 불렀지. 근데 계속 도망가. 다리를 다쳐서 잡은 거지, 아니었음 놓쳤어.

윤주임 디마! 일어나서 나처럼 해봐.

윤주임, 앉았다 일어난다.

윤주임   해봐. 이렇게.

디마, 앉았다 일어난다.

윤주임   괜찮네! 다행이네.

최사장, 앉은자리 그대로 한쪽 바짓단을 걷어 올리며

최사장   마, 너때매 나도 그때 다쳤잖아. 봐. 요기 요기.
박길순   멀쩡하네. 난 이제 요 검지손가락이 쫙 펴지지가 않아
        요.
윤주임   전 여기요, 여기. 이젠 어깨를 넣다 뺐다 한다니까요.

최사장   하여튼 뭔 말을 못 해.
윤주임   도와준다는 분은 누구예요?
최사장   센터 자원봉사. 사고 난 날도 누가 얠 알고 부르더라고.
        그때부터 이것저것 알아봐주고 그러고 있어.
윤주임   돕는다고 좋게 시작해놓고 괜히 피해 입고 그런 거 아
        니에요?
최사장   얘가 법적 기준에서 살짝 비껴가 있긴 한데, 방법을 찾
        아야지.
윤주임   그니까 그게 쉽냐고요. 나라가 못 한 일을 우리가 풀
        수 있냐고요.
최사장   센터 사람 말로는 스무 살이 되어버리면 진짜 좀 힘들
        어질 수 있다고도 하고.

박길순   디마 내년에 스물인가? 나 스무 살 때 하고 싶은 거 참
        많았는데. 언제 시간이 이렇게 지났나 몰라.

박길순, 손뜨개 중인 목도리를 디마에게 갖다 대본다.
최사장, 그 모습을 보며

최사장   그치. 이렇게 덥다가도 금세 찬 바람 불지.

박길순은 뜨개질을 계속하고, 다른 이들은 바깥을 하염없이 바라본다.

최사장   아, 시간 잘 간다.

낙엽이 날린다. 가을.
최사장, 디마에게 기계 작동 시범을 보여준다.

최사장   디마, 일로 와봐. 여기. 각을 딱 맞추고 양손을 내리면
        기계가 자동으로 탁! 가생이 종이가 잘려 나가지. 지금
        은 이렇게 센서가 자동으로 인식을 해주는데, 옛날에
        는 손가락 많이 잘렸다.

윤주임, 디마가 작업한 책들을 들춰본다. 문제가 있는 듯 다른 책들도
살펴보더니

윤주임   사장님, 이거 왜 이래요?
최사장   왜? 뭐가?

최사장, 곁에 와서 잘못 인쇄된 책들을 훑어본다. 박길순도 뒤이어 책들을 살펴본다.

윤주임   디마. 여기 연하게 '안쪽면'이라고 써 있죠? 그럼 여길 책날개 안쪽으로 들어가게 놓고 인쇄를 해야 돼요. 알겠어요?

디마, 고개를 끄덕인다.

윤주임   이거 내일 11시까지 맞춰주기로 했는데…….
최사장   디마 얘가 일머리는 있는데 아직 한국어를 잘 못하니까 이런 일이 생기네. 디마 괜찮어. 다시 하면 돼.
윤주임   사장님, 너무 잘해주기만 하는 거 아니에요?
최사장   잘해주는 거 아냐. 똑같이 대해주는 거야. 윤주임 처음 왔을 때 어땠나 잘 생각해봐. 그러고 있지 말고 나가서 담배 한 대 피고 와.
박길순   원래 이런 일은 옆에서 보는 사람이 더 속이 타. 갔다와. 우리가 다시 작업해놓을게.

최사장과 박길순, 각자 몰래 윤주임에게 윙크를 한다.

최사장   나는 똑같이 해줄 건데, 윤주임은 똑같이 해주지 말고 쪼끔 더 잘해주라. 혹시라도 여기서 못 살게 되면 잘 배워서 나중에 다른 나라 가서 책 만들면서 살아도 되게. 윤주임이 좀 봐줘.
윤주임   봐주고 말고가 아니라 시간 안에 맞추려면 빠듯해서 그래요. 아이, 화장실이나 다녀올게요.

최사장   여기 신경 쓰지 말고, 천천히 시원하게 하고 와.

윤주임, 나간다.
남은 사람들은 작업해야 할 물건들을 가운데 놓고 모여 앉는다.

박길순   (디마에게) 괜찮어. 지금이라도 배우면 돼. 나는 글값으로 5천만 원 떼였어. 글을 모르니까 사기 쳐도 몰라. 나는 바보가 아닌데, 바보가 돼버려. 디마 뭔 말인지 하나도 모르겠지?

최사장   그게 5천이었어? 3천이 아니고?

박길순   은행 대출까지 땡겨 갔더라고.

최사장   글값 한번 비싸다.

232

윤주임, 장갑으로 책 표지를 닦으며 들어온다. 디마에게 한국어 교재를 준다.

윤주임   파본 난 건데. 보려면 볼 순 있을 거야.

최사장   이게 있었어?

박길순   디마 그걸로 공부하면 되겠다.

최사장   나쁜 일만 아니면 뭐든 배워. 기술이면 더 좋고.

박길순   못 배운 게 평생 한이야. 내가 제때 배웠으면 학구파였을 거 같애.

최사장   나는 뭐 다른가? 다들 제때 배웠으면 다르게 살았을 거라고 그러지.

박길순   그게 한이라니까. 못 배운 한.

최사장 우리 땐 다 그렇지 뭐. 근데 윤주임아, 화나면 왜 존댓
       말로 하는 거야? 말이 막 나갈까 봐?

윤주임 그런 것도 있고요. 반말만 듣고 지내서, 반말만 하는 사
       람들 보면 여러 생각이 스치더라고요…….

최사장 으응. 난 또 그렇게 안 봤는데 윤주임 꼰댄 줄 알았네.

윤주임 저 그럴 나이 아니거든요.

최사장 요즘 젊은 꼰대 많아.

가을이 지나고 어느덧 겨울, 눈송이가 날린다.

최사장 으, 춥다.

최사장과 윤주임, 벽에 걸린 점퍼를 입는다.
윤주임, 박스를 어깨에 짊어진다.

최사장 우리는 배달 돌고 바로 퇴근할 테니까, 박 여사님도 시
       간 되면 정리하고 들어가요. 디마도 일찍 들어가고.

윤주임 먼저 갑니다.

최사장과 윤주임 나간다.
박길순, 책상에 앉는다.
디마, 잠시 생각하더니 한글 교재를 들고 나가려고 한다.

박길순 디마! 또 공부하러 가? 추운데 여기서 안 하고?

디마, 뭐가 부끄러운지 고개만 끄덕인다.

박길순, 완성한 목도리를 목에 둘러주며

박길순   그럼 따뜻하게 이거 두르고 해. 선물.
디마   고맙습니다.
박길순   얼른 가.

디마, 나간다.
혼자 남은 박길순, 가방에서 새 노트 하나를 꺼낸다. 잠시 생각하더니
입으로 소리 내며 적기 시작한다.

박길순   동광전기, 온누리약국, 월곡부동산, 민이식당, 화장품
         할인매장.
         버스를 타면 마음속으로 간판을 읽습니다.
         가족같이 일하실 분 구함, 주방 아줌마 구함.
         이제 내가 읽을 수 있어요.

디마, 건물 계단참. 한글 교재를 꺼내본다. 조용히 소리 내어 말해본다.

디마   안녕하세요.
         안녕하세요.
         당신은 어느 나라 사람입니까?
         나는…… 나는…… '없는 사람'입니다.

막

화란 和蘭

천정완

등장인물

박연   조선 귀화인

하멜   표류인

박연은 하멜이 도감군오都監軍伍에 소속되자 그를 감독하는 한편 조선의 말과
풍속을 가르쳤다.

조명이 들어오면

박연, 단정하고 깨끗한 옷을 입고 꼬장꼬장하게 앉아 있다. 박연, 멍하게 벚꽃이 날리는 바깥을 보고 있다.

박연   실버들 금 박히고 매화에서 옥 떨어질 때
         작은 못 새 물은 이끼보다 푸르다
         봄 시름과 봄 흥취, 어느 것이 더 깊은가?
         제비는 오지 않고 꽃마저 안 피었다.●

하멜이 한복을 엉망으로 입고 걸어 나온다. 갓이 기울었다.

하멜   (바깥을 보면서) 꽃 피었는데? 저기 꽃, 많잖아.

박연   나도 보이네. 꽃.

하멜   근데, 왜 안 피었다 해? 어? 저기 제비도 왔어.

박연   (헛기침) 시잖아, 시.

하멜   시? (사이, 생각하다가) 시요? 시가 무슨 뜻이야?

박연   Gedicht(그디으트)!

하멜   아. Gedicht(그디으트)!

박연   그래.

하멜   우리말 잘하네?

박연   '잘하네'는 반말이고. 잘하시네요. 해야지.

하멜   조선말 너무 어렵다. 우리 쉽게 우리말로 해.

박연   화란어는 다 잊었네. (사이) 거 옷차림이 그게 뭔가? 몇
         번을 가르쳐야 알겠어.

───────────

● 서거정(1420~1488), 「봄날」

하멜   (옷을 이리저리 만지면서) 이거 너무 복잡해. 옷에 끈이
      너무 많아.

박연   많아요, 해야지.

하멜   많아요.

박연   잘했다. 그거 다 쓰임이 있으니까 배워. (사이) 그리고
      존대어를 모르겠으면 말끝에 '요'를 붙여. 그럼 거의
      다 맞아.

하멜   왜? 앗! 왜요?

박연   그게 맞는 거니까.

하멜   왜요? 왜 맞아……요오?

박연   맞는 거니까, 맞아. 배워. 조정에서 이런 거 배우라고
      너 여기 보낸 거야.

하멜   이거 왜 배워야 돼. (눈치 보다가) 돼요?

박연   여기서 살아가려면 배워야지. 이 나라는 예禮라는 게
      있어. 생활하는 모든 것에 적용하는 거야. 그게 없으면
      안 돼. 그러니까 배워야 돼.

하멜   없으면……요오?

박연   자네 관리들 많이 만나봤지? 그 사람들 어땠어?

하멜   작아. (사이) 음, 또 그리고 동물? 거인? 그렇게 대해. 나
      를 사람 아닌 것처럼요.

박연   그게 바로 예禮가 없어서 그래. 조선 사람들은 예禮가
      없는 사람들을 그렇게 대한다니까. 안 그러면 개, 돼지,
      소, 말 취급을 받아. 좀 더 심각하게 대하는 것도 봤어
      나는.

하멜, 생각한다.

사이

하멜   예禮? 그게 뭔지 이해해요?

박연   그럼.

하멜   박연은 정말 그게 정확하게 뭔지 알고 있는 거야요?

박연   事師如親 必敬必恭(사사여친 필공필경). 스승 섬기기를
       어버이 섬기듯 하여 반드시 공경恭敬하고 반드시 공손恭
       遜하게 하여야 한다. 이게 예禮야.

하멜   왜요? 왜요?

박연   예禮니까. 소학에 보면 그렇게 쓰여 있어.

하멜   그러니까요. 왜요? 왜요?

박연   조선인들은 다 그래!

하멜   박연은 조선인이야요?

박연   응? (사이) 응?

하멜   박연은 조선인이냐고요.

박연   조선에 살고 있으니까.

하멜   노력하는 거구나. 박연이 말하는 예禮는 노력하는 거구
       나.

박연   됐어. 그만해. 가서 옷이나 다시 고쳐 입고 와.

하멜   박연, 궁금한 게 있어.

박연   뭔데?

하멜   우리 처음 만났을 때, 우리말을 다 잊었다가 박연이 조
       금씩 다시 말을 찾아서 이야기를 시작했잖아. 박연. 그
       때 몰래 숨어서 울었어. 왜 울었어?

박연, 돌아앉아 바깥을 바라본다.

박연   나 대답 안 해.

하멜, 고개를 갸웃거리며 나간다.
어느덧 달이 뜬다.

봄이 지나고 여름.
박연, 부채질을 하며 술상 앞에 앉아 있다.

박연   강의 달은 둥그러졌다가 다시 이지러지고
       뜰의 매화는 졌다 다시 피니,
       봄을 만나 귀향하질 못하고
       홀로 망향대에 오르누나.●

하멜이 엉망으로 입고 나온다.

하멜   집에 가고 싶죠?
박연   뭐라고?
하멜   그렇게 말했잖아요. 방금.
박연   시잖아, 시.
하멜   시가 시 같지가 않고 박연 마음 같은데.
박연   너 조선말 많이 늘었구나.
하멜   매일 공부했잖아요. 박연하고.
박연   근데 옷은 왜 계속 엉망이냐?
하멜   조선 옷은 끈이 너무 많아요. 묶어도 묶어도 또 끈이

● 임억령(1496~1568), 「백광훈이 고향으로 귀향 가는 걸 전송하며」

　　　　　나와요.

박연　　　모르는 건, 잘라내.

하멜　　　응?

박연　　　바깥에 있는 끈만 잘 묶고 모르는 끈은 잘라버려. 괜히
　　　　　복잡하고 심란하니까.

하멜　　　그래도 돼요?

박연　　　그래도 돼. 겉보기에 이상하지 않으면 괜찮아. 모든 걸
　　　　　조선 사람들과 똑같이 할 수는 없어.

하멜　　　그게 예禮야?

침묵.

박연, 술을 꼴깍 마신다.

하멜, 박연의 대답을 기다린다.

박연　　　나 대답 안 해. 기다리지 마.

하멜　　　박연.

박연　　　왜.

하멜　　　박연도 모르겠지? 예禮. 그거.

박연　　　알아.

하멜　　　전에 박연 친구들이랑 저 산에 있는 정자에서 같이 놀
　　　　　았잖아.

박연　　　근데?

하멜　　　술도 마시고 가객歌客 불러서 노래도 하고. 시도 만들어
　　　　　서 읽고 그랬잖아. 근데 박연은 시도 안 쓰고, 말도 안
　　　　　하고 웃기만 했잖아. 왜 그랬어요?

박연, 술을 꼴깍 마시고 한참 바깥을 바라본다.

하멜, 박연의 잔에 술을 채운다.

박연   두 손으로 해야지.

하멜   박연!

박연, 대답이 없다.

하멜   박연!

박연   왜에? (하멜이 빤히 보자) 그래, 나 시 못 써. 모르겠어.
아무리 공부해도 새로운 말이 계속 튀어나와. 도저히
모르겠어. 그 시라는 거.

벌떡 일어나 책을 한 권 가져오는 박연.

박연   (책을 펼쳐 한 구절을 가리키며) 夙興夜寐 勿懶讀書(숙흥
야매 물라독서). '아침 일찍 일어나고 밤늦게 자서 책 읽
기를 게을리하지 말라' 해. 이렇게 해. 매일 새벽에 일
어나서 밤늦게까지 하루 종일 읽고 또 읽어도 또 모르
겠어. 나는 안 되는 걸까? (호패를 꺼내 보여주며) 이름도
있고, 이렇게 똑같이 옷도 입었는데. 나는 정말 안 되는
걸까?

하멜   모르는 게 당연해요. 박연. 조선인이야?

박연   맞지. 여기에 살고 있으니까.

하멜   외롭지?

침묵.

하멜   박연이 조선인이 아니라서 외로운 건 아닐까?

박연, 술을 꼴깍 마신다.

박연   나 대답 안 할 거야. 기다리지 마. (사이) 옷이나 고쳐 입
          고 와.

하멜, 일어나 나간다.
박연, 바깥을 하염없이 바라본다.
낙엽이 날린다.

가을.
하멜, 뛰어나온다. 여전히 엉망인 한복 차림.

하멜   박연, 좋은 소식이 있어요.
박연   뭔데?
하멜   (박연 귀에 소곤소곤) 집에 갈 방법을 찾았어요.
박연   화란? 어떻게?
하멜   청나라 사신이 온대요. 그 사람을 찾아가서 내 소속을
          밝히고 고향으로 보내달라고 할 거야.
박연   그게 집에 돌아갈 방법이야?
하멜   네.
박연   실패하면 죽어.
하멜   여기에 있어도 죽을 것 같아요. 마음이 죽어가는 것보

다 몸이 죽는 걸 택하겠어요.

박연　너, 조선말 정말 많이 늘었구나.

하멜　Jan Janse Weltevree(얀 야너스 벨테브레)!

　　　Jan Janse Weltevree(얀 야너스 벨테브레)!

박연　엇? 지금 뭐 하는 거야.

하멜　당신 이름. Jan Janse Weltevree(얀 야너스 벨테브레).

박연, 갑자기 생각에 빠진다.

하멜　갑자기 왜 그래요?

박연　20년 만이야. 누가 내 이름을 불러준 게. 그것도 정확
　　　히.

하멜　나랑 돌아가지 않을래요? 우리나라로.

박연　안 가. 아니 못 가.

하멜　왜? 고향에 돌아가야죠.

박연　여기에 두고 갈 게 너무 많아. 나는 가족도 있잖아.

하멜　같이 가면 되잖아요.

박연　나한테는 고향이지만 가족들한테는 이국이니까. 그리
　　　고 내 고향에는 예禮도 없어서 가족들은 어떻게 살아가
　　　야 할지 막막할 거야.

하멜　Jan Janse Weltevree(얀 야너스 벨테브레)! 고향이야 고
　　　향.

박연　그래. 근데 말이야.

하멜　근데?

박연　그게 무슨 의미가 있을까 해.

하멜　그럼 여기서는? 그건 의미가 있나요?

박연　나는 여기에 살고 있으니까. (사이) 잠깐 기다려주겠나.

박연, 일어나 꽁꽁 싼 비단 뭉치를 가져온다.

박연　(하멜에게 비단을 전하며) 이거 내 머리카락, 발톱, 손톱
　　　이야.
하멜　이걸 왜요?
박연　이걸 내 고향 어딘가에 좀 묻어줄래?
하멜　이게 무슨 의미가 있어요. 바보. 고향에 가면 되잖아요.
박연　나는 여기에 살고 있으니까.
하멜　정말 안 갈래요? 박연, 매일매일 고향 생각하잖아요.
　　　안 그래요?

하멜, 박연을 빤히 본다.

박연　나 대답 안 할 거야. 기다리지 마.

하멜, 비단 뭉치를 받고 일어나 나간다.
바깥을 바라보는 박연.

가을이 지나고 어느덧 겨울,
눈송이가 날린다.

박연　조국에 대한 사랑은 모두에게 타고난 것입니다!

사이

De liefde tot zijn land is ieder aangeboren(드 리프데 돗트 세인 란드 이스 이데어 앙크보으렌).[•]

사이

De liefde tot zijn land is ieder aangeboren(드 리프데 돗트 세인 란드 이스 이데어 앙크보으렌).

하멜은 청나라 사신을 찾아가 본국으로 돌아갈 수 있게 탈출을 도와줄 것을 요청하였다. 하지만 이런 사실이 발각되어 처형될 위기에 몰렸다가 겨우 목숨을 건졌다. 하멜은 7년 동안 전라병영성 근처 초가집에 머물렀고 노역과 생활고에 간신히 연명하다가 1666년(현종 7년) 마침내 일곱 명의 동료와 함께 배를 타고 나가사키長崎로 탈출하였다.

245

막

• Vondel(1587~1679), 네덜란드의 시인

인터뷰

고재귀

등장인물

강요한   인터뷰이
권진은   인터뷰어

시간

여름, 오후 4시

공간

고등학교 교실

3미터 간격으로 마주 놓인 두 개의 의자.

한쪽에는 요한이, 다른 쪽에는 진은이 앉아 있다.

요한, 말없이 진은 앞에 놓인 카메라를 응시한다.

진은   듣고 있니?

요한, 대답이 없다.

진은   요한아. (사이) 강요한!
요한   (정신이 돌아온 듯) 응?
진은   그때 그 일에 대해 말하고 싶은 것 없냐고 물었잖아.
요한   ······글쎄, 생각해본 적 없어서.

진은, 요한의 대답에 한숨을 내쉰다. 카메라를 끄는 진은.

진은   안 되겠다. (자리에서 일어서며) 잠깐 쉬자.
요한   난 괜찮은데. 6시까지만 교실 사용할 수 있다고 했잖
         아.
진은   내가 안 되겠어. 이렇게는······.
요한   미안. 카메라가 앞에 있으니 영 어색하네.
진은   아니, 이건 카메라 문제가 아닌 것 같아.
요한   ······.
진은   지금까지 세 시간 동안 네가 가장 많이 한 말이 뭔 줄
         아니?
요한   ······글쎄, 생각해본 적 없어서.
진은   그래, 바로 그거야. 생각해본 적 없다는 말. 내가 물어

본 질문에 절반이 그 대답으로 채워져 있다고.

요한 그게, 사전 질문지에 없던 질문이 많아서…….

진은 그건 말 그대로 사전 질문지잖아. 네가 어떻게 말하느냐에 따라서 다음 질문은 달라질 수밖에 없는 거야. (사이) 요한아, 난 네가 좀 더 마음을 열면 좋겠어. 이 카메라에 너의 진솔한 심경을 담아낼 수 있게.

요한 진솔함?

진은 그래. 있는 그대로의 네 심정.

요한 질문에 거짓말한 건 없는데…….

진은 아니, 진짜를 드러내지 않는 것도 어떤 의미에선……, (사이) 아니다. 잠깐 쉬자.

침묵.

요한 내 대답이 너무 밋밋한가?

진은 난 사연이 필요해, 요한아. 그것도 아주 특별한 사연.

요한 내가 너무 평범하게 살아서 그런 게 있을지 모르겠다.

진은 네가 왜 평범해?

요한 …….

진은 아니, 내 말은 우린 모두 보편적 관점에서는 평범한 사람들이지만, 각자의 삶으로 깊숙이 들어가보면 특별한 사연을 하나둘쯤 가지고 있다는 의미야.

침묵.

요한 이 다큐멘터리가 졸업 작품이라고 했지?

진은 그래. 대학교 4년, 대학원 3년. 도합 7년이라는 시간을 이 작품으로 평가받는 거야. 내 이력서이자 내 명함이 되는 거란 말이야. (사이) 그러니까 요한아. 나 좀 도와줘. 내가 널 도와줄 수 있게 나를 좀 도와달라고.

요한 도와주고 싶어. 그래서 한다고 했고.

진은 그럼, 확실하게 좀 도와줘. 난 날것 그대로의 네 모습을 담아내고 싶어. 이곳에서 살아가고 있는 너의 진짜 삶 말이야. 강요한이라는 이름 속에 드리운 빛과 그림자를 관객들과 만나게 해주고 싶다고. 그들이 너의 손을 붙잡아줄 수 있게.

요한, 표정이 어두워진다.
진은, 요한의 표정을 살핀 후 조심스럽게 카메라를 켠다.

요한 이 다큐멘터리 제목이 '혐오를 넘어서'라고 했나?

진은 가제야. 촬영 다 끝나면 더 괜찮은 제목으로 바꿀 거야.

요한 지금까지 몇 명 인터뷰했어?

진은 여섯 명. 베트남 둘, 필리핀 하나, 카자흐스탄 하나, 미얀마 하나, 몽골 하나.

요한 캄보디아는 없네. (사이) 다 나처럼 엄마 쪽?

진은 카자흐스탄은 아빠.

요한, 어두운 표정으로 고개를 숙인다.

진은 (카메라를 한 번 들여다본 후) 요한아. 난 최소한 내가 알고 있는 것만이라도 네가 말해줬으면 좋겠어.

요한	(고개 들며) 그게 뭔데?
진은	좀 전에 질문했잖아.
요한	대학 입시?
진은	그래. 내가 왜 인터뷰 장소로 우리가 졸업한 학교 교실을 선택했을 것 같아? 허락받기 쉽지도 않은 이곳을.
요한	(미소 지으며) 교감 선생님, 잘 계시지?
진은	(한숨 쉬며) 우리 아빠 이야기가 여기서 왜 나오는데. (사이, 혼잣말처럼) 아, 방금 웃기 전까지 표정 좋았는데.
요한	그래? 그럼 고개 숙이고 말할까?
진은	요한아, 난 네가 당한 부당한 일들을 듣고 싶어. 네 잘못도 아닌데 널 무시하고 차별했던 사람들 이야기. 난 너의 특별한 사연이 필요하다고. (사이) 너⋯⋯, 다문화 가정 특례입학으로 대학 갔잖아.
요한	응. 맞아. 하지만 그건 차별이 아니잖아. 오히려 반대 아닌가?
진은	그것 때문에 반 애들이 모두⋯⋯, 너 투명인간 취급한 거 기억 안 나?
요한	그래? 그랬나? 내가 생각해본 적이 없어서.
진은	이것 봐. 똑같잖아. 세 시간 동안 네가 이랬다고.

250

진은, 한숨을 내쉰다.

진은	너 고등학교 때 국환이하고 단짝이었지?
요한	아마도.
진은	지금도 연락하니?
요한	뭐, 서로 바쁘니까.

진은   너 섭외하려고 국환이에게 전화했더니 국환이는 너 전
        화번호도 모르던데?

요한   ······나도 너 전화번호 몰라. 그러니까 그게 이상한 건
        아니잖아.

진은   너하고 나하고는 다르지. 걔는 학창 시절 너의 유일
        한·······. (사이) 아니다. 여기서 그만하는 게 좋겠다. 아
        무래도 넌 인터뷰할 마음이 없는 것 같아.

진은, 카메라를 끈 뒤 자리에서 일어난다.

진은   너 왜 인터뷰하겠다고 내 메일에 답장한 거니?

요한   왜라니. 난 그냥, 반가워서. 너한테 연락 올 줄 몰랐거
        든.

한참 서로를 쳐다보는 두 사람.
요한, 시선을 피한다.

진은   너 혹시, 아직도 나 좋아하니?

요한   아직도라니? 나 너한테 좋아한다고 말한 적 없는데.

진은   그럼 졸업하기 전에 내 사물함에 꽃 붙인 건 뭔데?

요한   아, 그거. 그건 그냥 고마워서 그랬던 거야.

진은   뭐가? 뭐가 고마워?

요한   ······우리 엄마, 학교에 왔을 때 유일하게 너만 웃으면
        서 인사해준 것.

진은, 멍하니 요한을 바라보다 다시 자리에 앉는다.

진은   그래, 요한아. 그런 걸 이야기해주면 돼. 그런 비슷한
       걸. 너와 너희 엄마가 여기 한국에서 겪었던 가슴 아픈
       일들.

진은, 카메라를 켠다.
그런 진은을 물끄러미 바라보는 요한.

요한   ……근데 생각해보니까 널 좋아했던 것 같기도 해.
진은   (머리를 움켜쥐며) 아, 미치겠네. (사이) 야, 정말 왜 그러
       는 건데? 너 일부러 그러니? 너 일부러 그러는 거지.
요한   진은아, ……사람을 일부러 좋아할 수는 없어. (웃으며)
       생각해봐. 그게 어떻게 가능하겠니?
진은   …….
요한   그런데 일부러 미워할 수는 있지. 미움이나 증오는 이
       상하게 그게 되는 것 같아. 웃기지 않니?
진은   …….
요한   진은아, 네가 내게서 무슨 말을 듣고 싶어 하는지 알
       것 같기도 해. 이를테면…….
진은   이를테면, 계속 얘기해.
요한   내가 다문화가정 특례입학전형에 붙었을 때, 국환이가
       한 말 같은 것.
진은   뭐라고 했는데?
요한   "여기서 꿀 빨지 말고, 너희 나라로 좀 꺼져." 넌 이런
       말이 필요한 거지?
진은   그래, 좋아. 그런 걸 말해달라고. 나에게 말하듯이 하지
       말고 자연스럽게 말하면 돼.

요한	그런데 진은아. 그런 일은 없었어. 없었기 때문에 난 말할 수 없는 거야.
진은	야, 너 정말 뭐 하자는 거야?
요한	국환이는 그냥 축하한다고 나에게 말해줬어. 그리고 천천히 그렇게 멀어진 것뿐이야. 모두가 그런 것처럼. 특별한 사연 같은 건 없어. 아니, 특별할 필요도 없지. 이 세상 어떤 슬픔도 특별할 필요는 없으니까.

요한, 자리에서 일어나 천천히 진은의 자리로 걸어간다.

카메라 버튼을 누르는 요한.

진은	왜 그래? 왜 카메라를 꺼.
요한	아까도 이야기했지만 내가 말할 수 있는 건 이게 다야. (사이) 우리 아버지는 캄보디아로 전도를 갔고, 거기서 우리 엄마를 만났고, 지으라는 교회는 못 짓고 한국으로 돌아와 나를 낳았다는 것. 난 캄보디아에 가본 적도 없어. 피부색이 좀 까맣긴 하지만 내가 말하기 전까지 아무도 나를 혼혈로 생각하지 않아서 무시당하거나 피해받은 것도 별로 없어. 그런데 학교에서 다문화가정 조사를 하니까 모두가 알게 된 거지. 뭐 그렇게 된 거야. 나를 걱정하는 사람들이 나를 보호하려고 내가 누구인지를 사람들에게 끊임없이 알려주는 거지. (사이) 그렇게 일부러 나를 좋아하려 노력하는 사람과 일부러 미움의 감정을 키우는 사람들을 피해 다니면서 스물일곱 살이 된 것뿐이야.

진은, 요한을 올려다본다.

진은   카메라 다시 켜. 말하고 싶으면 카메라 앞에서 말해.

진은, 카메라 버튼을 누르려 한다.
요한, 카메라 버튼을 손으로 막는다.

진은   뭐 하는 거야. 저리 비켜.
요한   부탁할게. 카메라 켜지 말아줘.
진은   손 치우라고.

손을 치우는 요한.

진은   너 정말 왜 인터뷰하겠다고 한 건데? 왜 나한테 이러는 거냐고.
요한   반가웠다고 했잖아. 정말이야. 어떻게 사나 보고 싶기도 했고.
진은   미치겠네, 정말.
요한   그래서 네가 원하는 사연을 꾸며내서라도 말해줄까 싶기도 했어. 아니, 분명히 그럴 마음으로 왔어.
진은   그런데 왜 마음이 바뀐 건데? 왜?
요한   네 작품이 성공하길 바라지만, 그렇게 되면 많은 사람이 보게 될 테니까.
진은   그게 무슨 말도 안 되는 소리야. 너 지금 나보고 아무도 보지 않는 다큐를 만들라는 거니?
요한   아니 많은 사람이 보는 건 상관없지만, 그렇게 되면 그들 중에 내 이야기를 듣지 말았으면 하는 단 한 사람……, 우리 엄마도 있을 것 같더라고.

진은   …….

요한   미안하지만 너를 위해 엄마를 또다시 울릴 수는 없어.

진은   …….

침묵.

요한   도움이 못 돼서 미안하다. 만나서 반가웠어, 권진은.

요한, 등을 돌려 천천히 걸어 나간다.

요한   (몸을 돌리며) 그런데 너 남자친구 있니?

진은   꺼져.

요한   없으면.

진은   너희 나라로 당장 꺼지라고.

요한   (웃으며) 그래. 알았다. 잘 지내!

요한, 퇴장한다.

혼자 남은 진은, 한참 동안 카메라를 내려다본다.

막

비치 보이스

임상미

등장인물

라라   삼십대 중반, 한국 여자, 조셉의 약혼녀
조셉   이십대 중반, 발리 남자, 라라의 약혼남

시간

어느 겨울밤

공간

소파 베드가 있는 스튜디오 오피스텔. 소파 베드 위에는 담요가 놓여 있다.

불이 꺼진 오피스텔, 라라가 캐리어를 끌고 들어온다. 추운지 몸을 몹시 떤다. 전등 스위치를 찾는 라라. 갑자기 진동이 울리며 휴대폰 화면이 켜진다.

라라   (깜짝 놀라며) 아 씨!

라라, 휴대폰 화면 빛으로 전등 스위치를 찾아 켠다. 무대 밝아지면 새카맣게 탄 얼굴에 셔츠 하나만 걸치고 있는 라라의 모습이 드러난다. 라라, 오피스텔 안을 쓱 한 번 둘러본다.

라라   오랜만이네.

잠시 뒤 배낭을 멘 조셉이 몸을 덜덜 떨며 들어온다. 반팔 셔츠 여러 개를 겹쳐 입었고, 한 손에는 우편물 뭉치를 들고 있다.
라라가 보일러 버튼을 누른다.

라라   좀 있으면 따뜻해질 거야.
조셉   너무 추워.
라라   차갑고 큰 파도에 말렸다고 생각해.
조셉   이렇게 추운 데서 어떻게 살았어?
라라   그래서 발리에 갔잖아. 일단 거기 좀 앉아.

조셉, 소파에 앉아 담요를 두른다.
라라, 옷장을 열고 옷을 찾는다.
조셉, 재빠르게 집 안을 스캔한다.

조셉   뭐 해?

라라   입을 만한 거 없나 찾아.

라라, 옷장에서 두꺼운 옷을 꺼내 입는다.

조셉   치사하게 혼자 입어?

라라   기다려봐. (짧은 사이) 여깄다.

라라, 긴 패딩을 꺼내 조셉에게 건넨다.

라라   자,

조셉   뭐야?

라라   패딩. 사이즈 큰 거라 대충 맞을 거야.

조셉, 패딩 목 부분의 상표를 확인한다.

라라   추워 죽겠다면서 상표부터 확인하네. 그거 구스야. 구
     스 알지?

조셉   비싸?

라라   (입혀주며) 이거 팔면 반년 치 렌트비는 나올걸.

조셉   진짜?

라라   큰맘 먹고 산 거야. 다른 사람이 쓰기 전에 내가 번 돈
     내가 쓰자 싶어서.

조셉   내 돈을 왜 다른 사람이 써?

라라   쓰는 사람은 따로 있더라고. 돌아봐봐.

조셉, 흐뭇한 얼굴로 라라를 향해 옷태를 뽐낸다.

라라   이 옷도 입을 사람은 따로 있었나 보네. 어때? 마음에
        들어?

조셉, 고개를 끄덕인다.

라라   그럼 조셉 가져.
조셉   진짜?
라라   진짜. (짧은 사이) 그게 다야?
조셉   네?
라라   사양 안 해? 아님 나는 뭐 입냐고 걱정 같은 거 안 해?
조셉   (환하게 웃으며) 고맙습니다.

259

라라, 조셉을 물끄러미 바라본다.

조셉   왜?
라라   난 조셉이 그렇게 웃을 때마다 처음 만난 날이 생각나.
조셉   맨날 같은 얘기.
라라   무슨 날인지 알아?
조셉   당연하지. 열 번도 넘게 말했잖아.
라라   그때를 기억하는 게 좋아서 그래. 또 말해도 돼?
조셉   좋을 대로.
라라   파도가 일찍 들어온대서 아침 일찍 비치에 나간 날이
        었어. 숏보드를 옆에 끼고 비치에 들어서는데 어디서
        기타 치는 소리가 들리는 거야.

조셉   (비치 보이스의 〈Wouldn't It Be Nice〉를 흥얼거리며) Wouldn't it be nice if we were older? Then we wouldn't have to wait so long.

라라   소설 같더라. 바람은 고양이 엉덩이처럼 보드랍게 스쳐 가지, 날은 쨍하지, 나무 그늘 밑에선 어떤 잘생긴 발리 남자가 빨간 플라스틱 의자에 앉아서 고장 난 기타를 연주하지.

조셉   비치에 우리 둘밖에 없었어.

라라   맞아. 다들 파도 잡는다고 라인업 나갔었잖아. 사람들이 먼 바다에 일렬로 둥둥 떠 있는데 꼭 안전선 같았어. 그거 보고 그랬다. 이 안에만 있으면 다칠 일은 없겠구나. 발리에 오길 정말 잘했다.

조셉   안 왔으면 우리 못 만났어.

라라   그렇게 서 있는데 조셉이 뒤돌아보더니 한국말 했잖아.

조셉   누나! 공짜 구경 할 거야?

두 사람이 웃는다.
휴대폰 진동이 울린다. 라라의 휴대폰이다.
라라, 굳은 얼굴로 휴대폰을 뒤집는다.

조셉   왜 그래? 이상한 전화야?

라라   모르는 번호야.

조셉   받아야 알지.

라라   어차피 전화 올 데도 없어.

조셉   중요한 전화면 어떡해.

라라   그런 거 없어. 한국 들어오는 거 아는 사람도 없는데.

조셉   맞다.

조셉, 소파 옆에 놓아둔 우편물 뭉치를 라라에게 건넨다.

조셉   이거.

라라   (얼굴 굳어지며) 그걸 왜 갖고 왔어?

조셉   라라가 그냥 가길래 내가 챙겼어.

라라   일부러 그런 거야.

조셉   왜?

라라   봐봤자 기분만 나쁠 것 같아서.

조셉   중요한 게 있을 수도 있잖아.

라라   글쎄 그런 거 없다니까? 한국엔 받고 싶은 전화도 없고, 만나고 싶은 사람도 없어.

조셉   친구들은 있을 거 아냐.

라라   조셉, 난 한국에 좋은 기억이 없어. 발리도 그래서 간 거야. 이번에 오는 것도 싫었어. 싫어 죽겠는데 이 오피스텔 처분해버리고 조셉이랑 다시 시작하고 싶어서 억지로 온 거야. 무슨 말인지 알겠어?

조셉, 고개를 끄덕인다.

라라   난 여기 있는 동안 다른 생각은 안 할 거야. 우리가 새로 시작하는 거, 그것만 생각할 거야.

조셉   그럼 이건 어떡해?

라라   밖에 버려.

조섭, 현관문을 열고 우편물 뭉치를 내놓는다.

라라 배 안 고파? 라면 먹을래?

조섭 아니야. 피곤해.

라라 그럼 집 구경할래?

조섭 아까 다 봤어. 스위밍풀은 어디 있어?

라라 한국 집엔 스위밍풀 없어.

조섭 (창밖을 가리키며) 저기 집에도 없어?

라라 없지. 한국은 스위밍풀이 있어야 좋은 집이 아니라 크
     고 새로 지은 집이 좋은 집이야.

조섭 저기 집 비싸?

라라 저거 한 채 사려면 이런 오피스텔 열 채는 있어야 될
     걸.

조섭 진짜? 하나, 둘, 셋, 넷……. 집이 백 개도 넘는데.

라라 서울에 저런 아파트 단지만 수백 개다.

조섭 부자 한국 사람 많구나. 그럼 라라도 있어?

라라 있었지.

조섭 지금은 없어?

라라 얘기했잖아. 아버지가 사업하다 날렸다고.

조섭 그렇구나.

라라 조섭.

조섭 네?

라라 내가 부잔 줄 알았어?

조섭 네.

라라 실망했겠네. 집도 작고 스위밍풀도 없어서.

조섭 아니야.

라라	아니야가 아닌 것 같은데?
조셉	진짜 아니야.
라라	만약 이 집도 없으면 조셉 어떡할 거야?
조셉	(장난스럽게) 너무 슬퍼요. 발리로 돌아갈 거야.
라라	뭐? 이게 진짜.

라라, 혼을 내겠다는 듯 조셉에게 다가가고 조셉은 그런 라라를 꼭 안는다.

라라	우리 내일 일어나면 부동산부터 갈까?
조셉	아침에 뭐 먹을까? 내가 해주고 싶어. 한국은 아침 뭐 먹어?
라라	그냥 있는 거 먹지. 길 건너 빵집 일찍 여니까 빵 사 와도 되고.
조셉	일찍?
라라	보통 출근할 때 여니까 7시?
조셉	와…… 일찍 여네. 부동산은 멀어?
라라	가까워. 여기 근처야.
조셉	그럼 끝나고 서핑하러 갈까? 오는 길에 바다 봤어.
라라	바다? (웃음) 아, 한강.
조셉	강? 누가 세일링했는데.
라라	워낙 커서 그래. 바다가 아니라 강이야. 큰 강.
조셉	한국은 다 크네. 부자라 그런가.
라라	나는 빼줘.
조셉	이 집은 얼마야?
라라	글쎄. 1억 2천 정도 하려나? 급매로 내나도 역세권이

니 많이 안 깎일 거고. 대충 1억이면 팔리지 않을까?

조셉 한국 돈으로 1억이면…… (손가락으로 세며) 일, 십, 백, 천, 만…….

라라 One point three billion, 13억 루피.

조셉 13억? 오 마이 갓.

라라 놀랐나 보네.

조셉 지금까지 제일 큰돈 100만 루피였어.

라라 레슨비?

조셉 네. 일본 사람들 서핑 가이드.

라라 이 집 아마 금방 나갈 거야. 교통이 워낙 좋아서 은근히 인기 있거든.

조셉 네?

라라 뭐 하고 싶은지 생각해보라고.

조셉 진짜 13억 루피 주는 거야?

라라 진짜. 곧 생긴다니까?

조셉, 오피스텔 안을 왔다 갔다 한다.

조셉 뭐를 해야 되지?

라라 글쎄.

조셉 게스트하우스?

라라 좋지.

조셉 한국 사람만 손님 할까.

라라 그래, 말 통해서 좋겠네.

조셉 아니다. 한국 사람 원하는 것 너무 많아. 안 해주면 리뷰 안 써줘. 호주 사람 부를까?

라라	그래.
조셉	근데 호주 사람 파티 너무 좋아해.
라라	다 받지 뭐.
조셉	방은 몇 개나 만들까.
라라	있는 거 수리해서 써야지.
조셉	복도 있었으면 좋겠어. 서핑보드 놔야 되니까.
라라	그래, 좋아.
조셉	다 같이 밥 먹는 키친도 만들까?
라라	좋네.
조셉	타운은? 난 짱구가 좋은데.
라라	그래, 거기 좋지.
조셉	게스트하우스 이름은 뭐로 할까.
라라	글쎄.
조셉	라라는 아이디어 없어? 이름 진짜 중요하잖아.
라라	조셉이 한번 생각해봐.
조셉	라라 왜 그래?
라라	응? 뭐가?
조셉	내 말에 관심 없어. 대충 대답해.
라라	아닌데.
조셉	게스트하우스 하기 싫어?
라라	하고 싶지. 근데 조셉, 생각처럼 빨리 되진 않을 거야. 집 팔아야지, 돈 보내야지, 발리 돌아가서 자리 봐야지, 매물도 찾아야지, 시간 좀 걸려.
조셉	빨리 하면 되지.
라라	우리 뜻대로 되는 게 아니야. 절차라는 게 있잖아. 방 이랑 복도도 그래. 있으면 좋겠다 그런다고 짠 하고 안

265

나타나. 동네도 마찬가지고.

조셉   라라 짱구 좋아하잖아.

라라   놀러 가기 좋아하는 거랑 그 동네에서 직접 장사하는 거랑 같아? 그리고 짱구는 너무 핫해. 개발 때문에 이미 땅값이 올라서 힘들 수도 있어.

조셉   그럼 와룽 할까?

라라   조셉 음식 잘해? 서핑 안 가고 매일 부엌에서 국 끓이고 고기 구울 수 있겠어?

조셉   일하는 사람 쓰면 되잖아.

라라   그 돈은 어디서 나는데? 집 사고 리모델링하고 그러면 남는 돈 없어.

조셉   와룽도 하기 싫은 거야?

라라   좋아. 다 좋은데 좀 현실적으로 보자는 얘기야.

조셉, 조용해진다.
라라의 휴대폰 진동이 울린다.

조셉   안 받을 거야?

라라   받기 싫어.

조셉   급한 것 같은데 받아봐.

라라   그걸 어떻게 알아?

조셉   몇 번이나 하잖아. 라라도 좀 현실적으로 생각해봐.

라라, 한 방 먹었다는 듯 조셉을 쳐다보고는 전화를 받는다.

라라   네. 맞는데 누구세요? 삼촌요? 저 삼촌 없는데. (사이)

아버지 아니고요. 전 그런 사람 몰라요. (사이) 글쎄 모
른다니까요. 딴 데 알아보세요. (사이) 써본 적도 없는
돈을 내가 왜 갚아요. 쓴 사람이 갚아야지. 웃기는 사람
다 봤네. 전화 끊겠습니다. (사이) 지금 뭐라 그랬어요?
오피스텔 압류? 뭘 세워요? (사이) 니들이 뭔데. 니들이
뭔데 당사자도 모르게 연대보증을 세워? 씨발, 니들이
뭔데! (사이) 아버지 같은 소리 하지 말라고! 자식 인감
몰래 훔쳐다 보증 세우는 게 아버지야? 그걸 두고 보
는 인간이 삼촌이냐고! (사이) 당신 자식만 결혼하는 거
아니야. 나도 곧 결혼해요, 씨발놈아!

라라, 휴대폰을 내던진다. 이내 내던진 휴대폰을 주워 들더니 어디론가
급하게 전화를 건다. "지금 거신 번호는 없는 번호입니다"라는 안내음
이 흘러나온다. 라라, 다시 전화를 건다. 안내음이 한 번 더 흘러나온다.
조셉, 라라의 손에서 휴대폰을 가져간다.

라라   이리 내. 달라고!

조셉의 손에서 휴대폰을 빼앗아 전화를 거는 라라, 하지만 없는 번호
임을 고지하는 안내음만 되풀이된다. 라라, 휴대폰을 바닥에 몇 번이고
내리친다.
그 광경을 지켜보던 조셉, 라라를 안아준다.
조셉을 뿌리치는 라라, 현관을 열고 우편물 뭉치를 갖고 들어와 한 통
한 통 확인한다.

라라   내일 압류한대. (짧은 사이) 다 끝났어.

마지막 우편물을 확인한 라라, 무릎 사이로 얼굴을 파묻는다. 라라의 몸이 소리 없이 들썩거린다.

소파 베드에 기대어 있던 조셉, 라라를 보더니 나직하게 비치 보이스의 노래를 흥얼거린다. (노래는 중간에 끊어도, 특정 구절만 써도 상관없다.)

조셉   Wouldn't it be nice if we were older? Then we wouldn't have to wait so long and wouldn't it be nice to live together in the kind of world where we belong?

라라의 몸이 더 이상 들썩이지 않는다. 잠이 든 것이다.

조셉, 라라의 몸에 담요를 덮어주고는 키스를 한다. 그러고는 조용히 일어나 배낭을 메고 집을 나간다.

시간이 흐르고 아침이 찾아온다.

라라가 잠에서 깨어난다.

라라   조셉.

라라, 아무 대답이 없자 몸을 일으킨다.

라라   조셉!

라라, 화장실 문을 열어본다. 휴대폰을 찾아 소파에 앉는다. 켜보려고 애를 써보지만 망가진 휴대폰은 작동하지 않는다. 멍하니 앉아 있던 라라, 조용히 입술을 뗀다.

라라   Wouldn't it be nice if we were older? Wouldn't it be nice, 비치 보이스……. 게스트 하우스 이름은 비치 보이스가 좋겠다.

창밖으로 보이는 아파트 단지가 아침 햇살에 환하게 빛난다.

막

노웨어 Nowhere

김현우

등장인물

▲   외국인, 한국에 와서 난민 신청을 했지만 거부당하고 결국 쫓겨 났다.

■   한국인, 극작가

공간

주거 지역 골목길. 인적이 없다. 시간과 상관없이 가로등이 켜 있다.

마스크를 쓴 ■가 길을 걷고 있다.

슬그머니 ▲가 나타나 함께 걷는다.

▲   뭐 하고 있어?

■   걷고 있지.

▲   어디 가는데?

■   너한테.

▲   같이 걸어도 돼?

■   그러고 있으면서 뭐.

둘은 조금 천천히 걷는다.

■   한국말 많이 늘었다?

▲   이걸 원했던 거구나?

■   그랬나?

▲   마스크 벗어. 사람 없잖아.

■   누가 지나가겠지.

▲   아닐걸. 벗어. 얼굴 좀 보자.

■   걸리면 벌금이야.

▲   아무도 없어. 우리 둘뿐이야.

■   지금은 그렇지.

▲   네가 걷는 동안은 계속 그럴 거야.

■   우리가 걷는 동안이 아니라?

▲   어디까지 너랑 걸을지는 모르니까. 내가 그만 걸어도 넌 혼자 걸어갈 거야.

■   그건 싫은데. 그러려면 처음부터 나랑 같이 걷지 말았

어야지.

▲　　　걸음도 마음 따라 바뀌어. 마스크 벗어. 얼마나 같이 걸을 수 있을지도 모르는데.

■가 마스크를 벗는다.

둘은 서로를 바라본다.

▲　　　오랜만이다.

■　　　오랜만이야. 너 좀 말랐어?

▲　　　그랬구나.

■　　　뭘?

▲　　　내가 살쪘다고 생각하고 있었네.

■　　　아니야.

▲　　　내가 마르기를 원했던 거잖아.

■　　　너한테 원했던 거 없어.

▲　　　그 말이 더 싫다.

■　　　그런 말 아닌 거 알면서…….

▲　　　몰라. 내가 어떻게 알아?

■　　　고마워.

▲　　　뭐가?

■　　　와줘서.

▲　　　원했던 거 있네.

■　　　원했던 거…… 있었지.

▲　　　나도. 어떻게 지내?

■　　　그냥 걸어. 매일.

▲　　　희곡 쓰던 건?

■　안 써.

▲　왜?

■　어느 날 보니까 캐릭터가 소리만 지르고 있더라. 화만 내. 그런데 그게 나한테 내는 건지, 내가 내는 건지 모르겠어.

▲　그래서?

■　시끄러워서 덮어버렸어.

▲　불쌍해라. 그 사람은 영원히 소리만 지르고 있겠구나.

■　미련 두지 말고 파일을 삭제해야겠다.

▲　끔찍해라. 그 사람은 태어나 소리만 지르다 죽는구나.

■가 ▲를 원망하는 눈초리로 바라본다.

▲　틈날 때마다 한글 공부했던 거, 네가 쓴 글 읽고 싶어서였어.

■　못 읽어서 다행이네.

▲　그 전에 추방당해서 다행이야?

■　말이 왜 그렇게 가?

▲　이 길 참 좋았는데. 남산, 한강, 남대문, 이태원 그런 데보다 너희 집에서 저녁 먹고 이 길 산책할 때가 좋았어. 우리나라에서는 어두운 밤에 이렇게 걷는 거는 꿈도 못 꿔.

■　종일 네 사진을 봐.

▲　이 길에서 찍은 사진들도 있잖아.

■　응.

▲　그리고 또 어디에서 찍었지?

■ 모르겠어. 어디인지. 그냥 너만 보니까.

▲ 신기하다.

■ 뭐가?

▲ 우리가 이렇게 대화를 하고 있다는 게. 번역기 안 돌리고 더듬거리지 않고 손짓 안 해가면서. 늘 이랬으면 좋겠다고 생각했는데.

■ 난 우리가 말로 이어지지 않아서 좋았어.

▲ 언제까지고 그럴 수는 없으니까. 내가 적당한 때에 추방당했어. 몸과 몸이 이어지는 그 시간만큼 버틴 거야, 우리는.

■ 왜 그래, 자꾸?

▲ 처음 출입국에서 난민 신청을 하는데 말이야. UN에서 받은 난민 인정 서류를 냈거든. 그랬더니 옆으로 치우는 거야. 그래서 자세히 보라고 했더니 그 사람이 이런 거 필요 없어요. 여기는 한국이니까. 그때 알았어. 아, 여기도 나를 밀어내는구나.

■ 나는 아니야. 널 밀어낸 적 없어.

▲ 난민 인정은 못 받았지만 그래도 인도적 체류 허가라도 받아서 다행이야. 서울에 와보고 싶었거든.

■ 다행이야. 네가 그 7.7퍼센트에 들어서. 안 그랬으면 우리 만나지도 못했을 거야.

▲ 3.5퍼센트에 들었으면 우리가 계속 함께일 수 있었을 텐데. 그게 우리가 함께할 수 있는 확률이더라.

■ 미안해. 불안했어.

▲ 사진만 봐? 동영상도 찍었잖아.

■ 그건…… 안 봐. 알고 있었어?

▲가 걸음을 멈춘다.

▲　　자다가 깼는데 네가 휴대폰을 들고 나를 찍고 있었어.

■　　불안했어.

▲　　밤이면 그 사람들이 집 안에 들어왔어. 자고 있는 사람
　　　들 얼굴에 플래시를 비춰. 명단을 보고 잡아가지. 버티
　　　면 그 자리에서 총으로 쏴버렸어.

■　　내가 그랬던 건…….

▲　　너한테 아무 말도 할 수가 없었어. 무서웠어. 자꾸 네
　　　얼굴에 그 사람들 얼굴이 겹쳐. 그런데 웃긴 건 뭔지
　　　알아? 난 그 사람들 얼굴을 못 봤어. 무서워서 그냥 두
　　　눈을 꼭 감고 있었거든. 알지도 못하는 사람들 얼굴이
　　　번갈아가며 네 얼굴에 겹쳐.

■　　그런데 왜 날 떠나지 않았어?

▲　　어디로 가겠어, 내가?

■　　몇 번인가 네가 자다가 소리를 질렀어. 알 수 없는 말
　　　로 막 소리를 지르면서 울었어. 그럴 때면 널 안았지.
　　　밤새 안고 있었어. 괜찮아. 여기는 한국이야. 여기서는
　　　괜찮아.

▲　　그런데 어느 날부터 날 안는 대신 날 찍었어.

■　　네가 난민 심사를 받고 왔던 날. 온몸을 바들바들 떨며
　　　말했어.

▲　　난 나를 증명할 수가 없어.

■　　그때 알았어. 말로 자신을 증명한다는 게 얼마나 어려
　　　운 일인지. 이 나라에서는 고작 3.5퍼센트의 사람만 난
　　　민으로 인정받는다는 것도. 네가 자면서 소리 지르고

우는 걸 찍어야겠다고 생각했어. 그렇게라도 증명하고 싶었어. 네가 어떤 지옥에서 아직도 살고 있는지, 그렇게라도 보여주고 싶었다고. 한 번으로는 부족했어. 어쩌다가 한 번이라면 믿어주지 않을 테니까. 지옥 속에 있는 널 찍고 또 찍어야 했어. 내가 할 수 있는 최선이라는 게 고작 그런 식으로 너의 지옥을 지켜보는 일이었다고.

▲ 넌 그걸 들고 난민 브로커를 찾아갔지. 이 나라에 합법적으로 머물고 싶었는데 넌 불법을 선택했어.

■ 이 나라는 네 불행을 믿어줄 리 없으니까. 난 이 나라를 못 믿어.

▲ 우리에게 그런 불행은 흔해. 알더라도 믿어주지는 않거든.

■ 흔하다고 가벼운 건 아니잖아.

▲ 불행의 무게는 자신만이 알아.

■ 미안해. 내가 괜한 짓을 했어.

▲ 브로커가 구속되고 브로커가 갖고 있던 명단에 내 이름이 있고. 그때는 어떤 방법으로도 내 공포를 입증할 수 없게 됐어. 박해를 받게 될 것이라는 충분히 근거 있는 공포에 해당되지 않음. 네가 만들려던 근거가 충분하지 못했대. 내가 떠들었던 말도 충분한 근거가 되지 못했고. 차라리 우리 동네에 폭탄이 떨어졌을 때 날아가서 뼈가 부러지는 대신 파편에 여기저기가 찢겼더라면 좋았겠다고 생각했어. 그러면 말 대신 몸으로 증명할 수 있었을 텐데.

■ 난 내 글에서 더 이상 개연성을 만들 수가 없어. 내 캐

릭터가 왜 소리를 그렇게 질러대는지 설명할 자신이
없어.

▲   그래서 이제 나를 삭제할 거야?

■   읽었어?

▲   너한테 남은 내가 그런 모습밖에 없다니, 너무하다.

■   화가 나. 계속 화가 나서 견딜 수가 없어. 그래서 걷는
    거야. 미친놈처럼 중얼거리면서 몇 시간이고 걸어. 그
    렇게 몸이 지쳐야 겨우 잠을 자.

▲   그러면 걷지 말고 뛰어. 그래야 시간도 절약하고 몸도
    지치지.

■   뛰는 건…… 너무 힘들어. 그런데 이건 나의 꿈이야, 아
    니면 너의 꿈이야?

▲   더 오래 걷는 사람의 꿈.

277

■가 걸음을 멈춘다.

■   난 그만 걸을래.

▲   이럴 거면 처음부터 같이 걷지 말았어야지.

■   이게 너의 꿈이었으면 좋겠어.

▲   왜?

■   그러면…… 네가 죽지 않았다는 거잖아.

▲   난 살려고 한국에 왔어. 그리고 한국을 떠났지. 삭제하
    지 마. 왜 소리 지르는지 써줘. 충분히 근거 있는 공포
    를 써. 길어도 돼. 관객은 혼자 300명 이상의 난민을 심
    사해야 하는 공무원보다 인내심이 있을 테니까. 들어
    줄 거야, 우리 이야기.

▲가 사라진다.

■가 멍하니 서서 객석을 바라본다.

막

이제 네가 나를 보살필 때

박춘근

등장인물

유미   삼십대 초반, 여, 한국인, 유석의 동생
유석   삼십대 중반, 남, 한국인, 유미의 오빠
마이크   이십대 후반, 남, 한국계 미국인, 입양, 유석의 친구, 한국어 유창

시간

2020년 가을 오후

공간

유미의 10평 남짓한 아파트 거실

무대

어젯밤의 흔적으로 보이는 한쪽 구석에 늘어선 술병들. 소박한 소파와 탁자 등 많지 않은 살림. 현관문 쪽으로 나가는 통로.

유미, 편안한 복장. 좀 부스스한 모습. 사실은 숙취. 휴대폰으로 통화를 하고 있다. 화가 난 듯. 한동안 말없이 상대편 말을 듣다가 버럭.

유미　엄마는 맨날 나만 오빠를 이해하래! 이게 벌써 몇 달째 야? 뭐? (현관문 열리는 소리) 자기 어학연수 친구가 왜 내 친구야?

유석, 들어온다. 한 손에는 캔 맥주가 들어 있는 검은 비닐봉지.

유미　빨리 엄마 새끼 거둬 가. 그 새끼 혹도 데려가고! (휴대 폰 끊고 유석과 비닐봉지를 보더니) 또 술? 오늘도 대리 재낄 거냐?
유석　콜 뜨겠지. 어제 우리 먹은 술은 채워놔야지.
유미　안 된다.
유석　(비닐봉지를 한쪽에 놓고 아양 떨며) 딱 두 주잖아. 투 윅 스. 플리즈. 마이크는 어떡해? 걔는 널 아주 가족같이 생각하던데.
유미　미친! 왜 걔가 내 가족이야? 난 가족이 제일 싫거든. 너 하나로도 미칠 것 같다고! 마이크는 절대 안 돼.
유석　이게 다 코로…….
유미　(말 끊으며) 아 씨, 또 코로나. 자기 잘 데는 자기가 구하 라 그래.
유석　지금 구하고 있잖아.

유석의 휴대폰 울린다. 시끄럽고 요란하게 녹음된 컬러링. (앨튼 존 〈로 켓맨〉 후렴 부분)

유미	너도 제발 어디 좀 가!
유석	(수신 거절하고는) 야, 마이크잖아. 얼른 대답해줘. 들어

유미   너도 제발 어디 좀 가!

유석   (수신 거절하고는) 야, 마이크잖아. 얼른 대답해줘. 들어
        와도 된다고. 어제는 괜찮다고 그랬잖아. 네가 술 때문
        에 기억이……. (기죽어서) 지금 미국에서 한국 오신 엄
        마가 양엄마라고 얘기하니까 네가 그랬다고. 여기 있
        어도 된다며? (유미 눈치를 보더니) 난 사실 마이크가 양
        엄마 얘기할 때 놀랐는데. 그런 얘기 잘 안 하거든. 너
        도 놀랐지?

유미   (사실은 놀라서) 내가? 왜? 그게 뭐라고 놀라?

유석   안 그런 척하면서 미국도 똑같대. 양엄마도 코리안이
        라 친엄마처럼 보이거든. 근데 입양, 이런 얘기 나오면
        괜히 인종 문제와 엮어서 별로 좋을 건 없나 봐. 하여
        튼 대단하셔. 이런 시국에 한국까지 오셨잖아.

유미   (숙취로 이마를 짚으며) 그만해라. 머리 아프다.

유석, 숙취 해소 약병을 유미에게 건넨다.
유미, 받지 않는다.

유석   (한쪽에 병을 놓으며) 아들 보러 태평양 건너왔더니 2주
        동안은 격리해야 한다잖아. 그동안 혼자 어디 계셔? 마
        이크 집에 계셔야지. 그럼 마이크는 어디 있어? 야, 애
        달프지 않냐? (휴대폰 다시 울리면 확인하더니) 일단 들
        어오라고 하자. 응? (유미가 대답 없자 휴대폰 받으며) 오
        우, 마이 왓 썹! 유미? 유미도 다 괜찮다고 하지.

유미, 앉은 채로 유석을 발로 차듯이 민다.

유석, 휘청거린다.

유석   어? 뭐? 보살펴? 누굴? (눈치 보며) 유미가 뭘 보살펴?
        (듣더니) 야, 한국말로 해. 패드? 아이패드? 어, 그래. 엄
        마가 뭐? (흥분하더니) 뭐? 카인드 오브 이머전시? 어,
        그래, 이머전시 아니고 카인드 오브. 그런데 아이패드
        는 왜? 엄마 이머전시? (유미에게) 야, 무슨 일 있나 봐.
        (유미가 놀라는데 계속 휴대폰으로) 오고 있어? 여기로?
        유미? 뭘 자꾸 보살피래? 어쨌든 빨리 와.

유석이 전화를 끊으면

유미   뭐야? 엄마가 왜?
유석   모르겠어. 영어로 막 얘기하네.
유미   너희 둘이 얘기는 어떻게 하니?
유석   우리가 어제 영어 썼니? 걔 한국말 늘어서 내 영어가
        확 줄었잖아.
유미   잠깐. 너희 이거 짰지? 짰네.

그때 현관문 벨 소리.
유석, 서둘러 현관문 쪽으로 나가서 마이크를 데리고 들어온다.
마이크, 예상보다는 침착한 편.
오히려 유석이 더 흥분해서

유석   뭐야? 뭐가 이머전시?
마이크   아니야. 이머전시 아니고. (숨 고르더니) 급한 건 보건소

에 연락했어.

유석   (더 흥분해서) 뭐? 보건소? 왜? 왜 보건소?

마이크   코로나는 아니야. 아닌데……. (유미에게) 누나가 도와
줘야 할 것 같아요.

유석   얘 그런 애 아니라니까. 누구를 보살피고 그런 애 아니
야.

유미   야! (마이크에게, 쌀쌀맞게) 엄마가 왜?

마이크   (망설이다가) 지금 피리어드[•] 아닌데 갑자기……. 정
말 예상하지 못하셨대요. 아직 날짜도 많이 남고…….
사실은 제가…… 엄마가 아줌마들이랑 메노포즈^{••}얘
기하는 걸 들은 적 있거든요.

유미   어어, 잠깐. 엄마는 네가 자기 호르몬에 대해 얘기하는
걸 좋아하실까?

283

마이크   아? 아……. (사이) 그런데 오늘 갑자기…….

유미   (기다리다가) 양이 많으셨어?

마이크   아, 예! 맞아요. 다행히 패드는 있으셨대요.

유석   뭐? 뭐가 많아? 뭐라는 거야?

마이크   전화할 사람은 없고, 그래서 나한테 했는데……, 엄마
는……, (유미 눈치 보다가) 내가 이런 얘기 하는 것도 원
치 않으실 거고, 근데 들어도 나는 무슨 말인지 모르겠
고.

유석   왜 둘이만 얘기해?

유미   지금은 어떠신데?

• period, 생리 주기
•• menopause, 폐경

마이크 　일단은 괜찮으신 것 같아요. 괜찮으시겠죠? 엄마, 어
　　　　니미어* 있거든요. 그래서 엄마 가방에는 항상 아이언**
　　　　있어요.

유미 　　어니미어? 빈혈?

유석 　　헬로, 저기요. 한국말로 얘기하세요.

유미 　　한국말로 해도 네가 알아듣겠냐? 무식한 한국 남자가?

마이크 　보건소 영어 담당하시는 분은 연락 안 되고, 한국에는
　　　　나밖에 없는데……, 난 딸이 아니잖아요.

마이크, 갑자기 울먹인다.
유석, 놀라서 마이크를 안으며

마이크 　난 딸이 아니라고요!

유석 　　오, 마이크!

유미 　　(놀라서) 야, 너희 왜 이래? 그만! 오버 좀 하지 마. 이미
　　　　충분히 불편하거든!

유석과 마이크, 천천히 포옹을 풀고 나란히 앉는다.
유미, 둘의 모습도 보기 싫고 머리도 아픈 듯 이마를 짚는다. 고개를 좌
우로 흔들더니

유미 　　잠깐만……. 왜 이걸 어디서 본 것 같지? (숨 고르고) 너
　　　　희 이거 짠 거면 정말 다 죽는다. 그래서 마이크, 지금

---

* anemia, 빈혈
** iron, 철분제

은 괜찮으시다고?

마이크   제가 대신 보건소 전화했어요. 패드도 큰 걸로 다시 보
내준대요.

유미   (둘을 보다가) 아이 씨, 너희 둘 좀 떨어져봐.

유석과 마이크, 떨어져 앉아 서로를 본다. 애틋하다. 유미 몰래 손을 잡
을 수도 있다.

유미   예정도 아닌 생리가 너무 많으셨다잖아. 폐경 무렵 그
럴 수 있다는데 나도 폐경은 안 해봐서 몰라. 아이 씨,
이걸 또 왜 설명하고 있냐? 비행기 오래 타셔서일 수
도 있어.

유석   근데 아이언은 왜 무겁게 들고 다니셨대? 공항에서 안
걸리셨나?

유미   (버럭) 철분제! 이 무식한 새끼야. 엄마가 빈혈 있으시
다잖아.

유석   (놀라서 주춤) 야, 나 네 오빠야.

유미   (움찔) 그러니까 정말 안 좋을 수도 있다고. 병원 가셔
야 할지도 몰라.

마이크   예? 정말이요?

유미   (또 움찔) 아니, 그런 게 아니라. 안 그러실 건데. (술취
올라온다.) 아, 머리야. 보건소에 빈혈 얘기는 잘 했지?

마이크   네, 했어요. 했죠. 했을 거예요. (유석에게) 내가 했지?

유석   (마이크와 유미를 보며 호들갑) 했겠지. 애가 했지? 했을
거 아니야? 아닌가? 안 했으면 우리 어떡해? 어떡할
까?

유미, 마이크가 걱정스럽지만 유석의 호들갑이 어이없으면서도 못마땅하다.

유미   너희 좀 떨어지라니까! 야! 생각이라는 걸 좀 해야 되
        지 않니, 우리?

유석, 탁자 위에 있던 약병을 열어 유미에게 먹인다.
유미, 얼떨결에 받아먹는다.

유석   그래, 얼른 쭉 마시고 생각해. 우리 어떡할까? 어떡하
        면 돼?

약병의 약이 흐르고 난장판이 된다. 약이 유미 옷에 묻는다.

유미   으아아악! 야, 쫌!
마이크   엄마한테 전화해줘요. 난 생리 안 해봐서 어떻게 할지
        몰라요.
유미   갑자기 뭘 먹이는 거야!
마이크   엄마한테 누나는 가족 같은 사람이라 했어요. 아니, 우
        리 가족이잖아요.
유미   내가? 왜 내가 네 가족이니?

마이크, 유석을 의아하게 본다.
유석, 눈치 보더니 마이크 향해 고개를 좌우로 흔든다.

유미   잠깐, 잠깐 있어봐. 우리, 상황을 정리해보자.

유미, 고개를 숙인 채로 골똘해진다.

유석과 마이크, 아까처럼 유미 앞에 나란히 앉는다.

유미   너희는 생각 안 하니?

유석   생각은 네가 해야지. 우리가 하면 일만 망쳐.

유미   전화하라고? 내가? (사이) 엄마가 한국말 못하신다며?
        난 영어가 안 되는데? (둘을 물끄러미 보더니) 우선은 내
        가 보건소 담당자와 통화를 할게. 지금 엄마 상태는 괜
        찮으신지, 그리고……. (점점 놀란다.)

유석   (기다리다가) 굿 아이디어. 그리고?

유미   (둘을 번갈아 보더니 놀라며) 그리고……, 생각났어.

유석   (또 기다리다가) 그래, 무슨 생각?

유미   너희 어제 그렇게 앉아서 둘이……, 잠깐만, 잠깐, 그러
        니까 너희 둘……,

때마침 마이크의 휴대폰 벨 소리. 유석과 같은 멜로디. 하지만 훨씬 차
분한 소리.

셋은 얼떨결에 벨 소리를 한동안 듣다가

유미   그러니까…… (겨우) 너희 둘……, 컬러링도 같이 쓰
        니?

마이크 (휴대폰 확인하고) 어? 보건소예요.

유석   (유미에게) 얼른 받아봐.

유미   내가? 뭘? 왜?

마이크, 휴대폰을 유미에게 내민다.

유미, 얼떨결에 휴대폰을 건네받아 통화를 한다.

유석과 마이크, 옆에서 일희일비.

유미   여보세요. 예, 맞습니다. 예? 아, (사이) 저는 마이크
        의…… 사촌 누나입니다. 그렇죠, 사촌. 예? 아, 예. (사
        이, 표정 밝아지며) 괜찮으신 거죠? 마이크 엄마…… 그
        러니까 작은엄마가 빈혈이 있는데……. 아, 다행이네
        요. 고맙습니다. (사이) 그럼요. 확인해볼게요. 고맙습니
        다.

유미, 통화를 마치고 마이크의 휴대폰을 탁자 위에 놓는다.

유석   뭐래?

유미   다 들었잖아. (멍해서) 보건소에서 엄마와 통화했는데,
        한국산 강력 아이언 드시고 괜찮으신 것 같대. 패드도
        문 앞에 둘 거고.

마이크   병원 안 가도 되는 거죠?

유미   어? 뭐? 어, 그렇대.

유석   아, 다행이다. 이제 별일 아닌 거지?

그때 유석 휴대폰의 문자 알림. 알림도 요란한 소리.

유석   나 콜 떴어. 이거는 받아야 할 것 같은데?

유미   받아. 아니, 그것 받고 나가서 그냥 그 길로 들어오지
        마.

유석이 유미에게 찡긋 윙크와 화살표 손짓을 양손으로 날리고 나가려
는데, 마이크가 고마운 마음에 유석에게 애틋한 눈빛으로 인사한다.
유미, 유석의 모습을 멍하니 쳐다보다가 유석을 보는 마이크의 눈빛을
알아차린다.

유미   (유석에게) 야! (유석이 멈춰 서면 한참 보다가) 아니다, 됐
        다.

유석, 또 비슷한 자세를 취하며 나간다.
유미와 마이크만 남은 거실.
두 사람 한동안 말이 없다.

마이크   엄마, 괜찮으시겠죠?
유미   (혼잣말) 안 괜찮을 게 뭐야……. (사이) 어? 엄마? 어,
        어, 그럼 괜찮으실 거야.
마이크   누나가 있어서 정말 좋아요.
유미   어? (여전히 얼떨떨하다.) 왜 몰랐지? 왜 너희…….
마이크   (무슨 말인가 하다가) 난 누나가 모르는 줄 몰랐는데.
유미   내가 뭘 아는 거니? 아, 머리야. (옷의 얼룩 보며) 대체
        뭘 먹인 거야?

유미, 얼룩을 닦으며 마이크를 본다. 어색하게 눈이 마주친다.

유미   그래서 미국 가려고 했던 거야? 미국 가고 싶어?
마이크   모르겠어요. 여기 있으면 미국 가고 싶고, 미국 있으면
        여기 오고 싶고 그래요.

289

이제 네가 나를 보살필 때

유미	(사이) 밖에 있으면 여기가 그립고, 여기 있으면 저 밖이 그립다?[*]

마이크	어? 딱 그 말이네요.

유미	(얼룩을 신경질적으로 닦으며) 아, 이 인간 진짜 내 인생의 얼룩이야.

마이크	(얼룩을 닦아주며) 그 얼룩……, 누나가 이제 그만 보살펴도 돼요.

유미, 멈칫한다.

사이, 마이크에게 그만 닦으라고 하려다 그대로 둔다.

유미	그래, 얼른 내 인생에서 지워주라.

마이크	처음 한국 왔을 때, 겉만 보면 한국인인데 한국말 못하니까 모두 이상하게 봤어요. 안 그럴 것 같죠? 교포나 2세 흔하니까. 하지만 안 그런 척하면서 다들 속으로는 그래요. 재수 없어 하고. 그거 아는 데 한참 걸렸어요. (사이) 유석이와 사이도 그렇고.

유미	그만해라.

마이크	예?

유미	그만 닦으라고. 그렇게 해도 안 지워지면 빨아야 해. 넌 좋겠다. 누나도 있고, 엄마도 있고……, 애인도 있고. 아이 씨, 너한테 뭐라는 거니? (한쪽에 있던 봉지에서 캔 맥주를 꺼내 들더니) 그냥 계속 취해 있고 싶다.

290

──────────
● 소설 「로켓맨」의 구절. "저 밖에 있는 동안은 이곳을 그리워하게 되고, 이곳에 있으면 저 밖을 그리워하게 되니까."

유미, 한동안 캔 맥주를 만지작거리더니 마이크의 휴대폰을 집어서 건
네며

유미   엄마한테 전화해봐. (마이크가 놀라면) 난 딱 여기까지.
        이제 네가 얼룩을 보살피든 보살이 되든…… 알아서
        해.

마이크, 휴대폰으로 전화를 걸어 유미에게 넘긴다.
유미, 상대방이 휴대폰 받기를 기다리며 마이크를 본다.
휴대폰 컬러링 소리.

유미   근데 엄마는 이 시국에 왜 오신 거니?
마이크   어? 어제 말했잖아요? 누나 보러요. 우리 가족 될 사람
        이 누구인지 하루라도 빨리 보고 싶으셨대요.

유미, 놀라서 마이크를 본다.
컬러링 소리 크게 울린다.
암전.

막

아버지의 나라

유희경

등장인물

남자1   이십대 중반, 노동자
남자2   삼십대 중반, 노동자
남자3   오십대, 남자1의 아버지

시간

어느 밤

공간

도시 외곽의 작은 중국집

무대

중국집의 내부를 밝히고 있는 형광등이 점점 밝아온다. 주로 배달을 하는 가게인 모양이다. 옥색 테이블 세 개. 테이블마다 의자가 네 개. 역시 옥색 이다. 한쪽 벽에 지나치게 빼곡한 메뉴판.

작가 노트

• 이 극의 구체적인 배경은 중요하지 않다. 다만 국가는 반드시 대한민국 으로 설정해야 한다.
• 남자1과 남자2의 국적은 특정하지 않는다. 그들의 한국어 말투가 어눌 하거나 어색해서는 안 된다.

당장, 홀에는 아무도 없다.

긴 사이

남자2, 고개를 숙인 남자1을 끌고 화가 난 표정으로 들어선다. 앉을 자리라곤 세 곳뿐이지만, 그중 어떤 곳에 앉을지 잠시 망설이는 남자2. 조금이나마 더 구석진 자리를 골라 남자1을 앉힌다.

남자2   좀 보자.

남자2, 남자1의 얼굴을 보려 한다.
남자1, 고개를 들지 않는다.

남자2   고개 들라. 봐야 약을 처바르든 가서 싹 뒤엎어놓든 할
         거 아닌가.

남자2, 강제로 남자1의 고개를 들게 한다.
남자1, 얼굴에 잔뜩 멍이 들어 있다.

남자2   이 잘생긴 얼굴이 이게 뭔가. 이 멍 봐라, 멍. 어떻게 사
         람을 이렇게 만들어놓나. 사람 새끼가? (당장이라도 뛰
         쳐나갈 듯한 말투지만 몸은 맞은편에 앉는다.) 어떻게 때렸
         어? 이거 함마 자국 아니야? (틈) 아– 해봐라. 이는 괜
         찮나. 흔들리거나 빠진 거는 없어?
남자1   형님.
남자2   어, 그래.
남자1   저 경찰서 가려고요.
남자2   어디 간다고?

남자1   (고개를 든다.) 경찰서요. 사장님 신고하고 벌 받게 할래
요.

남자2   머리를 세게 맞았나? (손가락을 펴 보이며) 이게 몇 개
야?

남자1   머리도 맞고 얼굴도 맞고 팔도 맞고 다리도 맞았어요.
사장님이 벨트로도 때리고 주먹으로도 때렸어요.

남자2   사장님은 무슨 사장님이야. 미친개지. 원래 그렇다. 눈
까리가 돌아가면 지가 뭔 짓을 하는지도 모른다. 더러
운 새끼. 우리 같은 사람들은 치과 가느니 죽어야 한다.
밥은 못 먹어도 하루 세 번 양치질은 꼼꼼하게 하는 거
잊지 말라. 그 3조 반장 그거 양치질 잘 안 해가지고 당
장 어금니 두 개가 없다. 연말에 고기 회식 하는데 혼
자 풀때기 처먹고 앉았더라. 양치질할 때는 칫솔 끝을
쥐고 이빨 사이에 딱 꽂아가지고 퍼 올리는 거야. 그래
서 이는 괜찮다 이거지?

남자1, 고개를 끄덕인다.

남자2   그러면 뭐 좀 먹자. 내가 오늘 쏜다. 여기가 정통 중국
집이야. 너 정통이 뭔지 모르지. 진짜, 라는 뜻이다. 여
기는 전통이 없으면 큰일 나는 나라다. 여기 짜장면이
진짜 맛있다. 단골집이니까 편히 먹어. 여기요! 사장님,
메뉴판 좀 주세요! 아무도 없어요?

남자1   저는 배고프지 않아요. 형님. 같이 경찰서에 가요. 가서
봤다고 좀 해주세요. 누가 그랬는지.

남자2   너는 성격이 참 급하구나. 그래가지고 큰돈 벌겠니 어

디. (남자1의 얼굴을 유심히 본다.) 야. 그 얼굴 안 되겠다. 그런 얼굴로 어떻게 경찰서 가봐라. 사람들이 얼마나 놀라겠어. 적은 돈 받으면서 잠도 못 자는 사람들 놀래키면 안 된다. 기다려보라.

남자2, 주방으로 간다.
남자1, 전화기를 꺼내 만지작거린다.
남자2가 소주병과 술잔, 단무지 그릇을 들고 투덜대며 들어온다.

남자2   오늘은 남자 사장님이 없다네. 저 여자는 서비스도 안 주는데. (가지고 온 것들을 테이블 위에 내려놓다가 화들짝 놀라서 전화기를 빼앗는다.) 뭐 하는 거야!
남자1   돌려주세요.
남자2   네가 지금 경찰 부르면 그들이 곱게 네네, 하고 올 줄 아는가. 그럴 리가 있어? 무시나 당하지 않으면 다행인 줄 알라.

남자1, 운다.
남자2, 물끄러미 보다가 소주를 따서 남자1에게 따라준다.

남자2   내가 기다리라 하지 않든! 신고하지 말자는 거 아니야. 이거 먹고 씩씩해져서 그다음에 가든 불러내든 하자는 거지.

남자2, 단무지를 집어 남자1 얼굴에 붙여주려 한다.
남자1, 피한다.

남자2   인마. 여기 한국에서는 멍이 들면 감자를 붙여. 그러면
        멍이 빠지고 부은 게 가라앉고 그래. 여긴 감자는 없다
        더라. 무슨 식당에 감자도 없나. 아무튼 무나 감자나 그
        게 그거니까 이것도 효과가 있을 것이다.

남자2, 기어코 남자1 얼굴에 단무지를 붙인다.
남자1, 가만히 있다.

남자2   한잔하자. 한잔하고 용기를 내서 개를 때려잡자.

남자2, 소주를 입에 털어 넣는다.
남자1, 망설이다가 따라 마신다.
조명이 조금 어두워진다.

남자2   내가 사장 편을 드는 것은 아니다. 다만 너도 참 잘못
        했다. 애들한테 돈 얘기 했다며. 돈 덜 받고 일하지 말
        자고 그랬다며, 네가.
남자1   사장님은 나쁩니다. 온니 파이브 아워스. 하루에 오 시
        간만 자요. 돈은 조금 줘요.
남자2   불법이잖아. 불법 노동자. 불법 사람.
남자1   왜 사람을 때려요. 왜 잠 못 자게 해요. 왜 나쁜 말 해
        요. 왜 병원에 못 가요. 아픈 사람 쫓아냈어요. 일하다
        아픈 건데. 돈을 줘야지요.
남자2   너는 볼따구가 부으니까 발음이 더 좋구나. 자주 맞아
        야겠다.

남자2, 혼자 웃다가 남자1의 눈치를 보고 웃음을 그친다.

남자2   너는 왜 여기서 고생을 하고 있나. 돈 벌러 온 거 아닌
        가. 여기서 돈 버는 게 너 고향에서보다 낫지. 쫓겨나
        면, 더 받고 덜 받고 할 것도 없는 거 아닌가.

남자1   우리나라, 사람 때리지 않아요.

남자2   (가슴을 치면서) 너 그 나라 가면 거지잖아! 여기가 더
        좋지. 얻어맞아도!

남자1   거지 아니에요. 여기 온 거 후회합니다. 형님은 부자입
        니까? 돈 많아요?

남자2   너는 좋은 공장에서 일하는 거야. 옛날에는 더 심했어.
        지금은 천국인 거다. 일 잘하면 반장도 시켜주지. 돈 보
        내고 좀 남기도 하고 이렇게 짜장면도 먹고 하잖아! 아
        이 엠 리치. 유 어 푸어. 오케이? 아이 엠 리치 모어 모
        어.

남자1   형님은 가난해요. 형님 불쌍해요. 형님도 아파요.

남자2   네가 뭘 안다고 나불대니? (남자1 얼굴에 붙어 있던 단무
        지를 떼어 내던진다.) 이 단무지도 아까운 새끼야. 더 맞
        을래? 나도 신고하겠다?

남자1, 대답하지 않는다.

몹시 긴 사이, 두 사람 말없이 소주를 마신다.

남자2   너는 어쩌다가 한국에 왔냐.

남자1   (망설이다가) 사람 찾으러 왔어요.

남자2   니도 여자 찾아다니니? 결혼이라도 하려고? 어린 게.

남자1   (화를 내며) 결혼 같은 거 안 해요.

남자2   깜짝이야. 애 떨어지겠다. 아니면 아니지, 왜 성질을 부리나.

남자1   미안합니다.

남자2   이야. 니가 사과도 할 줄 아는가. 진작 그랬으면 터지지도 않고 좋았지. 하여간 때린 놈이나 맞은 놈이나. (남자1 눈치를 보며) 아니, 내가 사장 편을 드는 건 아니고.

남자1   형님은 처음 배운 한국말이 뭐예요.

남자2   한국말? 갑자기 그게 왜 궁금하니? 뭐, 인사부터 배웠겠지. 안녕하세요. 감사합니다. 미안합니다. 아! 또박또박 할 줄 아는 말은 있지. 사장님, 월급 주세요. 이모님, 밥 많이 주세요.

남자2, 혼자 웃는다.

남자1   꺼져, 씨발. (틈) 제가 처음 배운 말이에요. 여기서.

남자2   누가 그런 못된 말부터 알려주나.

남자1   아버지요.

남자2   니네 아버지가 한국말을 할 줄 알았나 보지?

남자1   한국 사람입니다.

남자2   너 아버지가 한국 사람이라고?

남자1, 벌떡 일어난다.

남자2   어디 가?

남자1   아. 화장실 가려고요.

남자2   손 꼭 씻고 나오라. 균 생긴다.

남자1, 화장실 앞에 선다.

조명이 전보다 어두워진다.

남자1, 노크한다. 아무 기척이 없다. 다시 노크한다.

남자3, 문을 열고 나온다.

남자3   누구세요.

남자1   (망설인다.) 저, 저. (망설이다가) 파더, 아임 유어 선.

남자3   네? 잘못 찾아온 거 같아요.

남자3, 문을 닫으려다 멈칫한다.

남자1   (문을 잡으며) 마이 마더.

남자1, 사진을 꺼내 보여준다.

남자3, 그 사진을 본다.

남자3   (목소리를 죽이며) 여기가 어디라고! 죽고 싶어?

남자3의 목소리는 남자2의 목소리와 겹친다.

남자3, 거세게 문을 닫는다.

남자1   (문을 두드리며) 파더, 아임 유어 선. 오픈 유어 도어! 플
        리즈! 안녕하세요! 안녕하세요! 아버지. 마이 맘 이즈
        데드!

남자2/3 (문 안쪽에서) 꺼져, 씨발! 경찰 부르기 전에.

남자1, 문고리를 잡고 중얼거린다. "꺼져, 씨발. 꺼져, 씨발."
조명 천천히 밝아진다.
남자1이 뒤를 돌아보면 남자2가 앉은 테이블에 짜장면 두 그릇이 놓여
있다.

남자2   뭘 멀뚱하게 서 있나. 다 불겠다.

남자1, 자리에 앉는다. 남자2가 게걸스레 먹는 동안 혼자 생각에 잠겨
있다.

남자2   이 짜장면이 중국 음식이라고 하는데, 중국에는 없거
       든. 한국 음식도 아니고 중국 음식도 아니고. 근데 정통
       이래. 웃기지 않냐. 먹어, 먹어.
남자1   형님은 여기가 좋아요?
남자2   좋지. 공장 밥보다 맛있잖아. 근데 많이 먹으면 이 썩는
       다.
남자1   아니, 한국요. 이 나라.
남자2   난 좋은 거 없다. 오기로 산다. 나는 정통이 될 거다. 한
       국 여자랑 결혼해서 집도 사고 차도 사고. 이 아프면
       치과도 가고. 반장만 되면 된다. 난 반장이 될 거다.

긴 사이

남자2   아, 어서 먹으래도. 배가 부르면 기분이 좀 나아질 거

다. 이거 다 먹고 사장한테 사과하러 가자. 그렇게 하라. 이만한 공장도 없다. 밥도 돈도 꼬박꼬박 주고. 경찰이 와도 사장은 별일 없어. 돈 얼마 내고 말겠지. 너는 쫓겨나는 거야. 너만 쫓겨나? 나는 어쩌니. 다른 사람들은? 다른 불법들도 생각하라.

남자1 나 불법 아니에요.

남자2 아니긴 뭐가 아니야. 그런 애들 데리고 일하는 사장도 생각하라. 그 사람 성질은 미친개지만, 뒤끝 없는 사람이다. 네가 조금만 잘해봐라. 인상도 펴고. 아버지처럼 대해줄 거다.

남자1 아버지.

남자2 그래, 아버지. 너 그거 정말 안 먹을 거야? 내가 먹어도 돼?

남자2, 남자1의 그릇을 가져다 먹는다.
남자3, 문을 열고 나와 남자2 뒤에 선다.
남자2의 목소리와 남자3의 목소리는 겹친다.

남자2/3 사장이 너 밥 사 주라고 돈을 다 주더라. 나도 처음엔 그 사람 때문에 고생했다. 좀 익숙해지니 좋더라. 사람이.

남자1 난 아버지 필요 없어요.

남자2/3 그래? 그거 잘됐구나. 그러면 엄마라고 생각해. 가서 잘 먹었습니다, 고맙습니다, 그래. 알았지?

남자1 나 불법 아니야. 아버지 필요 없어. 엄마 그런 사람 아니야.

남자2/3   그럼 조용히 꺼져, 씨발. 문제 일으키지 말고. 우리도
           너 필요 없으니까.

남자1   나도 너희 필요 없어. 네가 꺼져!

남자2/3   하. 유치한 새끼.

남자1, 소주병을 깨서 남자2를 위협한다.

남자1   꺼지라고, 씨발 놈아! 씨발 새끼야! 죽여버릴 거야!

남자2   그거 깨는 거는 어디서 배웠니? 한국 사람이구나?

남자1이 발광하자 남자2 퇴장한다.

남자1   사장님, 여기 경찰 좀 불러주세요.

302

막

제비

조정일

등장인물

아유시르 한국에서 대학을 다니고 있는 외국인, 국적은 가상 국가 러말냐
태국희 북촌에서 한옥 민박집을 운영하는 한국인

아유시르, 마루에 앉아 하늘을 보고 있다. 한복 대여점에서 빌린 한복을 입었다.

태국희, 마당에 쪼그려 앉아 풀을 뽑고 있다.

태국희   어이, 제비 있어?

아유시르   아니요. 없어요.

태국희   잘 봐. 보이면 말해주고. (웃으며) 미안해, 학생. 아까 이름 들었는데 까먹고 내가 어이, 어이, 했네.

아유시르   캄볼리탄자아라비 아유시르.

태국희   캄보디 아라비, 좀 어렵다.

아유시르   한국 친구들, 그냥 아유시르, 이렇게 불러요.

태국희   아유시르. 나는 쉬워. 국희. 태국희.

아유시르   태극기.

태국희   태, 국, 희.

아유시르   태, 극, 기.

태국희   아유시르, 그렇게 입고 앉아 있으니까 꼭 한국 사람 같다. 한국 좋아?

아유시르   한국 좋아요. 서울도 좋아요.

태국희   서울 와보니까 지방하고 다르지? 어디 있든 한국 왔으니까 공부 열심히 하고 많이 배워 가. 불법체류 그런 거 하면 안 돼. 유학생이요 하고 들어와가지고 학교는 안 가고 도망쳐서 공장 가서 일하고 시골 밭에 가서 일하고, 그런 애들이 많아서 골치래. 누가 꼬셔도 듣지 마. 알았지?

아유시르   꼬셔? 무슨 말인지 몰라요.

태국희   '아유시르, 저기 가면 한국 돈 많이 준대. 돈 벌러 가

자.' 누가 그런 말 해도 절대 따라가지 말라고, 불법이
야. 약속해.

아유시르 네. 약속요. 불법 하지 않겠습니다.

태국희 어디서 왔다 그랬지? 너마리 나마리?

아유시르 (알아듣지 못한다.) 무슨 말인지 몰라요.

태국희 나라 이름. 아유시르 나라.

아유시르 아, 러말냐.

태국희 너말이야. 아유시르 보니까 우리 애 생각나. 걔도 유학
갔거든. 컬럼비아. 미국 컬럼비아. 알아? 그냥 집에 있
으면서 서울대나 가라니까 어차피 유학 갈 거 자기는
빨리 간다고 갔어. 방학 때 들어오라니까 유럽 여행한
다고 들어오지도 않고. 안 오겠대. 까꿀로 공부하러 한
국에 오는 사람도 있는데 말이야. 안 그래? 아유시르,
나랑 같이 풀이나 좀 뽑을까? 이런 거 잘하지?

아유시르 네.

아유시르, 절뚝거리며 일어난다.

태국희 아냐, 아냐. 그냥 해본 소리야. 한복 빌린 거 흙 묻어. 흙
묻으면 세탁비 물어야 될걸. 다리 아프잖아. 앉아 있어.
제비 오는지 잘 보고.

아유시르 (다시 앉아 하늘을 지켜본다.) 네.

태국희 친구는 왜 안 와? 약국을 못 찾나? 약국 가까운데. 많
이 아프지?

아유시르 많이 아니고 조금 아파요.

태국희 아휴, 그러니까 소녀상 위안부 그런 걸 왜 보러 가.

아유시르 소녀상 사진 찍는데 갑자기 그 사람이 밀었어요. "찍지
         마." 화내면서. 나는 넘어지고 친구가 그 사람 따라갔
         는데 그 사람 없었어요.

태국희   그러니까 그런 추잡한 걸 왜 보러 갔어.

아유시르 추잡한 거? 추잡? 몰라요.

태국희   더러워. 더럽다고. 하이고, 그게 무슨 노벨상인가.

아유시르 안 더러워. 더럽지 않은데. 소녀상, 깨끗해요.

태국희   아휴, 난 싫어. 좋은 데 놔두고 왜 거기서 사진을 찍어.
         아유시르, 경복궁 갔어?

아유시르 네. 갔어요.

태국희   좋았어?

아유시르 네. 경복궁 좋아요.

태국희   광화문 갔어? 좋았어, 안 좋았어?

아유시르 광화문 좋아요.

태국희   인사동 갔어? 좋았어, 안 좋았어?

아유시르 인사동 좋아요. 밥도 맛있어요.

태국희   밥도 사 먹었어? 뭐 먹었어?

아유시르 새싹비빔밥.

태국희   그래. 밥도 사 먹고 구경할 데 많잖아. 그런 데 가서 사
         진 찍으라고.

아유시르 북촌도 좋아요. 이 한옥집도 좋아요. 오늘 사진 많이 찍
         었어요.

태국희   그래. 이런 걸 찍어. 돈 안 받을게. 맘대로 찍어. 나중에
         너말이야 가서 식구들한테 사진도 보여주고. 식구들
         데리고 여행도 오라고. 한복 입고 경복궁 구경하고, 북
         촌 한옥에서 또 잠도 자고. 아유시르 식구들 데리고 오

면 내가 공짜로 재워줄게. 얼마나 좋아. 한국 여행. 내

가 부럽다. 꼭 와. 약속해.

아유시르 네. 약속해요. 그렇지만 돈은 낼 거예요.

태국희 됐어. 풀이나 좀 뽑아줘. 집에 농사 짓는다니까 식구들

이런 건 선수겠네. 풀 뽑아. 알았지? 돈 내는 대신에 마

당에 풀이나 뽑아줘.

아유시르 라물?

태국희 나물 아니야. 풀.

아유시르, 마루에서 일어나 태국희 옆으로 간다.

아유시르 풀, 러말냐에서 이름 라물. 하지만 또 자기 이름 있어

요. (풀 하나를 가리키며) 이거, 한국 이름 뭐예요?

태국희 잡초.

아유시르 잡초. (또 다른 풀을 가리키며) 이거, 한국 이름 뭐예요?

태국희 잡초.

아유시르 (처음과 두 번째 풀을 가리키며) 이거, 이거, 잡초. 이름 같

아요?

태국희 응, 잡초.

아유시르 '니이'.

태국희 니?

아유시르 러말냐에서 부르는 이름. 니이. 맛있어요.

태국희 니. 이걸 먹어?

아유시르 (또 다른 풀들을 가리키며) 이것도 맛있어요. 이것도 맛

있어요. '욱껴'. '참마르'.

태국희 너말이야 말로, 참말?

제
비

아유시르 참마르.

태국희 욱기어?

아유시르 욱껴.

태국희 이걸 다 먹는다고?

아유시르 러말냐 사람들 먹어요. 맛있어요.

태국희 참말, 니, 욱기어. 난 비슷비슷해서 모르겠다.

아유시르 (태국희에게 하나씩 들어 보이며) 니이, 참마르, 욱껴.

태국희 몰라. 내 눈에는 잡초. 다 뽑아낼 잡초야.

제비가 날아든다.

태국희 왔다. 제비. 저거 또 왔잖아. 봐. 입에 흙 물고 왔잖아.

날아드는 제비를 향해 두 팔을 크게 휘저으며 쫓아내려고 애쓴다.

태국희 가. 가. 가. 가. 가. 가.

제비가 허둥허둥하다가 부리에 물고 온 흙을 떨어뜨리고 날아간다.

아유시르 갔어요. 저기. 저기 있어요.

태국희 오지 마! 오지 마! 야, 너 누구 허락받고 집 지으래. 저
거 진짜 멍청하네. 붙이면 떼고 붙이면 떼는데, 왜 자꾸
흙덩이를 물고 와.

아유시르 (마룻바닥에 떨어진 흙을 손으로 집어 들고) 떨어졌어요.

태국희 (발길로 바닥을 쓸어낸다.) 에이 더러워, 더러워. 잘 보고
있으라니까. 또 오는지 잘 감시하라니까.

아유시르　제비가 갑자기 왔어요. 아! (통증이 몰려와 휘청거린다.)

태국희　앉아, 앉아. 그러니까 왜, 가지 말지 그 앞으로 왜 갔어? 그런 걸 보니까 재수가 없어서 다치는 거 아냐. (아유시르를 마루에 앉힌다.) 챙피한 줄을 몰라. 난 길 가다가 그거 있으면 챙피해 죽고 싶어. 우리나라가 무슨 위안부의 나라야? 전국에 소녀상, 동네마다 소녀상, 애들 노는 공원에, 온 나라가 위안부야. 어린애들이 보고 멋있다, 우리 할머니 위안부 했어. 우리 할머니도 위안부 했는데. 꽃다발 갖다 바치고 추울까 봐 목도리 감아주고 같이 사진 찍고, 위안부 존경하자. 나도 커서 위안부 될거야. 그래, 장하다. 내가 제일 싫어하는 게 위안부야. 챙피하잖아. 내가 일본 사람들한테 미안해 죽겠어. 아베 총리가 얼마나 잘생겼어. 이러면 또 친일파라 그런다. 친일파는 아무나 되는 줄 아나. 친일도 못 해본 것들이. (골목에 지나가는 사람들을 흘깃 보고) 저 봐, 저 봐. 또 꽐라꽐라 하면서 지나간다. 북촌도 동네가 탁해졌어. 와도 번듯한 사람들이 오면 몰라. 어디서 생판 후진 것들이. 일본 사람이 제일 괜찮아. 일본 사람들 이 집에 묵잖아? 몇 날 며칠을 있다 가도 치울 게 없어. 내가 감동해서 돈을 돌려주고 싶다니까. 진짜야. (아유시르가 손에 쥐고 있는 흙을 보고) 뭔데? 아까 제비가 물고 온거? 이걸 왜 가지고 있는데. (흙을 빼앗아 던진다.) 에이, 더러워. 아유시르, 너말이야 거기도 제비 있어?

아유시르　있어요. 제비 많아요. 하지만 러말냐 사람들 제비 좋아해요. 한국 사람은 제비 싫어해요?

태국희　집 어지르는 걸 그냥 놔둔다고?

아유시르 어지르…… 몰라요.

태국희 더럽다고. 집 더러워진다고.

아유시르 러말냐 사람들 제비 오면 다섯 번 축하해요. 제비가 우
리 집에 오면 우리 집에 와서 고맙다 축하해요. 또 제
비가 집 다 지으면 제비 집 축하해요. 또 아기 제비 태
어나면 아기 제비 축하해요. 또 아기 제비 자라서 날아
가면 하늘에 제비들 축하해요. 또 제비 내일 멀리 가려
고 하면 축하해요. 제비 내일 떠날 때 오늘 모두 만나
서 얘기해요. 제비 정말 많아요. 내일 같이 떠날 수 있
는지, 갈 준비가 됐는지 서로 얘기해요. 러말냐 사람들,
그날 제비 집에 꽃 선물해요. 제비 잘 가. 아프지 말고
우리 집에 다시 와. 잘 가. 축하해요. 그리고 내일 되면
제비 정말 떠나고 없어요.

태국희 난 있잖아. 총 같은 게 있으면 총으로 쏴서 잡아버리면
좋겠어 진짜. 아휴 싫어. 흙 떨어져 똥 떨어져 세균을
어디서 얼마나 묻히고 올까. 아휴 싫어, 진짜 싫어. 너
무 싫어. (좋은 생각이 떠오른다.) 응. 그래. 내가 왜 그 생
각을 못 했을까.

태국희, 집 뒤란에서 자루가 긴 마당 빗자루와 깃봉이 달린 깃대를 꺼
내 온다. 빗자루를 아유시르에게 쥐여준다.

태국희 어이, 잡자. 우리 제비 같이 잡자.

아유시르 잡자? 몰라요.

태국희 죽여. 제비 잡아 죽이면 아예 집 못 지을 거 아냐.

아유시르 안 돼, 제비 죽으면 안 돼요!

태국희 집 더러워진다고. 말해봐. 깨끗한 집이 좋아, 더러운 집
     이 좋아? 깨끗한 집에서 자고 가야지. 같이 잡자.

아유시르 안 돼요, 안 돼요.

태국희 왜 안 돼? 돼. 같이 안 잡아주면 여기서 나가라고 한다.
     나는 아쉬울 거 없어. 우리 집인데 들어와서 방 안에
     짐 넣어놨지 마루에 앉아 있었지 사진 찍고 구경 다 했
     으니까 돈은 못 줘. 어떡할래? 같이 잡을 거지?

아유시르 러말냐 사람들, 제비 죽으면 나쁜 일 생겨요.

태국희 여기는 한국이니까 괜찮아. 다리 아프니까 앉아서. 앉
     아서 보다가 보이면 말해. 둘이 잡으면 훨씬 낫지. 내가
     탁탁 때릴 테니까 같이 탁탁 때리는 거야. 탁 때려서
     땅에 떨어지잖아. 탁탁 때려. 죽은 체하다가 도망갈지
     모르니까 계속 탁탁. 죽을 때까지 탁탁 때려. 유리창 안
     깨게 조심하고. 아니지. (아유시르가 손잡이 끝을 땅에 대
     고 있는 것을 보고 위를 향하도록 고쳐 잡아준다.) 그렇지.
     이제 제비만 오면 돼. 잘 보고 있어. 잘 봐.

아유시르는 빗자루를 잡고 마루에 앉아서 하늘을 본다.
태국희, 깃대를 한쪽에 놓고 다시 마당에 쪼그려 앉아 풀을 뽑는다.

태국희 날아다닌다고 내가 못 잡을 거 같애? 와봐. 까불면 나
     한테 죽어. (풀을 뽑으며) 아휴, 정말, 뭐가 이렇게 질겨.
     생전 처음 보는 것들이 어디서 막 생긴다니까.

아유시르 '그만'.

태국희 뭐? 그만?

아유시르 (태국희가 뽑고 있는 풀을 가리키며) '그만'.

311

제
비

태국희 아, 그만? 너말이야 사람들은 이것도 먹나. 우리 마당
       에 먹을 게 천지네.

아유시르, 일어나 절뚝절뚝 마당으로 간다.

태국희 와? (깃대를 들고 하늘을 노려본다.) 온다. 온다. 어이, 잡
       아야 돼. 어이, 탁탁 때려. 인정사정없이 탁탁.

아유시르, 빗자루를 크게 휘저으며 다가오는 제비를 향해 외친다.

아유시르 Ne venu. Ne venu, kara hirundo.^{네 베누. 네 베누, 카라 히룬도.}

오지 마. 오지 마, 제비야.

Ne. Ne venu nun, kara hirundo.^{네. 네 베누 눈, 카라 히룬도.}

안 돼. 지금은 오지 마, 제비야.

Haltu. Haltu. Ankoraŭ ne venu.^{할투. 할투. 안코라우 네 베누.}

멈춰. 멈춰. 아직은 안 돼.

Ĉi tiu loko estas danĝera.^{치 티우 로코 에스타스 단제라.}

이곳은 위험해.

Ne venu hodiaŭ.^{네 베누 호디아우.}

오늘은 오지 마.

Ne venu ĉi tien.^{네 베누 치 티엔.}

이곳에 오지 마.

Bonvole ne venu.^{본볼레 네 베누.}

제발 오면 안 돼.

Flugu for, Aliloken.^{플루구 포르, 알리로켄.}

날아가, 다른 데로.

Flugu for, Plu for.플루구 포르, 플루 포르.

날아가, 더 멀리.

Homoj estas malsanaj.호모이 에스타스 말사나이.

사람들은 병들었어.

Homoj estas mortantaj.호모이 에스타스 모르탄타이.

사람들은 죽어가.

Atendu, kara hirundo.

기다려, 제비야.아텐두, 카라 히룬도.

La tago kiam malsanuloj mortas,라 타고 키암 말사눌로이 모르타스,

병든 사람들이 죽는 그날,

La tago kiam homo malaperas,라 타고 키암 호모 말아페라스,

사라지는 그날,

Bone. Tiam. Tiam revenu.보네. 티암. 티암 레베누.

그래. 그때. 그때 돌아와.

Vi revenu tiam, kara hirundo.비 레베누 티암, 카라 히룬도.

너는 그때 돌아와, 제비야.

Tiam. Tiam. Venu. Revenu.티암. 티암. 베누. 레베누.

그때. 그때. 와. 다시 와.

암전.

막

● 〈기형도 플레이〉는 시집 『입 속의 검은 잎』(기형도 지음. 문학과지성사, 1989)
에 수록된 동명의 시 여덟 편에서 모티프를 가져 왔다.

4부

기형도
플레이

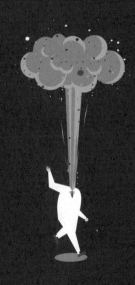

기억할 만한 지나침

조정일

등장인물

과장   사십대, 인사과 직원
대리   삼십대, 인사과 직원
안경   이십대, 계약직 (과장이 퇴장한 뒤 안경을 쓰고 다시 등장해 연기한다.)

시간

설 연휴를 앞둔 눈 오는 저녁

공간

회사 사무실

사람들이 퇴근한 사무실. 과장과 대리 두 사람이 남아 있다. 각자의 자리에 종이가방이 하나씩 놓여 있다. 회사에서 명절 선물로 나눠준 완도 김이다. 둘은 해고통지문에 넣을 내용을 연구 중이다. 과장이 내용을 생각해내고 대리가 받아 적는다.

과장   지난 1년간 우리 회사의 가족으로 헌신해주신 귀하의 노고에 먼저 감사드립니다. 아울러 부득이 금년 3월로 예정돼 있는 생산설비 고도화 시스템 도입과 이로 인해 귀하에게 부득이……. '부득이'가 두 번 들어갔나?

대리   과장님, 잠시만요.

대리, 글자 수를 센다.
과장, 일회용 점안액(인공눈물)을 눈에 넣는다.

과장   (눈물이 바닥에 떨어지자) 아이 씨, 아까운 눈물. 부득이 두 번 들어갔지?

대리   네. 그런데 부득이가 문제가 아니라, 부득이 하나 빼도 70자 넘는데요.

과장   70자? 70자가 뭐, 왜?

대리   요금 차이가 있어요. 단문 메시지 전송 최대 70자까지 20원. 70자 넘기면 30원.

과장   아이고, 10원 가지고 너무 아끼신다. 70자가 얼마나 되는데?

대리   (애국가를 흥얼거리며 글자 수를 센다.) 동해물과 백두산이…… 남산 위에 저 소나무…… 바람서리-. 서리까지가 딱 70자네요.

과장   칸 띄우기 없이?

대리   네. 공백 없이, 글자 다 붙여서.

과장   작년엔 통고 문자 뭐라고 보냈대? 답장 없어?

대리   네. 상미 씨 전화도 계속 안 받고.

과장   가만있어봐. 내가 한번 볼게. (인터넷을 검색한다.) 해고
        통보 문자메시지. 이야, 이것 봐.

대리   뭐가 나와요? (과장 자리로 가서 같이 모니터를 본다.)

과장   샘플 많은데.

대리   이야, 정말. 여기서 고르면 되겠다.

과장   (검색 내용 중 하나를 가리키며) 이거 어때?

대리   진짜 너무 사무적이다.

과장   아냐. 들어갈 내용은 다 들어가 있잖아. 간결하네. 이거
        네. 쳐봐. 불러줄게.

318

대리, 자기 자리로 돌아가서 과장이 하는 말을 입력한다.

과장   본 문자를 수신하는 분은 당사 경영고도화 시행으로
        3월 1일 근로계약이 종료됨을 예고합니다. 통지서 수
        령, 경비실.

대리   통지서 수령, 경비실.

과장   몇 자야?

대리   (글자 수를 센다.) 하나 둘 셋…….

과장, 다시 점안액을 눈에 넣는다. 더 짜 넣을 눈물이 없다.

과장   아이 씨, 눈물 떨어졌네. 어때? 70자 안 넘지?

대리   네, 띄어쓰기해도 남아요. 과장님. 처음에 '안녕하십니
       까' 넣을까요? 그러면 딱 70잔데.

과장   (대리의 자리로 가면서) 아냐, 아냐. 간결하게 가.

대리   너무 간결한데, 이걸로 알까요?

과장   통지서 받으면 자세하게 쓰여 있잖아. 이건 예고 문자
       니까 정확하게만.

대리   이렇게 보낼까요?

과장   됐어. 발송.

대리   네.

과장, 그때까지 손에 쥐고 있던 점안액 용기를 자기도 모르게 대리의
자리에 두고 자기 자리로 돌아간다. 그리고 모니터 속 해고자 명단을
본다.

과장   김○○ 박○○ 강○○ 송○○ 이○○ 최○○, 얘도
       이번에 끝이네. 심○○ 유○○ 조○○ 장○○ 정○
       ○······.

대리   1년 금방 가요. 올해가 작년보다 시간이 더 빨리 가는
       거 같아요.

과장   아으, 야속해라. 속절없이 세월 가고 이내 몸 늙어갑니
       다. 보냈어?

대리   네. 발송 완료.

과장   내 동생도 이번에 나가네.

대리   동생요?

과장   자재과 막내. 한-국인이.

대리   아, 국인 씨요. 맞아요. 국인 씨 처음 보고 사람들이 전

부 과장님 동생인 줄 알았잖아요.

과장 안경만 벗으면 딱 나야. 나도 우리 아버지가 밖에서 사고 친 줄 알았어.

대리 한국인 씨 지난주에 상 당했다 그러던데.

과장 누가 죽었는데?

대리 모친상, 아니 부친상이었나?

과장 갔다 왔어?

대리 누구, 저요? 안 갔죠. 부조했어야 되나.

과장 아냐.

대리 들었는데. 뭐였지.

과장 모친상 아니면 부친상이겠지.

대리 그러니까요. 둘 중 하난데.

320

과장 점심때 봤거든. 내가 "동생, 잘 지내?" 그러니까 "네" 하던데.

대리 아까 점심때요?

과장 응, 점심때. 다 외근 나가고 오늘 나 혼자 먹었잖아. 내가 밥 샀어.

대리 오, 동생이라고.

과장 (갑자기 손으로 눈을 가리며) 아아!

대리 괜찮으세요?

과장 혹시 눈물 없지?

대리 저는 없죠.

과장, 서둘러 퇴근 채비를 한다.

과장 요 앞에 약국 몇 시까지 하지? 닫았을까?

대리   아직은 열었을 거 같은데요.

과장   나 눈물 사야 되는데. 아, 눈이야.

대리   (김 가방을 챙겨 가라고) 과장님, 김, 김, 김.

과장   이거 또 들고 가야 돼? 귀찮다. 저번에는 완도 멸치. 이
      번에는 완도 김. 총무과장 걔는 완도랑 무슨 관계 있나.
      (김 가방을 들며) 이것 봐. 손에 딱 들 때 묵직한 맛이 나
      야 선물이지. 주는 사람 받는 사람 민망하게 이게 뭐냐
      고. 다 주는 것도 아니고 정직원한테만 돌리는 거. 정직
      원 몇이나 된다고, 안 그래?

대리   명절 선물도 옵션으로 선택하면 안 되나. 상품권을 주
      든가.

과장   아냐. 일단 완도부터 바꿔. 진도로.

대리   어, 그럼 다음 추석 땐 진돗개 받는 거예요?

과장   집에 진돗개 한 마리씩 키우자. 통지서 마무리해서 올
      려놔. 오전에 일 마치고 고향 갈 사람은 일찍 가게. 내
      일 처리할 거 그거밖에 없지?

대리   네. 끝나갑니다. 연도랑 명단만 바꾸면 되니까. 먼저 들
      어가세요.

과장   간다. 아, 눈이야.

과장, 나간다.

대리   바람서리, 바람서리, 바람서리. 바람서리 불변함은 우
      리 기상일세. 무궁화 삼천리 화려강산. 대한 사람, 대한
      사람, 대한으로 길이 보전하세…….

안경, 작업복 차림으로 들어온다.

과장을 연기한 배우가 안경을 쓰고 다시 등장해 안경을 연기한다.

안경 　안녕하세요.

대리 　어, 한국인 씨. 퇴근 안 했어?

안경 　네. 가다가 불이 켜져 있어서. 안 들어가세요?

대리 　가야지. 지금 들어가는 거야?

안경 　네. 근데 과장님은……

대리 　과장님?

안경 　좀 전에 같이 계신 거 같았는데.

대리 　지금 막 갔는데. 과장님한테 볼일 있어?

안경 　(식권을 내밀며) 그럼 대신 이거 좀 전해주시겠습니까?

대리 　뭔데?

안경 　아까 점심때 구내식당에 갔는데, 제가 깜박하고 식권을 안 들고 간 거예요. 그래서 사물함에 식권 가지러 가는데, 과장님이 보시고 식권을 빌려주셨거든요.

대리 　아, 그랬어. 아냐. 뭐 그런 걸 가지고.

안경 　그래도 이거.

대리 　됐어, 됐어. 됐는데……. (엉겁결에 받는다. 식권이 여러 장이다.) 어, 한 장이 아니네?

안경 　너무 감사해서요.

대리 　아니, 몇 장이야?

안경 　지난달에 한꺼번에 많이 사놓는 바람에.

대리 　그런데 이거 다 주면 어떡해. 과장님한테 왜 다 줘.

안경 　이제 쓸 일이 없을 거 같아서.

대리 　왜? (문득 알 만하다.) 아아. 그래도 아직 기간 남아 있잖

아. 식권 써야지. 에이, 과장님이 쏜 건데. 형이 동생 밥 샀다 생각하면 되는데 괜히. 착해서 그렇구나.

안경, 대리에게 꾸벅 인사한 다음 물러 나가면서

안경 그건 경비실에서 찾아가면 되죠?

대리 그거?

안경 조금 전에 문자를 받았는데요. 통지서는 거기서 수령 하라고. 문자에.

대리 오늘은 안 되고 내일 오후쯤. 위에 결재받고 내일 점심 때 지나야 될 거 같은데.

안경 오후에……. 네, 알겠습니다.

대리 부득이 그렇게 되는 거야.

안경 네?

대리 회사 상황 때문에 부득이 그런 일이 생긴다고.

안경 네…….

대리 내일 집에 안 가? 고향 가야지. 설에 근무 있어?

안경 네. 연휴 기간에 쭉.

대리 딱 걸렸구나.

안경 설 지나고 쉬는 날에 가면 되니까.

대리 난 본가 갔다가 처가 갔다가…… 길에서 운전하면서 진 다 뺄 거 같애. 명절 끝나고 쉬는 게 더 좋은 거 같 애. 길도 안 막히고. 국인 씨, 잠깐만. (안경에게 김 가방 을 건넨다.) 이거 가져가.

안경 아닙니다.

대리 그냥 김이야. 완도 김.

안경   아닙니다. 괜찮습니다.

대리   한국 사람은 김이 최고지. 김 먹지? 이거 완도 김이야.
        들기름 발라서 전통 방식으로 구웠대. 마트에서 파는
        거 아니고 좋은 거래. 지난주에 소식 들었는데 가보지
        도 못하고. 상심이 컸지? 아버지 어머니, 때가 되면 어
        른들 한 분씩 보내드려야 되는 거고, 그런 거니까. 힘내
        고. 들기름으로 구워서 맛있겠다. 김도 잘 먹고. (엄지를
        치켜세우며) 국인 씨. 우리 설 지나고 과장님하고 같이
        한잔하자. 내가 자리 만들게. 고향 갔다 와서 꼭 한잔
        해.

안경   네. 고맙습니다.

대리   국인 씨 고향은 어디지?

안경   완도.

대리   뭐, 완도?

안경   네.

대리   진짜 완도? 완도 사람? 이거 고향의 맛이네. 완도 김.

안경   김 잘 먹겠습니다.

대리   새해 복 많이 받고.

안경   새해 복 많이 받으십시오. 눈 오는데 조심히 들어가십
        시오.

대리   눈 와?

안경과 대리, 눈 내리는 창밖을 길게 바라본다.

대리   (욕설이 비명처럼 터져 나온다.) XXXXXXX!

안경   ……눈이 좀 쌓이겠는데요.

대리   내일 아침은 지옥이겠다.

안경과 대리, 서로 눈을 마주치곤 희미하게 웃는다.
안경, 김 가방을 들고 나간다.

대리   가요. 가.

대리, 과장 자리에 식권을 놔두고 자기 자리로 간다.

대리   구내식당 우린 잘 안 가는데. (홍얼거림으로) 밥맛이 꽝
        이네요, 구내식당. 반찬도 꽝이네요, 구내식당. 부득이
        할 때만 가야지요. 부득이, 부득이, 부득이. (과장이 놓고
        간 점안액 용기를 그제야 발견하고는) 아이 씨, 눈물, 더럽
        게.

대리, 점안액 용기를 휴지통에 버린다.
용기가 놓여 있던 자리를 화장지로 닦고 그것도 버린다.
홀로 나머지 일을 계속하는 대리.
암전.

막

소리의 뼈

조인숙

등장인물
복학생   남, 이십대 초중반
휴학생   여, 이십대 초중반

시간
낮

공간
프랜차이즈 커피전문점

테이블엔 물고기 한 마리가 들어 있는 작은 어항이 있다. (물고기는 인형으로 대체해도 좋다.) 복학생은 오토바이 헬멧을 쓴 채 앉아 있다. 정확하게는 헬멧 실드로 얼굴을 가리고 있다. 이때 헤드폰을 한 휴학생이 들어와 카페 안을 두리번거린다. 복학생, 헬멧 실드를 올리며 휴학생을 향해 손을 들어 보인다.

휴학생   갑자기 무슨 일이야?
복학생   얘 좀 맡아줘.
휴학생   지금 이거 때문에 부른 거야?
복학생   이거라니? 뽀끔이야.
휴학생   내가 왜?
복학생   네가 선물한 거잖아.
휴학생   정확히는 네가 키우고 싶어 해서 선물한 거지.
복학생   난 원래 생명 있는 건 집에 함부로 들이지 않는 주의인데.
휴학생   진짜 이유를 말해. 아니! 말하지 마. 안 맡을 거니까.
복학생   그냥 애 좀 봐주면 안 돼?
휴학생   안 돼.

복학생, 한숨을 쉰다.

복학생   한동안 집에 못 들어갈 거 같아서. 절에 좀 들어가 있으려고.
휴학생   절? 혹시 (짧은 사이) 나 때문이야? 차라리 화를 내. 물고기 한 마리로 사람 불러내지 말고.
복학생   뽀끔이.

327

휴학생	내가 너 차서 충격받았어? 스님이라도 되려고?
복학생	설마. 그 정도로 좋아했을까…….
휴학생	넌 말을 꼭 그런 식으로 해서 사람 열받게 하더라.

복학생, 슬며시 웃는다.

휴학생	왜 웃어?
복학생	몰랐네. 너 아닌 척 되게 잘한다.
휴학생	뭐가?
복학생	진작 알았으면 우리 사이가 어떻게 됐을지 모르겠다.
휴학생	아, 또! 별것도 아니면서, 하려는 말 빙빙 돌리는 거! 그 버릇. 너 그거 진짜 나쁜 거야. (사이) 아, 뭔데 그래?
복학생	내가 '설마'라고 하니까……, 왜 갑자기 심장이 덜컥 내려앉았어?
휴학생	무슨 소리야?
복학생	들었어. 다 들려.
휴학생	그게 들린다고?

순간, 무대 전체적으로 어두워지면서 어항에만 조명이 비춘다.
두 사람은 동시에 어항 속 물고기를 바라본다.
휴학생은 계속 어항 속 물고기를 바라보고, 복학생은 그런 휴학생을 바라보며

복학생	그 헤드폰은 뭐야?
휴학생	넌 왜 헬멧 쓰고 있는데?
복학생	이렇게라도 해야 돼.

복학생, 휴학생의 헤드폰처럼 헬멧 위로 자신의 귀를 가리키며

복학생   그러고도 내 말은 잘 들려?
휴학생   응. 너야말로 왜 그러고 있는 건데?

조명 밝아지면 휴학생과 복학생이 서로를 잠시 바라본다.

복학생   다 들려. 너무 잘 들려서 문제야.
휴학생   나도. 너무 잘 들려.
복학생   뭐가?
휴학생   소리.
복학생   무슨 소리?
휴학생   다. 그냥 온갖 소리. 네가 듣자고 했던 그 수업. 기억나?
복학생   김 교수님 수업?
휴학생   응. 그때 수업 들었던 애들 만난 적 있어? 난 아무리 생
          각해도 그 수업 때문인 거 같거든.

다시 순간적으로 무대가 어두워지면서 어항에만 조명이 비춘다.
휴학생과 복학생, 어항을 바라본다.

복학생   방에 가만히 누워 있는데 윗집 변기 물 내리는 소리까
          지 다 들린 게 시작이었어.
휴학생   네 자취방 원래 방음 안 되잖아.
복학생   그 정도가 아니야. 그다음엔 대화 소리가 들리고, 그다
          음엔 컴퓨터 앞에서 키보드 두드리는 소리, 그다음엔
          과자 부스러기가 떨어지는 소리.

휴학생   그다음엔 개미 걸음 소리까지.
복학생   맞아.

휴학생, 어항 속 물고기를 보며

휴학생   너도 저 소리 들려?
복학생   응.
휴학생   너한테도 정말 들린다는 거지?
복학생   확실하게.

휴학생, 잠시 고민하더니

휴학생   딴 데 봐. 그리고 뽀끔이한테 뭔가 변화가 있을 때 '지
    금!'이라고 말해봐.

복학생, 다른 곳을 본다.
휴학생은 검지로 물고기를 가리키며 계속 주시한다.
이때는 어항 속에 들어간 것처럼 조명이 무대를 채우거나 두 사람을
비추면 좋겠다.
잠시 후, 동시에

함께   지금!
휴학생   맞아. 지금 살짝 꼬리 흔들었어. 다시 해보자.

잠시 후, 다시 동시에

함께	지금!
휴학생	완전히 등 돌리고 앉아봐.

잠시 후, 휴학생 오른팔을 움직이며

휴학생	어…… 이건……?
복학생	맞아. 오른쪽 지느러미만 움직였어.
휴학생	어쩐지.

복학생, 돌아앉는다.

두 사람, 잠시 말없이 서로 바라보곤

복학생	김 교수님 만난 적 있어?
휴학생	넌 학교 앞에 살면서 어쩜 이렇게 모르냐. 김 교수님 이번 학기부터 안 보인대. 증발한 것처럼 사라졌대.
복학생	어떻게 생각해?
휴학생	교수님 원래 좀 이상했잖아. 김 교수님 진짜 그 고집. 대단하더라. 아니, 무섭더라. 소리에도 뼈가 있다더니, 어떻게 한 학기 내내 말을 안 할 수가 있냐.
복학생	이상한 게 아니면? 우리가 그 증거일 수 있잖아. 도울 수 있는 방법이 없나?
휴학생	안 하는 게 좋을걸. 김 교수님 편드는 걸로 보일 테니까. 아마 너도 같은 취급 당하는 걸 감수한다면 뭐, 너도 그때 다른 애들처럼 종강하는 날 토론하지.
복학생	그래! 그 마지막 수업 이후부터 이랬어! 맞아. 그때 애들이 뭐라고 그랬지? 소리에도 뼈가 있다. 그건 침묵이

다.

휴학생   아니다. 그건 숨은 의미다.

복학생   아니다. 개념이 중요한 게 아니다.

휴학생   모든 고정관념에 대한 비판에 접근하기 위하여 채택된 방법론적 비유이다.

복학생   너도 소리에 뼈가 있다고 생각해?

휴학생   몰라. 확실한 건 우리 귀가 모든 소리를 잘 듣게 되었다는 거.

복학생   이 상황을 얘기하면 다들…….

휴학생   머리가 어떻게 된 줄 알겠지.

사이

332

휴학생   네가 그 수업 듣자고 했잖아.

복학생   수업 같이 듣자고 한 것도 죄야? 그것도 내 탓이라고?

휴학생   널 만나고 되는 게 없어. 이런 내 상황을 제일 잘 이해할 수 있는 사람이 너뿐이라는 게 더 화나. 다 망했어. 다시 돌려놔.

복학생   지금 나도 그렇다니까! 너랑 똑같다고.

휴학생과 복학생, 다시 어항을 바라본다.

복학생   그런데…… 이게 꼭 나쁘기만 한 일일까?

휴학생   그럼 우리가 뭘 할 수 있는데?

복학생   ……우리?

휴학생은 계속 어항을 바라본다.

복학생은 그런 휴학생의 옆모습을 바라본다.

복학생   너 심장 또 왜 그래?

휴학생   (어항만 계속 바라보며) 뭐가?

복학생   너 아닌 척 되게 잘한다.

휴학생을 바라보는 복학생의 얼굴에 행복한 미소가 번진다.

막

질투는 나의 힘

천정완

남자, 주변을 둘러보며 걸어 나온다.

여자, 뒤따라 나온다.

남자   좀 앉을까?

벤치를 발견하고는 앉는 남자.

여자, 남자 옆에 앉는다.

남자, 담배를 하나 꺼내 물고 라이터를 찾는다. 라이터가 없다. 주머니
여기저기를 찾아보지만, 없다.

남자   불 좀 빌려줄래?

여자   없어.

남자   담배 끊었어?

여자   (전자담배를 꺼내 보여주며) 난 이거 피워.

남자   그거 괜찮냐? 나 한번 피워보자.

여자   (전자담배를 넣으며) 됐어. 남의 입 닿는 거 싫어.

남자   아, 그래. 그렇지. (사이) 근데 괜히 서운하네.

여자   뭐가?

남자   아니, 뭐.

무대 뒤에서 의사가 걸어 나온다.

의사, 남자 옆에 앉아 차트를 넘긴다.

여자, 의사를 흘끔 보고 곧 시선을 돌린다.

의사   담배 좀 끊으세요. 애도 아니고 왜 그렇게 말을 안 들
       어요?

남자   (무심하게) 끊었어요.

의사   냄새가 나는데요?

남자   아! (사이) 미안합니다.

의사   나한테 미안할 건 없어요.

남자   말을 왜 그렇게 하세요? 제가 여기 선생님한테 혼나러
       온 건 아닌데.

의사   제가 왜 환자분을 혼냅니까? 전 그냥 제 일을 하는 거
       예요.

남자   아, 네. 불쾌하셨다면 죄송합니다.

의사   (차트를 보면서) 불쾌하지 않아요. (여자에게) 보호자분,
       지금부터 중요하니까 잘 들으세요.

여자   보호자 아니에요.

의사   아, 그러세요? 그럼?

남자   후배예요. 대학 후배. 혼자 오는 게 긴장돼서 부탁을 좀
       했습니다. 아무래도 충격적인 소식이 나올 것 같아서.
       자, 준비됐습니다. 말씀하세요.

의사   그래요. 뭐, 아무튼 결과가 나왔어요. (사이, 차트를 넘기
       며) 좀 더 지켜봐야겠지만 위궤양인 것 같네요.

남자   예? 위암 말기 아니고요?

의사   위암이면 그렇게 살이 찌지도 않아요. 위궤양입니다.

의사, 여자를 바라본다.
여자, 시선을 피한다.

의사   좀 쉽게 설명을 드리자면 (주머니에서 라이터를 꺼내며)
       이런 상태인 거죠. (불을 탁 켜면서) 위라는 게 처음에는

탈이 나도 잘 몰라요. 그런데, 점점 상태가 안 좋아지
는 거죠. 그러다 점점 '아, 문제가 되겠다' 싶으면 신호
를 보내는 거죠. (불을 탁 끄며) 이렇게 불을 계속 붙이
고 있으면 라이터가 뜨거워지는 것처럼. 보호자님, 이
분 식습관 엉망이죠?

여자　저, 보호자 아니라니까요.

의사　아, 네. 실례가 됐다면 미안합니다. (사이) 환자분 술을
　　　좀 줄이시고, 라면도 그만 드시고, 담배도 웬만하면 끊
　　　으세요.

의사가 자리에서 일어난다.
남자, 자신의 손에 담배가 꽂혀 있는 걸 물끄러미 내려다본다.

남자　선생님, 라이터 좀 빌립시다.

의사　어쩌죠? 저도 이것 하나밖에 없어서요.

의사, 라이터를 주머니에 넣고 나간다.
남자, 담배를 도로 넣는다.

남자　고마워. 혼자서 병원 가는 건 익숙해지지가 않네.

여자　(시계를 보며) 일어날까?

남자　조금만 더 있자. 오랜만인데.

여자　이따가 약속이 있어서 가봐야 돼.

남자　"나의 생은 미친 듯이 사랑을 찾아 헤메었으나 단 한번
　　　도 스스로를 사랑하지 않았노라." 이 시 기억나? 「질투
　　　는 나의 힘」. 너 이 시 정말 좋아했잖아.

여자	그랬지.
남자	지금은? 과거형이니?
여자	지금도 좋아해.
남자	너 2학년 때인가? 봄인데도 눈이 엄청 내린 날 있었잖아. 집에도 못 가고 카페에서 눈 그칠 때까지 있던 그날. 내가 이 시 읽어준 거 기억난다. 너 울었어. 그날.
여자	글쎄. 그랬었나?
남자	고마워.
여자	뭘.
남자	고맙지. 오늘 혼자 갔어봐. 생각만 해도 끔찍하다야. 그래도 네가 옆에 있어서 다행이다. (사이) 소설 좋더라.
여자	읽었어?
남자	응, 그럼 읽었지. 아직 문장이 좀 투박한데, 넌 시선이 달라. 이렇게 될 줄 알았어.
여자	(시간을 확인하고는) 오빠는 어디로 가? 집으로 가?
남자	그래야지.
여자	아직 남영동 살아?
남자	응. 이사를 해야지, 해야지 하고는 계속 못 했다야.
여자	저 앞에서 버스 타고 가면 되겠네.
남자	넌?
여자	난 택시 타고 들어갈게.
남자	밥 같이 안 먹을래?
여자	내가 오빠랑 마주 앉아서 밥이 넘어가겠어?
남자	그…… 그렇겠지. 미안하다. 괜히.
여자	괜히? 진짜 오빠는……. (사이) 하, 정말.
남자	미안해. 나도 이런 내가 싫은데 정말 견딜 수가 없다.

삶이 이렇게 나를 흔들어. 어지러워 멀미가 날 것 같아.

여자   어지러우면 집에 가, 가서 좀 자.

남자   잠이 오겠니? 늘 벼랑 끝인데. 칼날 위에 서 있는데.

여자   (가방에서 전자담배를 꺼내 피우며) 아직도 맵게 먹어? 무
식하게? 그러다가 진짜 죽어.

남자   괜찮아. 어느 날 내 삶에 전등이 꺼지면 어둠 속에 살
지 뭐. 너한테는 빛이 나네. 다행이야. 너라도 빛이 있
어서.

여자, 피식 웃는다.

남자   왜 웃어? 넌 웃기니?

여자   응, 우스워.

남자   그래, 웃어. 너라도 대신 웃어줘. 나 대신에 세상에 비
웃어줘.

여자   오빠. 이제 그만 좀 해.

남자   그게 무슨 소리야?

여자   세상에 진짜는 없고 가짜들만 판치고. 그 역겨운 가짜
들의 정치가 싫어서, 그래서 오빠는 계속 거기에 머물
러 있고, 아직 그렇지? 그런데 덜컥 병에 걸려서 심각
한 것 같아. 생각해보니까 너무 비극적이야. 오빠가 말
하던 저 밑 어딘가에서 뭔가가 조용히 흔들리던 그 순
간. 그래서 나 불러낸 거잖아.

남자   은영아. 왜 그래, 갑자기. 낯설어, 너.

여자   오빠는 이게 멋있어? 이 상황에서도 이렇게까지 하고
싶어? 오빠, 나는 그때 막 입학했어. 그래서 오빠랑 만

난 거야. 그냥 연애가 하고 싶어서, 스무 살이었잖아. 제발 의미를 만들지 마, 나 그냥 애였어. (사이) 그래. 내가 어려서 오빠를 만나서 그게 죄였다고 하자. 근데 할 만큼 했잖아. 3년 사귀고, 15년을 이렇게 당해야 되니? 나 오빠랑 만날 때도 오빠가 하는 말 뭔 말인지 하나도 이해를 못 했어. 왜 그렇게 지랄을 해대는지 몰랐어. 사람 밥을 먹었으면 사람 같은 소리를 해야지, 왜 자꾸 개소리를 해 오빠.

남자　너만은 나를 이해했잖아. (이마를 가리키며) 내 머리에 있는 이 자폭 버튼! 이걸 네가 지켜줘서 지금 내가 살고 있잖아.

여자, 손가락으로 남자의 이마를 지그시 누른다.

여자　자, 눌렀어. 터져봐.

남자　어? 너 지금, 나를 파멸시키는 거야?

여자　오빠는 정말 어떤 의미로 대단한 사람이야. 어쩜 이렇게 한결같아? 오빠 올해도 신춘문에 냈지? 그거 내가 예심 봤어. 제목이 '질투는 나의 힘'이더라? 제목 보고 한참 웃었지 뭐야. "그때 내 마음은 너무나 많은 공장을 세웠으니 어리석게도 그토록 기록할 것이 많았구나." 오빠, 이 시는 오빠가 아니라 내가 읽었어. 오빠는 기형도가 누군지도 몰랐잖아. (사이) 오빠. 좀 커. 어른이 되란 말이야. 무작정 늙지만 말고.

여자, 일어나서 나간다.

멍청하게 하늘을 바라보는 남자.

학생이 무대에 등장한다.

남자를 보더니 반갑게 걸어오는 학생.

학생　　어? 선생님.

남자　　응? 누구?

학생　　저예요. 정일학원에서 선생님 수업 듣던 유현고 김영
　　　　훈, 기억 안 나세요?

남자　　김영훈? 글쎄.

학생　　네. 저 기억 안 나세요? 선생님이 합평 때 제 시 읽고
　　　　칭찬해주셨잖아요.

남자　　아…… 그 영훈이. 그래. 잘 지냈니?

학생　　네, 선생님. 입학하고 선생님 찾아서 학원에 갔는데, 그
　　　　만두셨더라고요.

남자　　아, 그래. 일이 있어서.

학생　　네, 선생님. 얼마나 뵙고 싶었는데, 여기서 우연히 만나
　　　　네요.

남자　　응.

학생　　이 근처에 사세요?

남자　　아니. 그냥 일이 있어서 왔다가.

학생　　그러시구나. 와, 선생님 하나도 안 변하셨어요. 진짜 멋
　　　　있으셨는데. 선생님이 첫 수업 때 우리한테 말씀하셨
　　　　잖아요. 니체, 영겁회귀. 영원한 시간은 원형을 이루고,
　　　　그 원형 안에서 일체의 사물이 그대로 되풀이된다. 너
　　　　희는 그 사물의 본질을 더듬어야 한다. 하, 아직도 기억
　　　　나요 선생님. 정말 보고 싶었어요.

남자	내가 그랬나?
학생	네, 선생님. 그때 그 말씀, 정말 잊히지가 않았어요.
남자	그랬구나. 그래, 잘 지냈니?
학생	그럼요. 저 등단했어요.
남자	벌써?
학생	네, 선생님 말씀 덕에 꾸준히 시를 썼어요. 그래서 이번에 시집이 나왔어요, 선생님 말씀 때문에. 선생님 이제 시 안 보세요? 저 등단했다고 흐뭇해하실 줄 알았는데.
남자	내가 요즘 한국문학을 잘 안 봐. (사이) 혹시 라이터 있니?
학생	아뇨. 저는 담배를 안 피워서. (사이) 아! 마침 제가 시집을 가지고 있는데, 한 권 드릴게요. 꼭 읽어보고 말씀해주세요.

남자, 고개를 돌린다.

학생	선생님, 왜 그러세요. 우세요? 왜 우세요?

천천히 암전.

막

흔해빠진 독서

박춘근

등장인물
언니   삼십대 후반
동생   삼십대 중반, 여동생

시간
명절 연휴 마지막 날 저녁

공간
거실

언니, 혼자 거실에서 다소 두꺼운 책을 읽고 있다. 책을 앞뒤로 뒤적거린다. 재미없다. 중간쯤에서 멈춘다.

동생, 거실로 나온다. 막 씻은 후. 손에 수건과 로션, 스킨 등을 들었다. 따분하게 독서 중인 언니를 본다.

동생　아직도야?

언니　거의 다 봤어.

동생　연휴 첫날에 명절 동안 그거 다 읽는다 했을 때, 내기를 해야 했어.

언니　다 봤다니까.

동생　명절은 이제 몇 시간밖에 안 남았고, 어디 보자 책은…… (언니가 펼쳐놓은 책을 가늠하고는) 절반 좀 더? 애걔.

언니　어떻게 여기 나오는 사람들은 주인공과 얘기만 하면 다 죽어? 스토리가 체계적이지를 않아. 주인공이 죽어야 이야기가 끝나냐?

동생　결말 알려줘?

언니　그거라도 몰라야 끝까지 볼 것 같다.

동생, 로션 등을 바르며 언니 눈치를 본다.

동생　오늘도 자고 갈 거야?

언니　왜? 귀찮냐?

동생　안 귀찮겠냐? 형부는 하필 명절 마지막 날 당번이래?

언니　당번? (웃더니) 학교냐? 당번 아니고 당직.

동생　당번이나 당직이나……. (건성으로) 형부를 학교 때부터 봐서 그렇잖아. 난 아직도 '형부'보다 '오빠'가 더 편하다고. (사이, 장난으로) 오빠를 오빠라고 부르지도 못하다니. 엄마는 그런 게 뭐 중요하다고.

언니   옛날 사람이잖아.

동생   너 결혼 전에 형부가 우리 집 왔다가 들키면 어땠는 줄 알아? (대답 없는데) 허둥지둥 당번이라며 빠져나가고, 좀 있다 너도 슬쩍 따라 나가고. (웃으며) 진짜 뻔해. 누가 더 민망했을 것 같아?

언니   그러니까 왜 사람들이 불쑥불쑥 다녀? 좀 예정된 시간에 다니지들 않고. 다 옛날 일이다.

동생   그렇게 불들이 붙으셨었는데, 왜 지금은 애를 안 주시나 몰라.

언니   야.

동생   알아, 알아. 너무 스트레스 받지 말라고. 요즘 기술 많이 좋아졌다잖아.

동생, 언니가 읽던 책을 슬쩍 빼어 오더니

동생   형부는 이번에도 명절 같지 않았겠다. 장모가 저리 오래 누워계시니.

언니   언제는 명절 같았냐.

동생   그래도 한때는 처가랍시고 여기라도 오면……. (책을 보더니) 난 네가 언제 이 책을 볼까 싶었는데…….

언니   넌 이 넓은 집에 혼자 있으면 안 무서워? (사이) 엄마도 없는데?

동생   (무시하고 책 건네며) 이게 그렇게 재미없어? 책 참 안 좋아해. 난 두 번은 봤는데.

언니   나? 책 좋아하거든! 어떻게 넌 이런 책을 두 번 보냐?

동생   빨리 읽으란 말이야.

언니   왜?

동생   그래야 내가……. (한참 망설이다가) 아니다, 됐다.

언니   (다시 책을 펼친다.) 어떻게든 오늘까지는 읽으려 했다
       고. 간다, 가.

동생   넓은 자기 집 놔두고 남의 집 넓네, 좁네 잔소리는.

언니   여기가 왜 남의 집이야? 네가 여기 얹혀 사는 거다. 여
       기 엄연히 내 친정이라고.

동생   아이고, 친정? 딸랑 여동생 하나 있는 집이 무슨 친정.

사이, 서로 좀 우물쭈물하는 것 같다.

언니   어제, 엄마 의사 선생님 만났지?

동생   어? 어. 너 형부 바래다주러 갔을 때.

언니   부르시든?

동생   불러야 만나나? 당번……, 당직이셨겠지.

언니   은미야……. (말을 못 잇는데)

동생   (뭔가 눈치채고 말을 돌리듯) 그것 좀 빨리 읽으라고. 남
       들은 다 재미있다고 두 번 세 번 읽는데 왜 한 번을 못
       읽어?

언니, 책을 내려놓고 동생을 본다.

동생   병원에서도 명절 내내 남의 책을 자기 책처럼 끼고 다

니더니, 어떻게 그것밖에 못 읽어?

언니　　은미야.

동생　　왜? (언니, 대답 없는데) 무슨 말을 하고 싶은데?

언니　　원래는, 이거 다 읽고 말하려고 했는데…….

동생　　됐어. 그럼 다 읽고 말해. 아직 명절 안 끝났어.

언니, 망설이다가 책을 이리저리 뒤적인다.

동생, 언니의 말에 날이 선다.

언니　　이놈의 스토리는 뭔 사건도 안 일어나고, 인물들은 왜
　　　　또 이렇게 변명이 많아? 구성도 구리고.

동생　　(갑자기 언성을 높이며) 지금 뭐, 디스하는 거야? 그 책
　　　　말이야……, 그 책이 어떤 책인 줄 알고……. (말을 돌리
　　　　듯) 내가 좋아하는 책이거든?

언니　　(무심하게) 디스는 무슨 디스. 독자마다 취향이 다르다
　　　　는 거지.

동생　　취향 같은 소리. 그냥 성격이야. 이런 이야기 안 좋아하
　　　　는 성격. 사람 마음이 거창한 사건보다 느리게 진행되
　　　　는 걸 못 참잖아.

언니　　내가 뭘 못 참아?

동생　　됐어.

언니　　(여전히 무심하게) 뭐든 됐대. 너, "됐어" 그럴 때 엄마하
　　　　고 똑같은 거 알아?

동생, 자리를 피하려고 한다.

347

언니   하여간 이런 스토리 쓰는 작가라는 것들, 중요한 순간
       에도 결정 같은 건 절대로 못 하고, 남한테 미루고…….
       또 그걸 결정장애니 선택장애니 말이나 만들어서 그럴
       듯하게 신세 한탄이나 하고. 여기 주인공도 똑같아.

동생, 방으로 들어가려다가 괜히 돌아서서

동생   거봐! 너야말로 똑같애. 어릴 때부터 남의 생각은 어떨
       지 눈곱만큼도 생각 안 하고……. 하고 싶은 말 있으면,
       눈치도 없이 다 하잖아!
언니   (여전히 무심하게) 내가 뭘……, 다 말하는데?

동생, 주춤거린다. 자리를 피하고 싶다.
언니, 동생을 물끄러미 본다.
동생, 언니의 시선이 부담스럽다.

동생   아니다, 됐다.
언니   그래그래, 또 됐다.

언니, 무심하게 책 겉장 속을 펼치는데

언니   어? 여기 뭐 써 있다. 네 글씨인데?

동생, 언니를 말리려다가 머뭇거린다.

언니   (책을 읽으며) "휴일의 대부분은…… 죽은 자들에 대한

추억에 바쳐진다"? (사이) 이거, 뭐냐? (대답 없는데 천
천히) "그 생애는 이해하기 쉽다……. 휴일의 행인들은
하나같이……, 곧 울음을 터뜨릴 것만 같다……". (동생
을 힐끗 보더니) "엄마에게 은미가."

동생 기억 안 나?

언니 야, 책에다 이런 것도 적어놓고. 너 되게 낭만적이다.

동생 혹시나 싶었다. 정말 모르는…… 거야?

언니 뭔데, 이게?

동생 기형도잖아. 진짜 책 안 좋아해.

언니 아니, 이 책이 뭐냐고.

동생, 망설이더니

동생 아빠 제삿날……, 네가 엄마한테 선물한 책이잖아. 진
짜 기억 안 나?

언니 내가?

동생 (놀리듯, 어쩐지 과장되다.) 아, 어떻게 사람이 이럴 수 있
을까요? 하긴, 책은 엄마가 고르고 넌 결제만 했으니
까. 엄마가 뭐 하나 앞에 적어달래니까 "그런 건 은미
나 시키세요" 그랬잖아. '은미에게'도 아니고 '은미나!'
시키라고 했다고.

언니 야, 돈은 내가 냈다면서 이름은 왜 너만 적었어?

동생, 어이없는 듯 소리 내어 웃는다. 그러나 슬프다.

동생 아이고, 이런 책이 있는 줄은 아셨을까요?

언니   내가, 아니 엄마가 이런 책을 나한테 사달라 했다고?

동생   온라인 주문도 왜 내가 대신 해줬을까. 하여간 관심이
       없어요. 엄마, 그때 되게……. (말을 찾는데)

언니   (무심히 책을 다시 펼쳐서) "하나같이 곧 울음을 터뜨릴
       것만……, 같다".

동생   사람이 징징거리는 맛이 없어. 엄마, 그 책 받고 되게
       좋아했었다고.

언니, 책을 덮고 골똘해진다.

언니   난 이 책 주인공처럼 징징거리는 거 딱 싫어. 이 구절
       도 그렇고.

동생   그런 꼴을 못 봐요. 엄마가 아빠 그날을 얼마나 힘들어
       했어? 다 알면서도 하여간, 그 꼴을 못 보고……. 무슨
       인생이, 네가 회사에서 만드는 엑셀 파일 같아? 네가
       좋아하는 그…… (말을 찾다가) 체계적인지 뭔지 따지
       지 말고 차라리 징징거려. 아니면 적어도 남 징징거리
       는 거는 좀 봐주든가.

언니, 책을 탁자에 놓고 벌떡 일어나 주위를 서성인다.
동생, 언니의 갑작스러운 태도에 약간 놀란다. 차분한 듯 애쓰며

동생   인생이 뭐 엑셀 파일처럼 각이 딱딱 잡혀?

언니, 깊은 한숨을 쉰다. 동생에게 무슨 말을 하려다 멈춘다.
동생, 언니 동태를 살핀다. 뭘 어떻게 할지 몰라 어색하게 있다가 탁자

위의 책을 집는다.

동생　구성이 구리긴 뭘 구려…….

언니　(사이) 나도 어떻게 할지…… 각이 안 나온다.

언니와 동생, 마주 본다. 서로 먼저 말하기를 바라지만 아무 말도 안 하
는데. 동생, 시선을 피하고 싶어 책을 펼쳐 본다.

동생　"대부분 비슷한 삶을 살다 갔다, 그들이 선택할 삶은
이제 없다".

언니　내가 이 책 다 읽으면 말하려고 했는데…….

동생　또, 또!

언니　(지금까지와는 달리 버럭하며) 또 뭐? 이런 말을 내가 하
고 싶어서 하는 것 같아?

동생, 놀라서 책을 떨어뜨린다.

동생　악! (놀라서) 야…….

언니　(화내며, 그러나 횡설수설 어색하게) 다 읽으면 말하려고,
그때 말하려고! 그래! 그러려고 했다고! 처음 이 책을
집으면서, 명절 끝나기 전에 다 읽자, 그리고 그때 얘기
하자. 그렇게 생각했다고! 다 읽으면, 그러면, 말할 수
있을 것 같았다고! 그랬는데!

동생, 언니가 화내는 모습이 안쓰럽기도 하고 우습기도 하다.

동생   야, 너 왜 이래?

언니   이놈의 책은 뭔 주인공과 얘기만 하면 죽어버리고, 정
          말 짜증 나게 재미는 하나도 없고! (어쩔 줄 몰라 하며)
          어? 왜 이 책은…….

동생, 다시 웃음이 터진다. 전보다 크다.
언니, 동생을 어이없게 본다.

동생   야, 진짜……. (웃음을 겨우 참는데)

언니   왜 내 이름은! 왜 안 쓴 거냐고!

동생, 웃음을 못 참는다.

352

언니   명절 내내 네 형부나 엄마, 별것도 아닌 옛날 얘기나
          들춰내고, 벌써 몇 번째니? (사이) 너도 지치지?

동생   너 진짜 이상해. 야, 진짜 화도 내본 사람이 내는 거구나.

언니, 동생에게 다가간다. 동생, 자기도 모르게 뒷걸음질 치는데

동생   뭐야.

언니   차라리 징징거리라며?

동생   이게? 너, 연기하는 거야?

언니   (또 버럭) 아니야!

동생, 다시 크게 웃는다.

언니 　 야!

동생 　 알았어, 알았다고. 야, 왜 난 네가 소리치면 웃기냐?

언니 　 정말이지, 각도 안 나오고 그냥 자꾸 화가 난다.

동생, 차분해지려고 애쓴다.

언니, 기운이 빠진다.

동생 　 나도 그랬던 것 같아.

언니 　 뭘?

동생 　 (사이, 추스르며) 나도 네가 그 책 다 읽으면, 그때 얘기
　　　 해야겠다 싶었어.

동생과 언니, 말하지 않아도 서로의 말을 알 것 같다.

언니 　 넌 그렇게……, 언니라는 말이 힘드니?

동생 　 야.

동생, 언니를 한참 보다가

동생 　 그 옛날 사람, 탐정 같았던 건 모르지? 결혼 전에 둘이
　　　 집에 왔다 가면 귀신같이 알아챘다고.

언니 　 또, 또! 아직도 옛날 얘기가 남았어?

동생 　 화장실 슬리퍼 놓인 방향이든, 변기 뚜껑 올라간 거든,
　　　 뭐 하다못해 지나치게 가지런한 이불 같은 것만 보고
　　　 도 나한테 오빠, 아니 형부 봤냐고 물었다고.

언니 　 (이번에는 좀 놀란 듯) 진짜?

동생 몰랐지? 그러면 내가 뭐라고 대답해? 봤다고 해? 몰랐
     다고 해? 난 정말 몰랐는데. 그러면 그날 이 엉큼한 옛
     날 사람이 저녁 먹을 때 불쑥 너한테 형부 안부를 묻고
     는 이러는 거야. "요즘은 통 들르지를 않네?" 그때 엄
     마 표정을 봤어야 하는데. 아주 엉큼한 아줌마라니까.
언니 (뭔가 깨달은 듯) 아.
동생 그 말이 사인이었다고. '나 다 안다', 그런 사인. 근데
     당사자는 전혀 눈치도 없이, (언니 흉내를 내며) "걔 안
     부 묻기 전에 딸 안부나 물으시지", 이죽거리며 밥이나
     먹고.

언니, 다시 책을 만지작거리는데

354

언니 참 옛날 같다. 고작 10년도 안 된 일인데…….
동생 (혼잣말처럼) 정말 눈치도 없이.
언니 우리 이제……, 엄마 보내주자.

긴 사이
동생, 일어나서 먼 산을 보다가

동생 반칙이야.
언니 선생님한테 다 들었잖아.
동생 결국 그 책 다 못 보고 얘기했네?

언니, 책을 탁자 위로 툭 던지며

언니　　이놈의 책, 정말 재미없어서 못 읽겠다.

동생, 언니가 던져놓은 책을 물끄러미 본다.

동생　　네가 그 책 정말 다 읽으면, 그때가 되면 어쩌나 했는
　　　　데……, 그러면 어쩌나 했는데.

언니, 동생 눈치를 보며 다시 책을 집는다.

동생　　엄마도 다 알겠지?
언니　　탐정이라며? 다 알아.

한참 서로의 생각에 잠긴다. 동생, 참더니

동생　　언니…….
언니　　미뤄왔던 거잖아. '이미 나 다 안다고' 사인을 보내셨
　　　　을 거야. 이만하면 됐다고.
동생　　(엄마 흉내를 내듯) ……됐다, ……됐어.
언니　　……된 거야.

긴 사이

동생　　그러면……, 그리고 나면, 우리 이제 어쩌지?
언니　　(말을 못 찾다가) 우리가 치러야 할 일이야.
동생　　잘났어. 정말.
언니　　잘난 언니 둬서 고마운 줄 알아. 그래도 명절 되면 여

기서 보자.

동생　　여기? 둘이 어디 놀러나 가. 여기 뭐가 있다고.

언니　　네 형부가 그러자고 해. 누가 있든 그래도 처가가 있으면 좋겠다.

동생　　네가 친정이 있었으면 하는 건 아니고? 어디 들킬 엄마도 없는데? 차라리 애를 낳아 오든가.

언니　　야.

동생, 책을 보면서

동생　　주인공이 어떻게 되는지 얘기해줘?

언니, 다시 책을 집고는

언니　　됐거든. 내가 명절 끝나기 전에 끝까지 본다. 어쨌든, 나도 여기다 내 이름 적는다.

동생　　뭐?

언니　　내 돈으로 사서 엄마 준 거라며? 네 책도 아니네?

동생　　야! 양심 있으면 적어도 책은 다 읽고 네 이름 써라.

언니　　왜? 왜 그래야 되는데?

언니, 펜을 들어 책에 이름을 쓰려고 한다.
동생, 언니를 몸으로 막는다. 둘이 책을 두고 옥신각신 티격태격한다.

막

바람의 집

임상미

등장인물
남자   33세, 남편
여자   31세, 아내

시간
겨울, 동트기 전 어두운 새벽

공간
거실에 큰 창이 있는 오래된 아파트

롱 패딩을 입은 남자가 벽을 보고 서 있다. 입을 모아 숨을 내뿜자 입술 밖으로 하얀 입김이 새어 나온다. 창문이 닫혀 있는데도 바람 소리가 들린다. 남자, 노래를 낮게 흥얼거린다. 〈바람아 멈추어다오〉의 한 구절이다.

남자   멈추어다오, 바람아…….

여자, 방에서 나온다. 남자처럼 잔뜩 껴입었지만 추워 보인다.

남자   (놀라) 엄마야!

여자   (울먹거리며) 여보.

남자   왜 그래, 무슨 일이야.

여자   당신 엄마가 우리 재개발 안 된대.

남자   무슨 뚱딴지같은 소리야. 당신 우리 엄마 모르잖아.

여자   꿈에 나왔어. 당신 얼굴에 빠글빠글 파마머리. (손가락으로 볼을 찍으며) 그리고 여기 큰 점.

남자   그럼 우리 엄마 맞는데……. 무슨 꿈인데?

여자   (울먹이며) 흉몽이야. 여보, 우리 재개발 안 되면 어떡하지?

남자   울지 말고 찬찬히. 어? 지금 울면 복 나가요. 재개발에 하등 도움이 안 된다고.

여자   꿈에서 발표가 난 거야.

남자   한대?

여자   한대. 근데 우리는 안 됐어. 가서 막 따졌지. 다른 집은 다 해주고 우리 집만 빼는 게 어딨냐고. 그런데 갑자기 어디선가 빛이 막 쏟아지는 거야. 그리고 당신 엄마가 나왔어.

남자   됐네. 된 거야. 이제 됐어. 엄마가 하늘에서 알아서 해 주실 거야.

여자   우리 집만 안 됐다니까.

남자   엄마가 그래? 우리는 안 된대?

여자   (울면서) 거저먹기엔 우리 죄가 너무 많대. 모든 게 우리 업보래.

남자   꿈은 원래 반대랬어. 된 거야. 우리 됐어, 여보.

여자   당신 어제 박 대리 연차 낸다고 일 몽땅 떠넘기고 왔잖아.

남자   그게 뭐!

여자   박 대리가 당신을 얼마나 원망했겠어. 얼마나 잘 되나 한번 보자, 그랬을 거 아냐.

남자   그렇게 치면 대한민국 사람 반은 망했지.

여자   재개발 안 되면 우리가 망해. 남의 속에 불 질러놓고 내 집이 잘 되겠어?

남자   그럼 어떡해. 사과라도 해?

여자   그럴래?

남자   말이 되는 소릴 해라. 모양 빠지게.

여자   (남자의 휴대폰을 집어 들며) 번호 뭐야. 내가 할게.

남자   쪽팔리게 왜 이래!

여자   지금 안 하면 평생 쪽팔리게 되는 거야. 빚만 갚다 죽을 거야?

남자   할게. (호흡을 가다듬으며) 한다고.

여자, 남자에게 휴대폰을 건넨다.

남자, 휴대폰으로 문자를 보내며 말한다.

남자　　"박 대리, 내가 어제 집에 중요한 일이 있었어."

여자　　거짓말.

남자　　아, 거짓말도 죄지. 알았어. 다시. "박 대리, 어젠 내가
　　　　너무 심했다. 다음 보고 땐 내가 박 대리 분량까지 할
　　　　게. 마음 풀어. 사과한다." 자, 확인 눌렀다. 됐지?

여자　　또 있어.

남자　　당신 내가 뭐 잘못하는지 세고 있었어?

여자　　저번에 눈 내린 날 기억하지?

남자　　피자 시켜 먹었잖아.

여자　　내가 눈 많이 오니까 배달시키지 말자고 했어, 안 했어.

남자　　야, 배달은 원래 그런 날 시키라고 있는 거다.

여자　　배달하다 다쳤으면? 부모, 애인, 친구, 그 사람들이 속
　　　　만 상하고 말았겠어? 피자 시킨 인간 망하라고 고사를
　　　　지냈을 거 아냐.

남자　　그러니까 돈 주잖아. 배달시키면 걔네도 돈 버니까 좋
　　　　은 거야.

여자　　맛있게 드시라고 인사하는데 면전에서 문 닫았잖아.
　　　　그것도 좋은 거야?

남자　　내가?

여자　　눈길에 배달 온 사람한테 왜 그러냐고 했더니 당신이
　　　　랑 상관없다며. 당신 그러고 친구랑 전화도 했어. 뭐라
　　　　고 한 줄 알아?

남자, 여자가 말한 때로 돌아간다. 통화 중이다. 손가락 전화여도 좋다.

남자	"형님, 눈 오는데 왜 위험하게 운전을 하세요. 눈길 조심조심하십시오. 돈 많이 버셔야죠."
여자	당신은 돈만 주면 사람 막 써도 되는 줄 알더라? 그러면 벌 받아.
남자	너 내가 벌 받으면 좋겠지?
여자	아까 못 들었어? 우리만 안 된다잖아. 안 되면 어떡할 거야. 당신이 책임질 거야?
남자	누가 보면 세상 착하게 산 줄 알겠네.
여자	난 깨끗해.
남자	깨끗? 내가 다 봤어.
여자	봐? 뭘 봤는데.
남자	며칠 전에 당신 피티 받는 짐에 갔었다.
여자	짐에는 왜?
남자	가면 안 돼?
여자	그런 말이 아니라, 왔으면 알은 척을 하지.
남자	피티를 너무 열심히 받더라고. 분위기 좋더라?
여자	열심히 운동하는 게 죄야?
남자	트레이너가 단백질 셰이크 먹여주는 것도 운동에 포함이냐?
여자	관리해주는 거야. 그러라고 돈 주는 거잖아.
남자	돈 주면 그런 식으로 쳐다보고 그래도 돼?
여자	생사람 잡지 마. 그거 죄 짓는 거야.
남자	당신이야말로 죄 짓지 마. 거짓말하지 말라고. 내가 그 눈빛을 몰라? 당신 원하는 거 있을 때 나오는 눈빛이잖아. 내가 당신 친구 애인이었을 때, 이 아파트 처음 구경 왔을 때. 어?

여자   그래서 뭐. 내가 피티 선생님이랑 바람이라도 났다는
       거야?

남자   상상은 했잖아.

여자   당신, 밖에서도 이러지? 그래, 그러니까 오늘같이 중요
       한 날 이 사달이 나겠지. 당신한테 당한 사람들이 손발
       이 닳도록 비는 거야. '그 인간 뼈아프게 해주세요. 하
       는 일마다 망하게 해주세요.'

남자   니가 그렇게 빌고 있겠지. (호흡을 하며) 집안 참 잘 돌
       아간다.

사이, 적막을 깨고 라디오 소리가 울린다.

여자, 움찔한다.

남자, 휴대폰을 꺼내 본다.

남자   10분 남았다. 빨리 미안하다고 해.

여자   뭘 미안해야 하는 건데?

남자   이 라디오, 발표 10분 전에 울리게 세팅한 거야. 미안
       한 거 있으면 지금 말해. 어디서 뭘 했든 다 용서한다.

여자   진짜야?

남자   내가 먼저 해?

남자, 창을 열고 소리친다.

남자   배달 청년! 정말 미안합니다. 이제 눈 올 땐 직접 갈게
       요. 배달도 한 번에 두 판씩 시킬게요. 여보! 행복하게
       해준다고 했는데 대출 걱정만 시켜서 미안하다. 넌 내

가 잘못한 걸 세면서 날 저주했지만 다 용서할게. 하지
만 피티는 그만둬라. 저 때문에 상처 입은 모든 분들!
죄송합니다. 제가 죄인입니다. 제가 다 잘못했습니다.

여자 그만해. 사람들 깨잖아!

남자 지금 인생이 망하게 생겼는데 사람들 깨는 게 문제냐?

여자 당신 엄마 말이 맞아. 우린 이 바람구멍 난 아파트에서
난방 한번 마음껏 못 틀어보고 오들오들 떨다가 대출
에 깔려 죽게 될 거야.

남자 그러니까 빨리 사과해. 시간 간다. 어?

여자 미안해.

남자 용서! 됐어. 이제 우린 깨끗해.

여자 이 집 살 때 대출 하나 더 받았어.

남자 뭐? 야!

여자 미안해.

남자 얼마나 더 받았는데. 어?

여자 얼마 안 돼. 한 4천.

남자 4천? 4천이 얼마 안 받은 거야?

여자 딱 그만큼이 비는 걸 어떡해. 당신도 그랬잖아. 이 아파
트는 긁으면 100퍼센트 당첨되는 로또라고. 그런 로또
를 고작 4천이 없어서 안 사?

남자 담보 뭐 했어. 뭐 잡혔냐고.

여자 퇴직연금.

남자 당신 퇴직연금 얼마 되지도 않잖아. (짧은 사이) 설마 내
거 잡혔냐?

여자 재개발되면 다 해결돼. 당신 엄마도 된댔잖아.

남자 언제는 우리만 안 된다 그랬다며.

363

6시 뉴스 오프닝 음악이 흐른다.

잠시 뒤 앵커의 목소리와 함께 뉴스가 시작된다.

뉴스   첫 번째 소식입니다. 남동구 제2동 재개발 계획이 백
      지화되었습니다. 서울시는 최근의 전셋값 상승이 잇따
      른 재개발로 인한 투기과열의 결과라고 보고, 과열지
      역의 주택노후진단부터 전면 재실시한다는 입장을 밝
      혔습니다.

여자   얘네 지금 뭐라는 거야? 아니지, 여보? 이거 아니잖아.
      꿈은 반대랬잖아. 딴 데 틀어봐.

여자, 남자의 휴대폰을 빼앗아 조작하기 시작한다.

남자   꿈이고 나발이고 다 끝났다.

여자   여보, 이거 아니야. 대출, 우리가 받은 대출이 몇 갠데!

바람이 거세게 분다. 창문이 흔들린다.

여자, 서러운 듯 훌쩍인다.

여자   너무 추워.

남자, 여자 옆에 가부좌를 틀고 앉더니 자신의 무릎 위에 여자의 머리
를 눕힌다. 그러고는 여자의 배를 가만히 쓸어주면서 〈바람아 멈추어
다오〉를 흥얼거린다.

여자   당신은 지금 노래가 나와?

남자   이상하게 마음이 편하다. 아깐 되게 무서웠는데.

여자   뭐가?

남자   내가 무슨 잘못을 했는지 당신이 막 얘기하는데……
       무섭더라. 하나도 기억이 안 나. 그동안 얼마나 많은 사
       람한테 상처를 줬을까. 잘못해놓고 기억 못 하는 건 또
       몇 개나 될까. 망했다. 나 때문에 다 망했다.

여자   난 지금이 더 무서워. 대출 생각하니까 막막해.

남자   내가 어렸을 때 진짜 꼬진 집에 살았거든? 바람이 숭
       숭 드는 집이었는데, 정말 뼛속이 시렸다. 겨우내 바람
       이 지나가길 기다렸어. 평생 걸릴 감기는 그때 다 걸렸
       을 거다.

여자   우리 집이랑 똑같네.

남자   근데 엄마가 배를 이렇게 문질문질 하잖아? 그럼 아프
       다가도 바로 낫는다?

여자   거짓말하면 벌 받아.

남자   정말이야. 엄마가 가끔씩 무도 깎아서 줬어. 한 입 베어
       물면 그렇게 시원하고 맛있었다.

여자   당신 무 싫다고 깍두기도 안 먹잖아.

남자   그때가 좋았어.

사이

남자   자냐?

여자   잠깐 눈 감고 있는 거야.

남자   거짓말하면 벌 받는다.

여자   가진 게 없는 사람은 가질 게 많은 사람이라 행복하다.

남자   누가 한 말이야?

여자   나.

남자   웬일이냐. 재개발이 없는데도 의미 있는 문장을 다 구
사하고.

여자   끝났잖아. (짧은 사이) 우리 이제 어떻게 되는 걸까.

남자   영원히 부는 바람은 없어. 지나가면 또 괜찮아질 거야.

창밖으로 해가 떠오른다.

여자, 입을 모으고 숨을 내쉰다. 들어오는 햇빛을 타고 하얀 입김이 피
어오른다.

막

먼지투성이의 푸른 종이

김현우

등장인물

경진   서점 주인, 43세
은수   서점 아르바이트생, 17세

시간

오후 4시

공간

서울 도심부에서 살짝 빗겨난 작은 서점

작가 노트

- 경진과 은수는 각자의 이야기에 등장하는 인물들을 연기한다.
- 경진과 은수의 성별은 정해져 있지 않다. 연출의 해석대로 정할 수 있다.
- 경진과 은수의 성별은 이야기 속 인물의 성별에 구애받지 않아야 한다.

은수가 계산대에 앉아 있다. 앞에 시집 한 권이 놓여 있는데, 은수는 미동도 하지 않고 그 시집을 노려본다. 몇 번인가 홀린 듯 손을 뻗어 책을 열어보려다 흠칫 놀라며 손을 거둬들인다. 몇 번인가 책을 버리려고 움찔거렸다가 망설이고 망설이다 포기한다.

경진이 들어온다. 몹시 지친 기색이다. 동시에 몹시 흥분한 기색이기도 하다. 손을 조금 떨고 걸음을 조금 주춤거리고 눈동자에는 초점이 없다.

은수는 경진을 한 번 흘끔 쳐다보고는 다시 시집을 노려본다.

경진은 은수가 의자를 내어주기를 기다리지만 눈치채지 못하는 것 같자 손으로 은수를 민다.

은수가 중심을 잃고 기우뚱 넘어지려다 계산대를 잡는다는 게 시집을 움켜쥔다. 은수는 넘어지지 않지만, 시집의 페이지가 넘어간다. 그리고 넘어간 어떤 페이지가 은수의 눈에 들어온다. 은수는 몹시 무서운 무언가를 본 듯 엉거주춤한 자세로 얼어붙는다.

경진은 간신히 의자에 앉아 숨을 몰아쉰다.

368

은수   지금 사장님이 무슨 짓을 했는지 모르죠?

경진   너를 밀어냈지. 난 지금 이 의자가 필요하거든.

은수   그러면 말을 하지, 왜 사람을 밀어요?

경진   말보다 더한 몸짓과 눈짓을 했는데 둔한 네가 알아차리지 못한 거야.

은수   지금 사장님이 내 운명을 바꿔놨어요.

경진   그래, 그럴 수도 있지. 이제 어떤 일이 생긴들 내가 놀라겠어.

은수가 시집을 향해 손을 뻗으려다 눈을 질끈 감아버린다.

은수   나 지금 저 책을 보고 싶어 미칠 거 같은데 좀 말려주
       세요.

경진   내가 누구를 말릴 수 있다면 아까 말렸을 거야.

은수   오늘 대머리 시인 할아버지 강연 갔다 온 거 아니에
       요?

경진   맞아.

은수   무슨 일 있었어요?

경진   무슨 일이 있었는지, 이게 진짜인지 아닌지 정리가 좀
       필요해.

은수   저기, 사장님.

경진   응?

은수   제가 지금 굉장히, 매우, 급박한 상황이거든요.

경진   화장실 갔다 와. 내가 그 정도로 악덕 사장은 아니잖아.
       아닐 거야. 아니지?

은수   그런 문제가 아니거든요. 그러니까 정리가 됐건 안 됐
       건 뭐라도 좀 이야기해주시면 안 될까요?

경진   듣고 싶어?

은수   들어야 해요.

경진   왜?

은수   일단 제가 지금 이 욕구가 좀 사라지면 말씀드릴게요.

경진이 시집을 들어 보인다.

경진   이 책을 읽고 싶은 욕구?

은수는 마치 못 볼 걸 봤다는 듯 손을 휘이휘이 젓는다.

은수   치워요!

경진   지금 너의 모습은 대단히 이상하지만, 나는 이제 뭘 보
        고 들어도 놀라지 않을 만한 담대함을 갖추게 됐으니
        괜찮아.

은수   제게 들려주세요. 저도 그 담대함을 갖게.

경진이 심호흡한 뒤 잠시 뭔가를 생각하다가 몸서리친다.

은수   클라이맥스부터 생각하지 마시고 아주 조용하고 일상
        적인 프롤로그부터 시작해요. 아침에 나와서 저랑 같
        이 서점 문을 열고 우리는 차를 마셨어요. 그리고 다음
        주가 개학이니까 제가 더 이상 알바를 못 할 거 같다고
        말씀드렸죠. 그랬더니 그러면 퇴직금은 없다고 하셨
        고.

경진   기분 나빴어?

은수   좀 서운하긴 했지만 1년을 못 채웠으니 어쩔 수 없죠.
        그리고 오늘, 늘 말씀하시던 그 시인의 특강이 있다고
        사뿐사뿐 서점을 나섰어요.

경진   사람이 그리 많지는 않았어. 평일 오전이기도 했고, 새
        로 나온 시집 반응도 그냥 그랬고. 그분은 늘 강연을
        할 때면 조명을 어둡게 해. 특히 위에서 비추는 조명은
        절대 허락하지 않으시지.

은수   대머리가 너무 반짝거려서.

경진   사람들이 그분 강연에 집중을 못 하니까. 무대에는 늘
        그렇듯 오래된 책상 하나와 스탠드가 있었고, 그분은
        책상에 앉아 스탠드 하나만 켠 채 강연을 시작했어. 이

런저런 이야기를 했는데 사실 기억이 하나도 안 나. 들을 때는 와, 멋있다, 하면서 들었는데, 싹 잊었어. 아니, 그 아이가 싹 지워버렸어.

은수   누구요?

경진   내가 두 번째 하품을 할 때쯤이었어. 맨 앞에 앉아 있던 아이 하나가 일어나 무대로 성큼성큼 걸어가는 거야. 그분 뒤로 가서 그분을 안았어. 출판사 관계자가 무대 위로 올라가려고 했는데 그분이 괜찮다고 손짓하셨지. 그리고 그 아이를 달래서 내려 보내려고 하는 거 같았어. 그런데 그 아이가 품에서 긴 칼을 꺼내더니 그분 목을 찔렀어. 칼이 목에서 가슴으로 깊숙이 들어갔어. 피가 뿜어져 나오는데 온통 그 아이 얼굴로 튀더라. 그런데 그 애는 눈 한번 깜짝 안 하고 나중에 칼이 끝까지 안 들어가니까 체중을 싣느라고 깡총깡총 뛰면서 칼을 기어코 끝까지 박아 넣었지. 아수라장이 됐어. 누구도 무대 위로 뛰어올라가 그 아이를 잡을 생각을 못했어. 놀라기도 했고, 그 아이가 너무 무서웠거든. 정신을 차린 몇 사람이 112에 신고를 했고, 더 많은 사람들은 소리를 지르며 강연장을 뛰쳐나갔지. 그런데 그 아이가 책상에 걸터앉더니…….

은수는 '그 아이'가 된다.
천천히 계산대 위에 걸터앉는 은수, 시집을 깔고 앉는다.

은수   내 이야기를 듣고 싶은 사람은 남아요. 저 문부터 잠그고.

경진 나까지 네 명이 남았어. 우리는 서로 눈치를 보다가 문을 잠갔지. 그리고 자리에 앉았어. 우리는 그 아이를 바라봤어. 자, 네가 하라는 대로 했단다.

은수 선생님이 어느 날 제게 말씀하셨어요. "우리 테니스나 한 게임 칠까?" 선생님은 평생 테니스를 쳐왔다고 했어요. 테니스를 칠 때면 공보다 사람을 먼저 봐야 한다고 했어요. 팔의 각도, 뛰어가는 방향, 그 사람의 시선을 보는 게 더 중요하다고. 공은 맥거핀이라고 했어요. 테니스를 치면 어떻게 시를 쓰고 어떻게 소설을 써야 할지 알게 된다고 했어요. 저는 한 시간 동안 테니스를 쳤어요. 선생님이랑. 선생님의 발 모양을 보고 팔을 보고 눈을 봤어요. 공보다 선생님을 봤어요. 선생님 말은 개소리였어요. 전 선생님을 보다가 공을 놓쳤고, 매번 조금 늦게 공을 따라갔어요. 결국에는 공을 따라갔어요. 이리 뛰고 저리 뛰고. 그리고 더 이상 못 하겠다고 땅바닥에 벌렁 누워버렸어요. 진짜 꼼짝도 할 수 없었거든요. 입에서는 단내가 나고 다리가 후들거리고 테니스 라켓을 들 힘도 없었어요. 그랬더니 선생님이 제 발밑으로 기어왔어요. 머리카락이 한 올도 없는 선생님 머리는 땀범벅이었어요. 베이지색 헤어밴드를 한 선생님의 대머리가 제 가랑이 밑에서 반짝거리고 있었어요.

경진은 '선생님'이 되어 은수 밑에 무릎을 꿇고 앉는다.

경진 열세 살 때부터 이걸 해보고 싶었단다. 이건 머리야. 그러니까 나는 널 범하는 게 아니란다.

은수 선생님. 하지만 선생님 머리는 좆같아요.

경진 좆같은 게 좋은 아니란다.

은수 우리는 한동안 그러고 있었어요. 그리고 마침내 내가
정신을 차리고 일어났을 때 선생님은 내 가랑이 밑에
서 주무시고 계셨어요. 난 선생님을 버려두고 집으로
왔어요. 샤워를 하는데 땀내가 가시지 않았어요. 내 주
위로 계속 선생님의 대머리가 둥둥 떠다녔어요. 난 손
을 뻗어 내 주위에 떠다니는 선생님의 대머리를 만
지려고 했는데 자꾸 헤어밴드만 잡히고 머리에는 손
이 닿지 않는 거예요. 그때 선생님이 문자를 보냈어요.
"괘념치 말거라. 난 그저 이 삶을 버티려고 했을 뿐이
란다." 선생님이 가여웠어요. 왜 굳이 버티려 할까요?
그렇게 힘들면 끝내면 될걸. 선생님은 공을 봐야 하는
게임에서 자꾸만 사람을 보니까 그러는 거예요. 공이
사라지면 게임은 끝나는 건데, 사람은 계속 바뀌잖아
요. 사람은 사라져도 다른 사람이 오잖아요. 그래서 결
심했어요. 선생님의 공을 뺏어야지. 선생님은 이제 더
이상 괘념치 않아도 돼요. 공이 사라졌으니까 선생님
의 게임은 끝났어요. 더 이상 버티지 않아도 돼요. 크고
반짝이던 선생님의 공은 이제 없어요.

경진 마침내 아이가 이야기를 끝냈을 때 경찰들이 문을 부
수고 들어왔지. 강연장은 여전히 어두웠어. 경찰들이
가장 먼저 한 일은 강연장의 불을 켜는 일이었어. 강
연장이 밝아지자 피투성이가 된 그분의 머리가 반짝
였지. 우리 네 명은 눈이 부셔서 각자의 방향으로 고개

를 돌렸는데 그때가 우리가 처음으로 서로를 알아차린 순간이었어. 아이는 피가 묻은 하얀색 스니커즈로 선생님의 대머리를 밟고 섰어. 그리고 우리에게 말했지. "서로 인사들 나누세요." 우리는 서로 가볍게 목례를 했고, 더러는 악수를 했고, 경찰들이 그런 우리를 지나 아이에게 달려들었어. 네 명의 경찰이 아이를 번쩍 들었지. 아이는 통나무처럼 경찰들의 어깨 위로 떠올랐고 그렇게 강연장을 떠났어. 강연장에는 죽은 그분과 살아 있는 우리 넷만이 남았지. 우리는 언제 테니스나 한 게임 하자면서 헤어졌어.

은수가 계산대에서 내려온다.

은수   테니스 칠 줄 알아요?

경진   아니. 그래도 뭐 각자의 테니스 게임이 있겠지.

은수   정말 개소리 같아요.

경진   개소리 같은 게 개소리는 아니란다.

은수   아까 도둑 들었어요.

경진   그래서? 잡았어?

은수   그게 좀 애매한데…….

경진   뭘 훔쳐 갔는데?

은수   실패했으니까 훔쳐 간 건 없어요.

경진   다행이네. 네가 잡은 거야?

은수   서가에서 서성이다가 시집 한 권을 품에 넣더라고요. 바로 잡으려다가 발뺌하면 이도저도 안 되니까, 기다렸죠. 그랬더니 이 사람이 계산대를 그냥 지나쳐 가더라고요.

경진은 그 손님이 된다.

은수가 경진을 잡는다.

은수　　계산하셔야죠.

경진　　이 책은 돈을 주고받을 만큼 가치가 있는 책이 아니에
　　　　요.

은수　　그럼 그냥 두고 가세요.

경진　　그건 안 됩니다.

은수　　그러면 돈을 내시든가요.

경진　　그럴 수 없습니다.

은수　　돈은 못 내겠는데 그 책은 가져가야겠다? 왜요?

경진　　이 책은 나쁜 책이니까요.

은수　　아니, 그게 왜 나쁜 책인데요?

손님이 머뭇거리더니 짧게 한숨을 쉰다.

경진　　그래요. 다 내 생각대로 된다면 그게 더 이상하지. 잠깐
　　　　앉아도 될까요?

은수　　이 가게에는 의자가 하나뿐이에요. 제가 앉아 있고요.

경진　　의자가 왜 하나죠?

은수　　사장님이랑 저랑 교대로 근무하니까 두 개는 필요 없
　　　　거든요. 가끔 사장님이랑 같이 차를 마시거나 군것질
　　　　을 하면서 수다를 떨기도 하는데, 그럴 때면 전 보통
　　　　서 있어요.

경진 그러니까 의자는 여기 사장이 계급을 각성하라는 의미로 둔 도구로군요.

은수 조금 전까지 이 의자를 권해드리려고 했는데, 이 의자가 그런 의미라면 못 드리겠네요.

경진 그러면 길지 않게 해야겠군요. ……요 며칠 저를 괴롭히던 질문이 하나 있었습니다. 어쩌다 내 인생이 이렇게 된 걸까? 어디서부터 꼬여버린 거지? 아무리 생각해도 모르겠더군요. 물론 몇 가지 기억이 나긴 했지만 딱 이다, 싶지 않았어요. 더 중요한 어떤 순간이 있었을 거 같은데……. 좀 아까 이 골목으로 들어서는데 갑자기 생각났어요. 고2 겨울방학. 그때 전 다니던 학원이 있는 건물에 자리한 작은 서점에서 아르바이트를 하고 있었거든요. 아르바이트를 하다가 어떤 시집을 읽었어요. 그 시집이 내 인생을 망친 겁니다.

은수 왜요?

경진 흉내를 내고 싶었거든요. 무작정 따라 하고 싶었어요. 곧잘 따라 했습니다. 흉내는 잘 냈어요. 그렇게 작가가 됐어요.

은수 흉내를 낸다고 작가가 돼요?

경진 그 후로 무수히 많은 책을 읽었습니다. 이걸 흉내 내고 저걸 흉내 내고 흉내에 흉내를 거듭하다 보니 어느새 그렇게 돼버렸어요. 그렇게 흉내를 내는 기술을 터득한 거예요. 작가가 되는 건 어렵지 않아요. 좋은 작가가 되는 게 어려운 거지.

은수 이제라도 되세요, 좋은 작가.

경진이 웃는다.

은수   어려운 거니까 오래 걸리는 거잖아요.

경진   시간의 문제가 아니에요. 난 자질이 없어요. 난 인간을 사랑하지 않습니다. 그렇다고 증오하지도 않아요. 그냥 별 관심이 없어요. 그러면서도 인간에 대해 쓰고 있죠. 내 글에 등장하는 인간들은 아무 이유 없이 행동합니다.

은수   이유가 어디 있겠어요. 그냥 문득 그러고 싶어서 그러는 거지.

경진   네, 문득.

은수   작가는 몰라도 캐릭터는 이유를 알아요. 대개 보면 캐릭터가 작가보다 낫더라고요.

경진   그렇죠.

은수   이 책은 어떻게 하시겠어요? 가져가실 거면 제가 선물로 드릴게요. 세상에 꼭 좋은 작가만 필요한 건 아니니까, 속상하다고 도벽까지 생기고 그러시면 안 될 거 같아요.

경진   아니에요. 도벽 같은 건 없습니다. 사실 조금 전에 어떤 잡지 기자랑 인터뷰를 했는데 그 기자가 절 비웃어서 참지 못하고 패버렸거든요. 그리고 도망쳐 오느라 지갑도 휴대폰도 없어요. 그래서 무작정…….

은수   뭐라고 했길래요.

경진   "작가님, 사진 찍을 때마다 이마가 너무 반짝거려요. 탈모 진행 속도를 보니 다음에는 좋은 작품 나오겠는데요?"

은수   나쁜 사람이네.

경진이 시집을 만지작거린다.

경진　이 책은 읽지 마세요. 나쁜 책이니까.
은수　그러고는 가버렸어요.

경진, 다시 경진으로 돌아온다.

경진　그분이 그랬지. 내 작품에 동기나 개연성 따위는 없으니
　　　까 그런 질문은 하지 말라고. 이유를 묻는 질문은 인간을
　　　이해한 사람만이 할 수 있는 거라고.
은수　그분은 언제부터 머리가 벗겨졌나요?
경진　글쎄. 아마 스스로 민 게 아닐까? 그게 멋있잖아.
은수　우리 아빠도 머리를 밀었어요. 탈모가 급격하게 진행된
　　　다는 걸 확인하고 나서.
경진　조심해라, 너. 그거 유전이다.
은수　사장님. 그 책 좀 가져가면 안 될까요?
경진　어디로 가져가?
은수　어디든요. 작가가 되고 싶어 하는 애들한테나 갖다줘요.

경진이 책을 집어 든다.

경진　경찰서 가야 돼, 조사받으러. 가서 누구한테든 줘야지.
은수　가세요, 얼른.

경진이 나가다가 다시 돌아온다.

경진   아, 내 휴대폰 좀.

은수가 경진에게 휴대폰을 건네준다.

경진은 마치 교환하듯 시집을 은수에게 건넨다.

경진, 나간다.

은수가 자신에게 돌아온 시집을 한동안 멍하니 바라본다. 그리고 시집
을 펼친다.

막

빈집

유희경

등장인물

남편   사십대 중반, 아내와 동갑, 야외복 차림

아내   사십대 중반, 남편과 동갑, 검은 옷 차림

공간

기차 안

무대

의자는 여섯 개여야 한다. 두 쌍씩 세 줄이 놓이면 좋다. 등장인물은 그중
어느 쪽에 앉아도 되지만, 꼭 나란히 앉아야 한다.

서울에서 출발한 이 기차는 고속열차가 아니다. 그래도 풍경은 빠른 속도로 뒤편으로 넘어가고 있다. 얼핏 보아 서울은 벗어난 모양이다. 기차 안은 한적하다. 그렇다고 사람이 없는 것은 아니다. 남편과 아내는 나란히 앉아 있다. 남편은 책을 읽고 있으며, 아내는 아까부터 무언가를 찾고 있다. 남편은 한참 모르는 척한 눈치다. 잠시 시간이 흐른다. 마침내 남편이 책을 내려놓는다.

남편 괜찮아?
아내 괜찮아. (사이) 발 좀 들어볼래? 아니, 잠깐 일어나봐.
남편 (허리를 숙여 아래를 들여다본다.) 아무것도 없어.
아내 그러지 말고 잠깐 일어나봐.
남편 뭘 떨어뜨렸는데?
아내 몰라. 나도.
남편 모른다니……. 그게 무슨 소리야. 지갑이랑 휴대폰은 가지고 있지?
아내 잠깐 일어나보래도.

남편, 한숨을 쉬며 자리에서 일어난다.
남편의 자리 아래로 허리를 숙여 찾아보는 아내.

남편 너 지금 예민해. 예민해서 그래.

아내, 허리를 숙인 채 웅얼거린다.

남편 뭐라고?
아내 (몸을 일으키며) 떨어지는 소리를 들었다니까. 갑자기

빈집

허전해졌단 말이야!

남편   왜 화를 내?

아내   찾아봐줄 생각도 안 하고 잔소리만 하니까 그렇지!

남편   뭔지 모르는데 어떻게 찾아.

아내   그럼 가만히 있든가. 왜 사람을 건드려.

남편   (주변을 의식하며) 알았어. 내가 말실수했어. 일단 앉아. 차분히 찾아보자.

아내, 거칠게 자리에 앉는다.

남편   지갑, 휴대폰. 확인했어? (아내가 대꾸하지 않자) 있는 거지?

아내, 지갑과 휴대폰을 차례로 꺼내 내보인다.

남편   이상하네. 그럼 뭐지. 난 그런 소리도 못 들었는데.

자리와 아내를 구석구석 살피던 남편은, 갑자기 아내의 손을 잡아챈다.

남편   어? 야. 너 반지. 반지가 없네!

아내   (손을 뿌리치며) 아파!

남편   (목소리를 낮추며) 아, 미안. 큰일 났네. 언제부터 없던 거지? 역에서는 있었어? (틈) 아! 너 아까 화장실 갔었잖아. 거기에 놓고 온 거 아니야?

남편, 다급히 그리고 부산스레 기차 바닥을 살피고, 자리를 살피고, 주머니를 뒤적인다.

아내   그러지 말고 앉아. 사람들이 싫어하잖아.

남편   지금 그게 중요해? 방송이라도 내보내야 할 판에! (사
          이) 괜찮아. 너무 걱정하지 말자. 우선 분실물센터에 신
          고할게. 내가 찾아주면 되지. 못 찾으면, 못 찾으면 새
          로 맞추자. 괜찮아. 괜찮아.

아내   일단 좀 앉아. 앉아서 얘기해.

남편, 자리에 앉아 전화기를 꺼낸다.

남편   뭐야, 뭔 분실물센터가 이렇게 많아. 기차에서 잃어버
          렸는데 다산콜센터에 등록해도 되나? 여기가 어디쯤
          이지? 서울은 벗어난 거잖아.

383

아내   반지 화장대에 있어. 놓고 왔어. 그러니까 그만 좀 해.

남편, 멍하게 아내를 본다.

아내   어떻게 반지를 하고 와. 작년에도 재작년에도 그랬어.
          너도 알고 있었잖아. 새삼 호들갑이야, 왜. 일부러 그러
          는 거야?

남편   반지를 (틈) 왜 뺐는데.

아내   몰라서 물어보는 거야? 어떻게 반지를 가지고 가. 거기
          에.

남편   나는 대체 지금 이게 무슨 말인지.

긴 사이

남편   우리가 죄를 진 것도 아니고, 걔가 그걸 모르는 것도
      아니고. 그래, 걔가 이 모든 걸 어떻게 알겠어. 그리고
      알았다면 진즉에 알지 않았겠어.
아내   죄라고 하는 게 아니잖아. 너도 나도 잘 알고 있고 동
      의했던 일이고. 적어도 오늘은, 오늘 하루는 이래도 되
      는 거잖아. 아니 그래야 하는 거야.
남편   우리가 언제 이런 걸 동의했니. (틈) 우리는 무덤에 가
      는 거지, 사람을 만나러 가는 게 아니야. 네가 반지를
      끼고 싶지 않다면 마음대로 해. 내가 지금 반지 얘기를
      하는 게 아니라는 거 너도 알잖아.

아내   이건 예의에 대한 거야. 예의. 사람에 대한 예의가 아니
      라 시간에 대한, 나에 대한 예의라고. 알고 있었다면 계
      속 모른 척해줘. 몰랐다면, 그래도 계속 모른 척해주면
      되는 거야.

긴 사이, 아내가 자리에서 일어난다.

남편   어디 가는데.
아내   화장실.

아내, 객실문 밖으로 사라진다.
남편은 창밖을 보다가 잠시 엎어놓았던 책을 펼쳐 든다. 조금 시간이
지난다. 페이지는 넘어가지 않는다. 남편, 한 부분을 중얼중얼 따라 읽
는다. 홀린 듯 품에서 펜을 꺼내 그 부분에 밑줄을 그으려는데 객실문

이 열리고 아내가 자리로 돌아온다.

아내는 자리에 앉으려다 말고 남편이 밑줄을 긋고 있는 책을 유심히 본다. 그리고 뺏는다.

아내   (책을 유심히 보다가) 너 이 책 어디서 났어? (남편이 대답하지 않자) 지금 이 책에 밑줄을 그은 거야? 이게 어떤 책인데……. 정말 왜 그래! 내 책장에 손대지 않기로 했잖아!

남편   읽어야 할 것 같아서 그랬어. 그리고 그 책은,

아내   읽을 거였으면 나 모르게 읽든가. 남의 책에 밑줄을 왜 그어!

남편   이거 네 책 아니야.

아내   이거 내 책 맞아. 네가 이 책에 대해 뭘 안다고 그런 얘기를 해! 볼펜 치워!

남편   (주위의 눈치를 보며) 오늘 왜 자꾸 소리를 질러. 여기 기차 안이고, 이 칸에서 우리 지금 완전 미친 사람이 되고 있는 거 알아? 제발 좀 앉아.

아내   네가 지금 나 미치게 만드는 건 모르고?

사이

남편   그거 내 책이야, 도형이 거 아니고.

아내, 남편을 빤히 보다가 올 것처럼 자리에 앉는다. 책 표지를 넘겨 속지의 메모를 본다.

남편 속지의 글씨. 걔 거 맞아. 근데, 그거 내가 선물받은 거야. 첫눈 오던 날. 93년, 교보에서. 술 한잔하자고 가는 길이었는데, 눈이 너무 와서 서점에 들어갔거든. 알잖아. 돈 한 푼 없고 저도 읽고 싶은 책 많으면서 남 책 사주기 좋아하는 성격인 거. 난 관심도 없고 읽고 싶지도 않은데 억지로 끌고 가서는 꼭 봐야 한다면서 사준 거야. 근데, 술을 한참 마시다가 그러더라고. 자기도 이 시집 없다고. 그래서 내가 그럼 네가 가지고 가랬더니 싫다고 그럴 수는 없다더라고. 그럼 빌려준다고 빌려가라고 했어. 그랬더니 그럼 우리 두 사람의 책으로 하자더라고. 그러더니 그렇게 적어놓은 거야. '93년 교보 첫눈이 오는 날 우리 둘이서'. 그게 돌아오지 않은 거고. 어제 우연히 봤어. 네 책장에서. 이제는 읽어보고 싶더라고. 무슨 소린지는 하나도 모르겠는데, 그래도 그게 예의 같았어. 네가 말하는 그 예의 말이야. 예의 모르는 인간은 되기 싫으니까.

아내 93년 교보 첫눈이 오는 날 우리 둘이서. (사이) 이거 내 앞에서 쓴 거야. 첫 데이트 하던 날. 기념이 될 만한 걸 사주고 싶다고. 자기가 사랑하는 시인의 시집이라고. 어둡고 축축하지만, 사는 게 그런 거 아니냐고 하면서 웃었어. 설레는 마음에 처음 몇 장 읽었는데 어이가 없더라. 이게 첫 데이트에 사줄 시집은 아니었으니까. 걔가 죽기 며칠 전 밤에 집 앞까지 찾아왔어. 줄 게 있다고. 그래놓고는 아무것도 주지 않았어. 그냥 이 시집을 빌려줄 수 있느냐고 하더라. 초조해 보였지만 묻지 않았어. 왜냐고. 왜 이제 와서 이 책을 찾느냐고. 그때 물

었어야 했는데. 줄 게 뭐였냐고. 이 시집은 왜 찾았느냐
고. 이제는 영영 알 수가 없지. 답해줄 사람이 없으니
까. 그런데 이게 네 책이라고? 왜 그런 거짓말을 해?

남편　아니. 네가 걔 책을 가지고 왔을 때, 네가 한 권 한 권
이유를 붙이고 사연을 만들어놓은 그게 거짓말이겠지.
그 마음을 내가 모르는 거 아니지만, 할 만큼 했어. 너
도 그리고 나도. 이제 그만해.

아내　어떻게 나한테 그렇게 말할 수 있어. 약속했잖아. 너도
나랑 같은 마음이랬잖아. 그렇게 오래 내게 말해왔잖
아. 난 그 말 믿었어. 그런데 이제 와서 그만하라니. 1년
에 단 한 번이야. 이게 예의라고? 난 그렇게 못 해.

남편　아니 그래야 할 거야. 오늘부터. 그리고 너는. 알아서
해. 가든 말든. 어쨌든 언제든 네 마음대로였으니까. 난
최선을 다했어. 도형이 죽고 지금까지 하루도 빠짐없
이 쭉. 나는 너를 뺏은 거라고 생각하지도 않고, 그 자
식한테 미안한 것도 없어. 내가 왜 미안해야 하는데?
난 살아 있고 걘 죽었어. 벌써 15년도 지난 일이야. 너
랑 나랑 결혼한 지는 5년이고. 그 시간에 대한 예의는
없니?

아내　4년이야.

남편　몇 년이든 그게 무슨 상관이야! (객실에서 눈 마주친 사
람에게) 미안하게 됐습니다. 저는 이제 내릴 거고 남은
목적지까지 조용히 안녕히 가실 테니 잠시 신경 좀 꺼
주시죠. (아내에게) 난 다음 역에서 내려. 결정해. 여기
서 내릴 건지 아니면 계속 갈 건지. 더는 얼굴도 기억
나지 않는 그 자식 생각하며 살고 싶지 않아. 이제 내

시간에 그리고 나한테 예의를 갖춰줄 때야.

아내, 남편을 빤히 바라본다. 침묵. 다음 역을 알리는 방송이 나온다. 남편 잠시 아내를 바라보다가 객실문 밖으로 사라진다. 아내는 남편 쪽을 쳐다보지 않는다. 짧은 사이. 아내는 남편이 두고 간 책을 펼쳐 그가 밑줄을 그은 부분을 찾아 뒤적인다. 어느 페이지에서 멈춘다. 기차가 서서히 속도를 줄여간다. 무언가 작은 것이 데구르르 굴러가는 소리가 들린다. 아내, 잠시 아래를 보다가 말고 다시 책으로 눈을 돌린다.

아내   "잘 있거라, 더 이상 내 것이 아닌 열망들아 장님처럼
      나 이제 더듬으며 문을 잠그네 가엾은 내 사랑 빈집에
      갇혔네". 잘 있거라…… 가엾은 내 사랑 빈집에 갇혔
      네…….

사이

아내   넌 아무것도 모르는구나. 정말. 등신같이.

열차의 제동장치가 걸리는 소리.
굴러갔던 것이 끝에 툭 닿아 멈추는 소리.
천천히 암전.

막

조치원

김태형

등장인물
케이　　오십대 초반의 남자
제이　　이십대 초반의 남자

시간
어느 겨울밤

공간
경부선 무궁화호 객실

무대
열차 내부를 연상시키는 2열로 늘어선 의자들

서울역. 열차가 출발하기 전, 후줄근한 차림의 케이가 창가 쪽 좌석에 앉아 휴대폰을 보고 있다. 케이의 옆자리에는 작은 상자 하나가 놓여 있다. 잠시 뒤 군복을 입은 제이가 등장해 케이 앞에 선다. 검은 비닐봉지를 들고 있다. 기차표와 선반 위 좌석 번호를 번갈아 쳐다보는 제이. 기척을 느낀 케이가 옆자리에 놓인 상자를 들어 품에 안는다.

제이   (상자 쪽으로 팔을 뻗으며) 올려드리겠습니다.
케이   (몸을 반대로 돌리며) 괜찮아요.

머쓱한 표정으로 빈자리에 앉는 제이. 잠시 망설이다가 비닐봉지에서 맥주 캔 두 개와 간단한 안줏거리를 주섬주섬 꺼낸다. 그러고는 주저 없이 캔을 딴다.

390

제이   (케이의 눈앞에 맥주 캔을 들이대며) 이거 드십시오.
케이   (맥주 캔을 힐끗 쳐다보며) 됐어요.
제이   드십시오.
케이   됐다니까 그러네.
제이   벌써 땄습니다. (양손에 캔을 들고 번갈아 마시는 시늉을 하며) 이러면 웃기니까.
케이   …….
제이   괜찮습니다. 옆자리에 앉는 분 드리려고 하나 더 샀습니다.
케이   (마지못해 맥주를 받아 든다.) 거 괜히 미안하네, 여성분이 아니라서.
제이   (비닐봉지에서 캔 커피를 꺼내 보이며) 여성분 건 이거. (케이의 상자를 가리키며) 올려드리겠습니다.

케이 됐어요, 진짜. (사이, 제이의 계급장을 보고는) 휴가? 이 시간에 복귀하는 건 아닐 테고.

제이 첫날입니다. 부대가 서울이라 종일 돌아다니다가 이제 내려가는 길입니다.

건성으로 고개를 끄덕이는 케이. 이내 어두운 창밖으로 눈길을 돌린다.

제이 큰 고모가 대전에서 카센터를 하십니다. 입대하기 전까지 거기서 일했습니다.

케이 (창밖을 보며) 대전…….

제이 절 친자식처럼 아껴주셨습니다. 아무리 조카라고 해도 쉽지 않은 일 아닙니까?

케이 (시선은 창밖에 고정한 채) 훌륭하신 분이네.

제이 맞습니다. 훌륭합니다. 그래서 존경합니다. 그런데 어디까지 가십니까?

케이 (여전히 제이를 보지 않고) 조치원요.

제이 아, 조치원 말입니까? 고향이십니까?

케이 아뇨.

제이 조치원, 정말 좋은 곳입니다. 몇 년 전까지 작은고모 가족이 살았습니다. 지금은 조카들 학교 때문에 서울로 올라오셨지만. 동네에서 작은 목욕탕을 하셨는데, 요즘 같은 겨울이면 한두 달씩 먹고 자면서 목욕탕 일도 돕고 조카들도 돌보고 그랬습니다. 조카들이 공부를 아주 잘합니다. 막내가 아직 초등학생인데 영어를 저보다도 잘…….

케이 (주위를 둘러보며) 썰렁하네. 평일이라 그런가?

제이　아, 아까 방송 못 들으셨습니까? 서울역 어디에 폭발물이 설치됐다는 제보가 들어왔다고. 사람들 표 환불하고 난리도 아니었습니다.

케이　진짜요? 그런데 이렇게 버젓이 열차를 운행해도 되는 거야? 하여튼 이놈의 나라는…….

제이　허위 제보일 가능성이 크다고 했습니다.

케이　(혼잣말처럼) 나라가 미쳐 돌아가니 또라이들만 신났구먼.

제이　(중얼거리듯) 또라이 하나가 여러 사람 고생시키지 말입니다…….

케이　그나저나 그걸 알고도 탔어요? 군인 아저씨라 다르네.

제이　(웃으며) 전 운이 좋은 편입니다. 내리실 거면 지금…….

케이　난 운이 나쁜 놈이오. 절대 저절로 뒈지진 못할 거야. 그러니 걱정 마요.

천천히 열차가 출발한다.

제이　근데 조치원 어디 가십니까?

케이　어딜 갈까요? 추천 좀 해줘요. 인적 없고 조용한 데로. 몰래 죽기 딱 좋은 그런 데.

제이　잘 못 들었습니다.

케이　(웃으며) 조치원은 처음이에요. 마음도 답답하고 해서 바람이나 쐴까 하고 서울역까진 나왔는데 어딜 가야 하나 막막하더라고요.

제이　그런데 왜 하필 조치원입니까?

케이　좋은 곳이라며. (휴대폰으로 뭔가를 검색해 보여주며) 이

거.

제이   시 말입니까? (머리를 긁적이며) 제가 시는 잘 몰라서.

케이   이 시 제목이 '조치원'이에요. (시를 짚어주며) 여기. 밤
기차 안에서 만난 두 남자 얘긴데, 그중 한 사람이 내
리는 곳이 바로 조치원이고.

제이   (시를 읽다가) 와, 이거 완전 우리 얘기지 말입니다.

케이   이 사람이 어디 가는 거 같아요?

제이   고향 간다는데 말입니다.

케이   죽으러 가요, 죽으러.

제이   (시를 다시 훑어보며) 그런 얘긴 없는데…….

케이   딱 오더라고. 아, 죽으러 가는구나. 조치원에. 예전엔
몰랐는데. (한 부분을 짚으며) 특히 여기.

제이   (작게) "어떤 결의를 애써 감출 때 그렇듯이 청년들은
톱밥같이 쓸쓸해 보인다."

393

케이   어때요?

제이   (머리를 긁적이며) 역시 시는 어렵습니다. (케이를 쓱 쳐다
보고는) 시를 좋아하십니까?

케이   (농담처럼) 대학 다닐 때 국문과 여학생을 잠깐 사귀었
는데, 자기랑 자고 싶으면 기형도를 읽고 감상문을 쓰
라고 하더라고.

제이   (놀란 눈으로) 그래서 주무셨, 아니 쓰셨습니까?

케이   (제이를 빤히 바라보다가 낄낄대며) 재밌네. 처음 보는 사
람 앞에서 이런 이야기나 늘어놓고. 사람은 죽기 전에
야 변한다는 거, 영 틀린 말은 아닌 것 같네요.

케이, 눈을 감는다. 잠시 뒤 휴대폰 진동음이 울린다. 케이가 주머니에

서 휴대폰을 꺼낸 뒤 진동이 멈출 때까지 바라본다. 그러고는 상자 위에 휴대폰을 올려놓고 아무 일 없었다는 듯 다시 잠을 청한다.

제이   (맥주를 들이켠 뒤 케이를 바라보며) 오늘 첨 봤지만 왠지 근사한 분 같습니다.

기차가 달리는 소리. 시간의 흐름을 알리는 조명의 변화.
제이, 문득 손목시계를 본 뒤 케이를 깨울까 말까 고민한다. 잠시 뒤 케이가 잠들었나를 확인한 제이, 조심스럽게 박스 위에 놓인 케이의 휴대폰을 집는다. 어딘가로 전화를 거는 제이.

제이   (작은 목소리로, 잠든 케이를 확인한 뒤) 고모! 저 종구예요. 아, 고참 전화예요. 아까부터 고모랑 전화 연결이 너무 안 돼서. 아, 그러셨구나. 네, 휴가 나왔어요. 그래서 지금 대전으로…… 네? (사이) 아…… 네. 몸은 좀 괜찮으세요? 아뇨, 아뇨. 아직 서울이에요. 네, 걱정하지 마세요. 같이 휴가 나온 고참한테 신세 좀 지면 돼요. 근데, 고모. 내일도 힘들까요? 이번엔 고모 얼굴 꼭 봐야 하는데. 네……. 에이, 그런 말 마세요. 다음 휴가 땐 미리 말씀드릴게요. 네네, 몸조리 잘 하시고요. 그럼 끊을게요, 고모.

제이, 휴대폰을 다시 케이의 상자 위에 올려놓은 다음 허리를 숙여 머리를 다리 사이에 처박는다. 한참을 그러고 있다. 그때 문자메시지가 도착했다는 신호음이 울린다. 제이, 깜짝 놀란다.
잠에서 깬 케이가 문자를 확인한 뒤 창밖을 내다본다.

제이　　저…… 조치원의 명물이 뭔지 아십니까?

케이　　(여전히 창밖을 보며) 내가 그걸 어떻게 알아요?

제이　　조파닭입니다.

케이　　(그제야 제이를 바라보며) 조파닭?

제이　　닭입니다, 닭. 치킨. (날갯짓을 하며) 파닥파닥.

케이　　토속음식인가?

제이　　그냥 동네 치킨집입니다. 근데 맛이 아주 끝내줍니다.
　　　　(진지하게) 차원이 다르다고 할까. 치킨 밑에 파채를 깔
　　　　아주는데 말입니다. 닭이랑 같이 먹으면 환상입니다.
　　　　튀김의 느끼함을 알싸한 파채가 잡아줍니다.

케이　　난 또. 그냥 흔한 파닭이구먼.

제이　　다릅니다. 파를 가게 뒤쪽 텃밭에서 기르는데 와, 그 맛
　　　　이 진짜……. 양념치킨도 기가 막힙니다. 체인점이 아
　　　　니라서 거기 사장님이 직접 양념을 만드시는데, 뭐라
　　　　더라? 저기 남미에 있는 어느 나라 고추를 살짝 섞는
　　　　다고 했습니다. 맵긴 한데, 그게 또 시원한 맥주 한 모
　　　　금 마시면 싹 사그라지지 말입니다. 거짓말처럼. 나중
　　　　엔 입안에 알싸한 마늘 맛만 남습니다. 바로 그때! 담
　　　　배를 한 대 피우는 겁니다. (연기를 내뿜는 시늉) 후…….
　　　　그 순간, 조금 살 만해집니다. 아, 살겠네, 생각합니다.
　　　　때 미는 손님 많은 날엔 작은고모가 한 마리씩 시켜
　　　　주곤 하셨습니다. 탕 청소 딱 끝내놓고 찬물 몇 번 몸
　　　　에 끼얹고 나와 평상에 퍼질러 앉아 먹는 그 맛은 정
　　　　말……. 왜, 사람이 진짜 죽고 싶다는 생각이 미치도록
　　　　드는 순간이 있지 않습니까?

케이　　…….

제이 사실 부대에서 그런 적이 몇 번 있었는데, 그때마다 조
       파닭 생각을 했습니다. 그 맛을 떠올렸습니다. 그럼 신
       기하게도 견딜 수 있겠다 싶은 겁니다. 그런 겁니다, 조
       파닭은.

케이 (어이없다는 듯) 은근 재밌는 양반이네. 근데 파닭 앞에
       붙는 '조'는 뭐요?

제이 저도 한동안 그게 무척 궁금했는데, 아마도 조치원의
       '조'자를 딴 것 아니겠습니까? 아니면 새 '조'를 썼거
       나. 닭도 새니까.

케이 (실소하며) 이 아저씨, 완전 또라이네. (사이) 미안해요.

제이 ……맞습니다, 또라이. 조치원에 내리시면 꼭 드셔보
       십시오. 뭐 닭 맛이 거기서 거기지, 하실지도 모르지만
       전 그렇게 맛있는 치킨은 처음 먹어봤습니다, 진짜.

케이 그 정도 닭이라면, 휴가 나오자마자 달려가 먹어야 하
       는 거 아닌가?

제이 (미소를 머금은 채) 이제 먹을 일 없습니다.

케이 왜요?

제이 그걸 먹으면 분명히 살고 싶을 테니까.

그때 휴대폰 진동음이 울린다.
케이, 발신자를 확인한 뒤 조금 망설이다가 전화를 받는다.

케이 어, 나야. 미안해, 여기저기 알아보고 다니느라 연락 못
       했어. 아니, 힘들 거 같아. (사이) 걱정하지 마. 바람 좀
       쐬고 내일 갈게. (사이) 아냐, 우선 거기 있어. 미안해.
       미안하다……. (사이) 아니라니까. 여기 차 안이야. 내가

다시 전화할게.

케이, 전화를 끊고 제이에게 고갯짓으로 양해를 구한 다음 일어나 나간다.

케이의 자리에 덩그러니 남은 상자를 바라보는 제이. 케이가 완전히 사라진 걸 확인한 다음 상자를 자신의 무릎 위에 올려놓는다. 조심스레 상자를 여는 제이, 상자 안을 들여다보는 표정이 일그러지기 시작한다. 제이가 머리를 상자 안에 처박는다. 한참을 그러다가 조금 운다. 천천히 머리를 빼는 제이, 아무 일 없었다는 듯 다시 상자를 빈자리에 올려놓고 창밖을 바라본다.

잠시 뒤 케이가 돌아와 자리에 앉는다.

기차가 달리는 소리. 시간의 흐름을 알리는 조명의 변화.

방송	이번에 열차가 정차할 역은 천안, 천안역입니다. 내리실 승객께서는 잊으신 물건 없이 안녕히 돌아가시기 바랍니다.
제이	저기…… 괜찮으시면 저랑 조파닭 드시러 안 가시겠습니까?
케이	네?
제이	갑자기 먹고 싶어졌습니다. 근데 양이 꽤 많습니다. 둘이 먹으면 딱이라…….
케이	대전 간다면서요.
제이	생각이 바뀌었습니다.
케이	그럼 혼자 가서 먹어요. 난 관심 없어요.
제이	그 맛을 보여드리고 싶습니다. 제 말이 진짠지 아닌지 확인시켜드리고 싶습니다.

케이	이봐요, 군인 아저씨. 내가 왜 그쪽이랑 이 시간에, 그 것도 조치원에서 닭다리나 뜯어야 되지? 나, 그렇게 한 가한 사람 아니에요. 해야 할 일도 있고.
제이	저도…… 할 일이 있습니다. 하지만 오늘은 시간이 너 무 늦었습니다. 저랑 역 근처에서 방 하나 잡고 맥주나 한잔하는 게 어떻습니까? 재워주시면 조파닭은 제가 쏘겠습니다.
케이	같지도 않은 말에 꼬박꼬박 대꾸해주니까 사람 만만 하게 보여요? 이봐요, 난 그쪽을 오늘 처음 봤어. 근데 뭐? 같이 자자고? (큰 소리로) 당신, 진짜 또라이야?
제이	(자리에서 벌떡 일어나) ……죄송합니다. 시정하겠습니 다.
케이	(제이의 행동에 당황하여) 거참……. 앉아요, 앉아. (주변 을 살핀 뒤 목소리를 낮춰) 아니, 생각을 해봐요. 군인 아 저씨 같으면 황당하지 않겠어요? 난 정말 오늘 할 일 이 있다고. (짧은 사이) 소리 질러서 미안해요.

기차가 달리는 소리. 시간의 흐름을 알리는 조명의 변화.
계속 창밖만 바라보는 케이와 바닥만 내려다보는 제이.
사이

방송	잠시 후 열차는 조치원역에 정차하겠습니다. 내리실 승객께서는…….
케이	(상자를 들고 일어서며) 그럼…….
제이	(몸을 틀어 나갈 자리를 만들며) 안녕히 가십시오.
케이	안 내려요? 대전 가시게? (대꾸가 없자 그냥 나가려고 한

　　　　다.)

제이　저기…….

케이　또 왜?

제이　아까 그 시인 이름이…….

케이　기형도?

제이　(외우듯 중얼거리며) 아, 기형도…… 기형도……. 고맙
　　　습니다. 그리고 조파닭은 꼭 드십시오. 역 근처에 있으
　　　니까 찾기 쉬울 겁니다. 가시면 사장님께 제 안부도 좀
　　　전해주십시오. 약수탕 종구 휴가 나왔다고. 조만간 조
　　　파닭 먹으러 꼭 간다고.

케이, 다시 나가려다 멈춰 선다. 그러고는 뒤를 돌아본다.

케이　그 닭이 그렇게 맛있어요?

제이　잘 못 들었습니다.

케이　(사이) 그럼 닭만 먹고 각자 갈 길 가는 겁니다.

제이　(기다렸다는 듯 벌떡 일어나며) 후회 안 하실 겁니다. 제
　　　가 방도 깨끗한 데로 알아보겠습니다. 하룻밤만 신세
　　　좀 지겠습니다.

케이　그건 싫다니까 그러네!

제이　뭐 좋습니다. 하지만 조파닭 먹다 보면 생각이 바뀔 겁
　　　니다. 분명합니다.

케이　(사정하듯) 혼자 있고 싶어서 그래요.

제이　(고백하듯) 혼자 있기 싫어서 그럽니다.

케이　말귀 참 어둡네.

제이　저 코도 안 골고 얌전하게 잡니다.

케이　하…… 정말.

제이　전 선생님을 보는 순간 멋진 분일 거라 생각했습니다.
　　　제가 다른 건 몰라도 사람 보는 눈은 있습니다.

제이가 케이를 지나쳐 앞서 나간다.
케이, 제이의 뒷모습을 어이없이 쳐다본다.

제이　(뒤돌아보며) 참, 아까 하던 얘기 마저 해주셔야 합니다.

케이　뭔 얘기?

제이　첫사랑 말입니다. 전 두 분이…… (부끄럽다.) 자지 않았
　　　다는 데 걸겠습니다.

케이　또라이.

제이　또라이 하나가 여러 사람 고생시킨다는 말, 취소하겠
　　　습니다. 그 말은 틀렸습니다.

제이가 뚜벅뚜벅 걸어 나간다.

방송　이번 역은 조치원, 조치원역입니다. 내리실 승객께서
　　　는 잊으신 물건 없이 안녕히 가십시오.

케이, 들고 있던 상자를 자신이 앉았던 자리에 내려놓는다. 그러고는
상자를 물끄러미 내려다본 뒤 서둘러 열차 안을 빠져나간다. 무대에는
상자만이 덩그러니 남아 있다.

막

추천의 말

조정일 작가가 전화했다. 창작집단 독의 두 번째 희곡집이 나오는데 추천사를 써달라고. 반갑기도 했고, 얼결에 쓰겠다고 했다. 전화를 끊고 생각해보니, 추천사? 써본 적이 없는데. 근데 어쩌자고 대뜸 쓰겠다고 했지? 뭐라고 쓰지? 걱정이 되었다. 오래 만나기도 했고, 이 친구들 소중한 희곡집 앞에다 허랑한 말을 달고 싶지도 않고 (그냥 나는 이 친구들을 좋아한다. 이 친구들은 눈빛이 드물게 좋다. 이 친구들 작품을 좋아한다. 이 친구들 작품 하나하나를 많이 좋아한다. 좋아한다는 말은 아무리 많이 해도 질리지 않으니까) 그래서.

'연극은 이래야 하지 않나?'라는 무한 루프 같은 생각을 아직도 하고 있다. 그런데 과연 '연극성'이란 무엇일까? 보이기는 하는 걸까? 말로 설명할 수 있기나 한 걸까? 아니면 무지 쉬운 설명이 어느 주머니 속에 숨어 있는 건 아닐까? 연극작가라면 평생 이고 지고 다니는 질문 뭉치다. 이런 허무애매몽롱한 질문에 대한 답을 창작집단 독 작품을 처음 만났을 때 보았다. 아니, '보았다고 느꼈다'가 맞겠다.

창작집단 독의 작품을 연극원에서 두 번 무대에 올렸다. 2012년 〈사이렌〉으로 단막극 여덟 편, 2015년 〈하얀독 까만독〉으로 단막

극 여덟 편. 좋아서 내가 연출을 하고 싶었다. 이들의 희곡은 사람 얘기를 하면서 소리 지르지 않는다. 치장하지도 않는다. 게다가 상상력은 선을 슬쩍 넘어간다. 심지어 '드라마틱'하지도 않다. 드라마가 드라마틱하지 않다니? 진짜 그런 게 있었다. 드라마틱하지도 않은데 '재미' 있었다. '재미'란 연극에서 정말 중요한 가치라고 생각한다. 이 친구들 작품을 만나면서 그런 '드라마틱하지 않으면서 재미난 연극'을 쓰는 작가들이 세상에 꽤 있다는 것도 알게 되었다. 이들의 작품은 우리 연극 세상에 나타난 새로운 종이라고 생각했다. 신기했다. 처음에도 신기했는데 이번 희곡집 『팬데믹 플레이』를 읽으면서도 여전히 신기해하고 있다. 여전히 신기하니까 여전히 너무 좋다.

402

극단을 만든다는 친구들에게 늘 하는 말이 있다. "처음은 창대하나 끝은 흐지부지하리라." 막말을 하려는 게 아니고 '큰 기대 말고 무조건 시작해라. 나중에 흐지부지되더라도, 뿔뿔이 헤어지더라도 지금 시작해본다는 게 얼마나 가치 있는 경험인가'라고 말해주고 싶어서다. 극단이란 사람이 모여야 생명이 생기는 초유기체Super-organism이니까. 그런데 창작집단 독은 2008년부터 무려 14년이나 헤어지지도 않고(피붙이도 아닌데!) 붙어 다닌다. 더구나 이들은 글쟁이인데(나는 사람 종 사회가 극단적 이기주의/개인주의로 진화해간다고 생각한다. 특히 그림쟁이나 글쟁이처럼 혼자 일하는 예술가들은 더 그러할 것이다). 창작집단 독은 이상하다. 이기적인 글쟁이들이 모여서 함께 어딘가를 향하고 있다는 게(글쟁이는 '혼자'가 숙명이거나 버릇일 텐데). 그런데 이 별난 글쟁이들이 팀플레이 비슷한 걸 해내고 있다. 무려 14년이나(대단하다고 말할밖에). 매우 이기적인 재능, 지독하게 이기적인 두뇌를 가진 글쟁이들이 이기적이면서도 함께 사는 길을 찾아가고 있는 것 아닌가? 진화를 거스르고 있는 것 아닌가? 썩은 자본주의도 진부한 공산주의도 아닌, 사람 종 사회의 새로운 패러다임을 만들고 있는 것일까? 함께하는 것만으로도 신기한데, 무려 각자의 작품들이 이기적으로 좋기까지 하다. 이게 무슨 돌연변이인가. 이게 무슨 느닷없는 희망의 깃발인가(과장인가? 과장이면 또 어떤가).

예술이라면, 새로운 것은 언제나 옳다. 옳을 수밖에 없다. 창작집단 독은 처음부터 새로웠다. 지금도 여전히 새롭고 앞으로도 새로울 것이라 기대한다. 지금까지 아무도 그들처럼 창작하지 않았다. 어찌 놀랍지 않은가.

그런데 「조치원」의 그 '상자' 안에는 뭐가 들었을까? 너무 궁금.

403

뱀다리.
창작집단 독이 그동안 발표한 단막 희곡만 무려 예순 편이 넘는다. 연극이라는 우주로 탐험을 나서려는 빛나는 우주인 후보들에게 이만한 안내서가 없을 거라 생각한다. 경험이다.

이상우(연극작가, 전 한국예술종합학교 연극원 교수)

팬데믹 플레이

아홉 명의 극작가가 따로 또 같이 쓴 독플레이

1판 1쇄	2022년 9월 30일
지은이	창작집단 독
펴낸이	김태형
펴낸곳	제철소
등록	제2014-000058호
전화	070-7717-1924
팩스	0303-3444-3469
전자우편	right_season@naver.com
인스타그램	instagram.com/from.rightseason

© 창작집단 독, 2022

ISBN 979-11-88343-58-4 03810

이 도서는 2022년 경기도 우수출판물 제작지원 사업 선정작입니다.